ちくま文庫

シベリヤ物語

長谷川四郎傑作選

長谷川四郎
堀江敏幸 編

筑摩書房

目次

シベリヤ物語——長谷川四郎傑作選

本書は『長谷川四郎全集』（晶文社）の第一巻（一九七六年一月刊）、第二巻（一九七六年三月刊）、第十巻（一九七七年七月刊）、第十三巻（一九七八年二月刊）を底本とし、ふりがなを適宜加除し、明らかな誤字を訂正しました。また『シベリヤ物語』（旺文社文庫、一九七四年／講談社文芸文庫、一九九一年）も校正にあたり適宜参照しました。本文中、今日の人権意識に照らして不適切な語句や表現が見られますが、著者が故人であること、発表当時の時代背景と作品の文学的価値に鑑みて、底本のままとしました。

I　シベリヤ物語

シルカ

ぼくらはシルカという町に十日ほど住んでいた。ぼくらは捕虜だったから天皇へいかみたいに護衛兵どもにつきそわれていた。ところで、シルカという町の名前は同じシルカという河の名前からきたものだが、しかし、この河の岸に立っているのではなかった。河からだいぶはなれていた。その代り、この町は鉄道に沿っていた。町は小さなものだったが、駅はかなり大きなものだった。幾条《いくすじ》かのレールが、合流する河みたいに、ここにあつまっていた。しかしぼくらはこの町へ汽車ではなく、馬車で運ばれていったのだった。

汽車で通過してしまう人にはちょっとわからないかもしれないけれど、徒歩か馬車か或《あ》いはトラックで、周囲の高原をこえて、この町へ近寄ってゆくならば、まずもって遠くから、だんだん見えてくるのは、ロシヤ寺院の高い尖塔である。さらに近寄ってゆくと、玉ネギ形の円屋根が見え、それには十字架も欠けていないことがわかる。そこで、この田舎町では依然として聖職者が少しは幅をきかしているのかしらん、と人は思うかもしれないが、しかし傍までいってみると、それは間違いであることがわかる。たとえば、君をそこまで運んできた馭者《ぎよしや》は、馬車からおり、鞭《むち》をふりまわし、卑猥な罵詈《ばり》をつぶやきながら、その寺院の中へ入ってゆくが、それというのも、その寺院が完全なる廃屋と化していて、その内陣が町の共同便所と化しているからである。もっとも、これをもって、古い信仰が完全に消滅してしまったとは言えない。ある家々の薄暗い片隅には、まだ聖像がぶらさがっている。

現在、この町の中心は何処《どこ》かといえば、広場だというほかないだろう。ふだんの休日には、そこで労働者たちが、フットボールなんかやって遊んでいる。だが、広場がほんとうに広場らしくなるのは国家的記念日のときだ。たとえば、ぼくらが住んでいた十日間に革命記念日がやってきたが、その日、赤い旗やプラカードをかかげた青少年たちがそこで分列行進をやっていた。楽隊が鳴りひびいた。広場は誰もいない空虚なときには、ちっぽけな、貧弱な、退屈なものにみえるが、人々が続々と集まってきて、そこをうずめると、それはまるで無限の可能性をもっているようにみえてきた。この小さな田舎町の何処に、そんなエネルギーが潜在していたのかと、人は少しおどろくのだ。広場の周囲にめぐらされた低い柵には、白髪に白髯《しらひげ》などはやした老人たちが腰かけていて、行進する若者たちに向って手をふっていた。

しかし常の日にはシルカはいとも静かな田舎町だ。工場といっても、鉄道関係のものがあるぐらいのものだ。ただ、秋になると、周辺のコルホーズから、収穫物が集まってきて、この町は活気を呈してくる。たぶん、社会科の教科書にならば、農産物の集散地とでも書くべき町なんだろう。

秋もそろそろ終りで、野菜集めのかき入れどきだった。沿線の空地にはおびただしい野菜の山が幾つも幾つも野積みにされて、それぞれ貨車の到着を待っていた。そしてこれらの野菜の山の一つ一つには、それぞれ一人ずつ、番人がつけられていた。それらの番人たちは夜になると大へん寒いので、巨大な羊皮など着こんで、てんでに自分の火をたいて、野菜を煮たり焼いたりして、自らも食い、且《か》つは、町の市民たちと役得《やくとく》上の取引をやっていた。こういうわけで、貨車の来るのが遅くなればなるほど、野菜の山はだんだん低くなるのだったが、貨車は必ずや突然のようにやってきて、それと同時に積み込みの男女が出現し、真夜中だろうが、たちまち労働が開始されて、一夜のうちに野菜の山は消えてしまい、朝、そのあとに残った屑《くず》を、町の山羊どもが食べていた。そして、もう昼頃までには、またトラックが野菜を運んできて、新しい山が幾つも出来るのだった。

——お前のところは、どこの組織か？　なんてトラックとトラックは、すれちがいざま、尋ね合ったりしていた。

ところで、新しい野菜の山々になっても、番人たちは旧態依然である。一人が同業者を訪問して、こう言う。

——おれの馬鈴薯《ばれいしよ》をやるから、お前の赤蕪《あかかぶ》をよこせ。

こちらからもでかけてゆく。

——おれのキャベツをやるから、お前の玉葱《たまねぎ》をよこせ。

それから夕方など、公衆浴場の切符売場の窓口にいる若い女がやってきて、通りすがりに色眼をつかって言う。

——キャベツを一つちょうだい、お風呂にただでいれてあげるわ。

コルホーズはいわば豊かな水源地だ。しかし鉄管がところどころ破れている。それで水は目的地へつくまでに、少しずつ漏れてすくなくなる。

秋ももう寒くなった。鉄道線路に沿った空地に、ある夕方、突然、一つの軍隊テントが張られた。夜になった。テントの中には、大ぶ遠方から到着したばかりで、そのテントを張った張本人のぼくらが、疲れて、毛布をひっかぶって寝ていた。やがて、夜もふけてから、誰かがテントの中へのっそり入ってきた。ぼくらは身体がなかなかあたたまらないので、まだ眠れないでいた。

——おきろ、と男は言った。

しかし、ぼくらはすっかり寝入ったふりをして、かるいいびきなどかいて、ひそまりかえっていた。男はマッチをすって、ぼくらの顔を照らしてみた。

――おきろ、彼は声を高めた。

正面の特別席にならんで、厚い羊皮外套《がいとう》をかぶって寝ている二人の護衛兵のうち、一人が上半身をおこした。アリンベートフだ。もう一人の護衛兵サビトフは、どうやら本物らしいいびきをかいていた。

――なんだ？　とアリンベートフが言った。

ぼくらは耳をすましていた。男は挨拶《あいさつ》もしなかった。

――貨車が入ったんだ、キャベツの積み込みにすぐ兵隊を出してくれ。

――なんだと、とアリンベートフは言って、またごろりと横になった。――お前はおれに命令する権利があるのか？　すぐ出ていってもらおう。

ぼくらは大へん頼もしい気がした。しかし男は帰ろうとしないどころか、しゃがみこんだ。

――おれじゃない、大尉だ、おれは大尉の命令を伝えているんだ。

――大尉だって？　大尉はいくらでもいる。お前のは、なんという大尉かね。

――モクシン。

――なるほど、と言って、アリンベートフはまた上半身を起こした。――だが、証拠があるのか、彼の署名した紙片があるのか？

ぼくらは不安になってきた。男は笑って、手を大きく振ったようだった。

——そんなものは要らないよ。

——行って貰《もら》ってこい。

男は舌打ちした。

——おい、若いの、お前はまだ人生について少ししか知らないとみえる。お前はこのおれがこの町の、どんな男だか知らないとみえる。

——知らなくて結構さ。

しかし彼は、なにをかくそうといわんばかりに、名告《なの》りをあげた。ぼくらはうす眼をあけて、彼がまだ若くて、白くて、でっぷり肥《ふと》っているのを見た。彼自身の説明によると、彼は農業物消費組合の長で、町の食堂の管理者だということだった。

こういう肩書《セリポー》は相当効力があるらしかった。アリンベートフはまだなにやら文句をならべ、抵抗しながらも、とどのつまり、兵隊ども——というのは、捕虜だったが——を叩きおこした。こうして、ぼくらはぶつぶつ悪口をつぶやきながら夜の中へ出てきて、真夜中をだいぶ過ぎるまでキャベツの積み込みをやった……。

朝、大尉が運転手をつれてやってきた。テントの中では兵隊たちがおそい朝食を食っていた。大尉はひどく機嫌がよかった。

——おはよう、兵士諸君《レビャータ》、よく眠れたかね、おお、偉大な食欲だね、ゆっくり食いたまえ。

などと鷹揚《おうよう》に大尉は言った。

ぼくらは寝不足の顔をしている。ぼくらは初め大尉に対し緊張したが、しかし大尉がばかに上機嫌なので、つい気をゆるす。で、ゆっくり食うほどもない貧弱な食物だが、ぼくらはそれを大切そうにゆっくり食う。ほとんど大尉の存在を忘れたほどである。大尉はかがみこんで、アリンベートフとなにやら話している。もう一人の護衛兵が起きて鼻歌をうたう。この男は、すべてに対し我関せずといった態度だ。運転手は青いオーヴァオールを着た背の低い男で、テントの中に悠々直立して、一種同情的な眼付《めつき》で、兵隊たちの食事ぶりを眺めている。ぼくらは食べながら、これらのことに漠然と気づいた。そして、ほんの短い時間が経った。大尉は立ちあがる。そして兵隊たちがまだ食っているのを見る。彼には、それがことさらゆっくりと食っているように見える。そこで彼はことさら静かな語調で話しだす。だが、話すにつれて、テント内の空気が一変してしまう。彼は言う。

——はやく食ってしまえ。お前たちがそんな態度をとるなら、おれはお前たちに対する態度を変えるぞ。

大尉は兵隊たちからなめられたような気がしているのだ。彼はすでに態度を変えている。

——いそがばまわれというのは昔のことわざだからな、と運転手が註釈でもするように言う。

ぼくらはあわてて食事をおえ、大急ぎであとかたづけをし、もうトラックに乗っている。トラックは動きだす。人通りの少ない田舎町を、大きな音をたてて、水溜《みずたま》りの泥水をはねかして、通ってゆく。病院という看板が見える。外来患者診療所《アンブラトーリヤ》という看板が見える。それからトラックはとまった。運転台から大尉と運転手が出てきて、一軒の家の中へ入ってゆく。

——待っとれ、と彼らは振り向きもせず命令する。

寒い風が吹く。兵隊たちは巨大なトラックの上で足ぶみしたり、行ったり来たり、歩いたりしている。大尉と運転手はなかなか出てこない。やがて、光線の具合で、窓から、その家の内部が見えてくる。それはレストランだ。大尉と運転手がむかいあって、さかんに飲んだり食ったりしているのが見える。台所では肥った料理女が射し込む明るい日光の中で、白い麦粉をたくみにこねて、豚饅頭を作っている。兵隊たちは持ってきた黒パンの弁当を大切そうに少し嚙《かじ》って、あとをしまっておく。兵隊たちはゆうに小一時間も待たされる。

——赤鬼と青鬼め！　とぼくらはののしる。

ついに二人はハンカチで口をぬぐいながら満腹して出てくる。彼らのあとから、食堂の管理人なる白くでっぷりふとった、昨夜の人物が出てくる。彼は二人と握手を交して別れる。彼は兵隊たちに一顧《いっこ》もくれない。運転手が兵隊たちに安煙草《やすたばこ》を一本ずつくばる。ぼくらは内心あらそってそれを受けとる。これで兵隊たちの永遠の不満も一時すこし鎮まる。大尉は満足して運転台に乗る。

何処へかは知らないが、トラックがまた動きだす。

シルカの町から二十マイルほど離れた小高い岡の中腹に集産主義者《コレクチヴィスト》というコルホーズがある。コルホーズとはいうが、見たところ小さな部落で、大小さまざまの百姓小屋がてんでんに立っていて、ぐるりには野菜畑があるぐらいのものだ。老人たちは依然としてこの村を昔の名前でアタマノフカと呼んでいる。村の道路の上では子供たちが遊んでいるが、彼らの中には日本軍の正帽をかぶっているのもいる。この村から戦争に出た男が持って帰った戦利品である。そうかと思うと、片腕のない男が丸太にまたがって斧をふるっていたりする。戦争の傷痕はここにもあるのだ。そして、彼の胸には祖国防衛戦の勇士のメダルが光っている。

コルホーズ事務所の前でトラックがとまった。大尉が事務所の中へ入ってゆく。兵隊たちが窓からのぞいてみる。がらんとした事務所だが、壁には刈りとられたいろんな麦類の、見事な見本が幾つもかかっていて、熟れた金色に輝き、いかにも豊かな出来秋《できあき》を思わせる。やがて大尉はコルホーズ長とおぼしき人物と一しょに出てきて、ぼくらは野菜倉へつれてゆかれ、そこで馬鈴薯の積み込みをやる。コルホーズ長がどなる。

——なんだその働きざまは、それでも戦争か、などと彼はわめく。

大尉は肩をすくめ、やや照れくさいような顔をする。きっと彼はコルホーズ長にむかって、兵隊たちは戦闘の意気込みでやってきたんだ、などと吹いたのに違いない。

——なにが戦争だい！　とぼくらはやりかえす。

やがてコルホーズ長は帰ってゆき、その代りに一人の女性がやってきた。彼女は馬鈴薯を四十キロずつ計ってからトラックに積ませるのだが、この役目を非常に厳密に遂行する。まるで小心な菓子屋がビスケットの計り売りをするときみたいだ。小さな馬鈴薯を一つ取りのぞいたり、一つ加えたりして、かっきり四十キロになるまでやめない。

——こまかい婆だな、と兵隊たちは言う。

たしかに彼女はこまかい。しかし馬鈴薯の積み込みが完了してから、なにかの都合で出発がながびいていると、彼女は大きなバケツに馬鈴薯のゆでたのを一杯いれて持ってきて、兵隊たちにふるまう。これは彼女のいわば私有に属する馬鈴薯だ。彼女はこれをいくらでもふるまう。

——食え、兵隊たち、と彼女は言う。

彼女はマリーヤ・ゾロトゥヒナという名で、コルホーズの野菜班長だ。コルホーズのクラブへ行ってみると、掲示板があって、そこには作業優秀者の名前が出ているが、その先頭に彼女の名前がある。コルホーズで一番多くの麦束を、彼女は刈りとったのだ。マリーヤ・ゾロトゥヒナの家は村でも大きい方だ。ぼくらは一度コルホーズ事務所に泊ったことがあるが、その夜、彼女の家でコルホーズ員の宴会があり、大へんな騒ぎだった。ヴァイオリン弾きがおんなじ曲をいつまでもいつまでも弾きつづけて、人々はさかんに踊ったり、口論したりしていた。彼女は納屋で大きな鍋にスープを煮て、いそがしそうに、いったりきたりしていた。

翌朝、ぼくらは彼女の家へゆき、そのスープのおあまりを頂戴した。彼女の家には兵隊の写真が一枚かかっている。それは彼女の夫だが、戦争で死んでしまったのだそうだ。

――彼は死んだ、と彼女は単純に言う。すると、まるで彼の生命が自分の中にあるかのように、彼女は男性的な感じがする。

――戦死じゃありません、と彼女はさらに説明する。――病気になって帰されたのです。わたしはシルカの駅まで迎えにいった。夫は汽車からおりて、線路を横切ったとき、トラックと貨物車の間にはさまれて死んだのです。

彼女は、わかったか、というようにぼくらの顔をみて、パンを眼分量で上手に割って分配する。そしてパンの説明をする。コルホーズの耕地は村からずいぶん遠いところにあって、作業班は一カ月も二カ月も野宿してそこで働いているが、そのパンを焼くのは彼女だ。いまはパンは豊富にあるが、戦争中は大へんだった、その当時から彼女はパンの分配をやったから、慣れている、と。彼女は背が高く、いかにも頑丈そうだった。大きな古風なスカートをはいていた。袖をまくりあげた腕には金色の生毛《うぶげ》が一ぱい生えて、日光にこまかく光っていた。彼女は長い髪を編んで頭に捲《ま》きつけていた。身体の割に小さな顔は日にやけて赤く、短い鼻が少し上に向いて、額には数本の深い皺《しわ》があった。彼女の働く動作はきびきびして美しかった。そして彼女はしょっちゅう動きまわっていた。彼女の家の床下は倉庫になっていて、そこには麦粉や馬鈴薯が豊富に貯蔵されている。……突然、戸が開いて二人の年とった女が入ってくる。袋を背負い、杖をつき、靴は土埃《つちぼこり》にまみれている。遠くの村からきた通りすがりの百姓女だが、まるで巡礼みたいにみえる。主婦はパンと牛乳で彼女たちをもてなす。彼女たちはぼくらになんら特別の注意を払わない。マリーヤ・ゾロトゥヒナも、野菜の積み込みにやってきた「兵隊たち」に対し、捕虜とか日本人とかいう観念を全然持っていなかった。彼女にはただ労働者という観念しかなかったように思われる。彼女は兵隊たちをただ、未熟な労働者として取扱った。ぼくらが大きな馬車を曳《ひ》いてきて、うっかり、畑の狭い入口のところで柵にひっかかり、動けなくなった時、彼女はやってきて、丁寧に馬車の扱い方を教え、車のはまりこんだ轍《わだち》や、ひっかかった柵から馬車を解放するのに手伝った。彼女は罵詈を口にしたが、それは兵隊たちに対するものではなくて、仕事がうまくいかないことに対してであった。

馬鈴薯の積み込みをおえたトラックは村の道路へおり、そこでしばらく停車していた。マリーヤ・ゾロトゥヒナは道端の低い垣根にのぼり、それに腰かけて、トラックの馬鈴薯の上に乗った兵隊たちの方を見ていた。その時、二人の少年が互いに戯れながら近づいてきたが、彼女の前を通るとき、突然二人で彼女の足を一つずつ取って持ちあげた。重心を失って彼女はうしろの乾草の上に倒れた。スカートがまくれ、二本の脚が空に向って突きだした。周囲の人々はみな無遠慮に大声で笑った。彼女は真赤な顔をして起きあがり、悪童の一人の手をつかまえて、まじめな顔をしてたしなめた。そのとき、トラックが動きだした。すると彼女はあわてて少年の手をはなして、たちまち笑顔になって、ぼくらに向って愛想よく手を振った。

——幸福で！　と彼女は言った。

ところで、ぼくらはこのコルホーズでもう一軒の小屋にも入ってみた。「わしの小屋《ハータ》は村はずれ、だからなにも知らぬ」という文句が、ロシヤ語にあるが、その小屋はまったくこの文句通り、村はずれに立っていて、しかも大へんみすぼらしいものだった。

その日、ぼくらをコルホーズへ運んできてそこにおろしたトラックはそのまま町へ引きかえして、なかなかもどってこなかった。仲間たちはそこいらの農家へ遊びにいってしまい、ぼくら二人の仲間だけが、そのコルホーズ事務所の前で日向ぼっこしていた。するとー人の老婆が通りかかった。

――蕪を買わないか？　と彼女はぼくらに話しかけた。

――どんな蕪かね。

――ここには持っていない、家に来てみなさい。

こうしてぼくらは村はずれの、彼女の小屋へいってみたが、その小屋の中には小さな男の子と十二三の娘とその母親らしい若い女がいた。この女は娘の頭からシラミを取っていた。婆さんは納屋から蕪を一籠もってきたが、ぼくらは初めから金を持っていなかったので、早いところ断った。婆さんはあっさり蕪をひっこめた。テーブルの上には食べかけのパンと塩漬けの茸《きのこ》がのっていた。婆さんは大きな馬鈴薯の皮を剝《は》ぎ、ナイフでこそげて、なまのまま食べはじめた。これは彼女に歯がなかったからでもあるが、ここはおよそマリーヤ・ゾロトゥヒナの家とは反対で、すべてが貧困にみえた。

――暮しはどうかね？　とぼくらはきいてみる。

――よくないね、と若い女はシラミ取りを中止して言う。

――戦争中よりはよいだろう？

りである。
彼女は肩をすくめて、なんとも答えない。まるで、どっちだって同じだといわんばか
どうも、いいことばかりではなさそうだ。
彼女の夫も戦争へとられたきり帰ってこない。それに戦争中は子供の養育費をもらえ
たが、今はそれがなくなった、と彼女はこぼす。
——そんな筈《はず》はないだろう？
彼女はまた肩をすくめて、なんとも答えない。どうやら、すべてこれ不満で充満した
人物らしい。
——トウキョウでは結婚式は教会でやるか？　と老婆が思いがけないことをたずねる。
——そんなことはどっちだっていいじゃないか。
すると婆さんは溜息をもらす。彼女は結婚式のことを戴冠式《ヴエンチヤーニエ》という。
——ここではもうそれがなくなった、ここではもう……、と彼女は言って悲しそうな
顔になる。
——この村はね、ゾロトゥヒンの村だよ、とこんどは若い女が言い出す。
——ゾロトゥヒンだって？
——名前さ、この村の草分けで、ゾロトゥヒン一家のものが、ここでは一番威張って
いる。

ははあ、マリーヤ・ゾロトゥヒナもその一族だな……

——そうさ、コルホーズ長もゾロトゥヒン、会計係もゾロトゥヒン、班長もゾロトゥヒンだよ、わしらみたいな、よそから来たものはよけ者さ。

そう言って彼女はしみだらけの鏡に向い髪を櫛《くし》けずるが、その美しい金髪にもシラミが沢山たかっている。小さな娘は歪んだ寝台に腰かけ、その痩《や》せた裸かの足を破れた夏帽子の中に突込み、上体をうしろにそらして、眼の上にかかる長い真直《まっす》ぐな金髪をはねあげ、青い眼を細め、流し眼でぼくらを見ている。そして急に夏帽子をぽんと蹴上《けあ》げて立ちあがる。

——自家製焼酎《サマゴンカ》を貰っておいで、と老婆がいう。

娘ははだしのまま出てゆく。彼女は素裸かの上にぼろのワンピースを一枚着ているだけだ。娘はしばらくして帰ってきたが、コップは空だった。どうやら隣家へ、酒をもらいにいったのだが、ことわられたらしい。

——無いといったよ、と彼女は言う。

婆さんは仕方なしにコップにお湯をついで、ぼくらにごちそうする。ぼくらは壁にかかっている数枚の写真をみる。その中に、婆さんが都会の街路を背景に数名の若い男と一しょに写した一枚の写真がある。

——これは何処かね。

——モスクワです、と老婆が答えるが、それ以上なにも言わない。そこで若い女が説明する。

——うちの婆さんは豚飼いがうまいもんで、この地方から選ばれて、モスクワの展覧会へいってきたのさ、これはその時の写真だよ。

老婆はけろりとしている。そこで、若い女はぼくらに聞かせるために、老婆と問答をはじめる。老婆は仕方なしのように答える。

——おばあさん、あんたはモスクワでスターリンの家を見たでしょう?

——見たよ。

——何階建の家?

——さあ、といって老婆は心の中で数えている様子だ。

——十六階ぐらいさ。

——何階に住んでいるの、その人? と娘が口を出す。婆さんは答えない。かわりに若い女が答える。

——もちろん、一番上だよ。

ぼくらはお湯をのみ、さらに写真を眺める。ここにも兵隊の写真がある。そこでまた身上調査みたいなことになる。

——この兵隊はあんたの夫かね?

――いや、わたしの妹の恋人、あの男の子の父親、と女は答えて、さっきから長い棒をふりまわして部屋の中をよちよち歩いている男の子を指さす。

――彼も戦争で死んだのか?

すると老婆が溜息をつく。

――いや、あれは、と彼女はつぶやく。――この村の者ではない。一体、どこの何者だろう、わたしは知らない、なんでも遠いところだが、あれはそこへ帰ってしまった。

若い女が説明を加える。

――カザクスタンの男さ、兵隊でシルカにきているうち、妹と仲よくなって、この男の子が生れたのさ、それから多分、自分の国へ帰ったんだろう、色の黒い大男だったが……。

ぼくらは改めて男の子の顔をみる、そういえば彼は誰にも似ていない、顔色も髪も黒くて、蒙古人《もうこじん》みたいだ。彼は棒をふって「ボチ、ボチ」と言っている。どうやら靴のことらしい。彼はぼろ靴を片方、おもちゃとして与えられている。

婆さんは灰色の肩掛をして、豚の世話をやくためにでてゆく。娘はでこぼこのバケツを二つさげて水を汲みに出てゆく。

さあ帰ろうか、トラックがきたようだ。

ぼくらは立ちあがる。

——町はいいね、みんないい着物を着て……、と女はぼくらを送り出しながら言う。事務所への帰りみち、ぼくらはさっきの小娘に出会った。彼女は谷間の小川から水を運んでのぼってきた。痩せた背中をまげて、いかにも重苦しそうに、天秤棒で二つのバケツを運んでいる。

——手伝ってやろう、とぼくらは彼女に言った。

しかし彼女はけげんそうにぼくらの顔をみる。

——お前には重いようだから、持ってってやろう、とぼくらは言う。

彼女は怒ったように口をとがらす。

——なに言ってんの、平気よ。

彼女はよろよろしながらも、ずんずん家の方へ帰っていった。

コルホーズ事務所の前にはトラックがとまって、散らばった兵隊どもを集めようと、クラクションをしきりに鳴らしている……。

こうしてコルホーズから運んできた野菜や馬鈴薯を、ぼくらは空地に野積みにしておいて、夜は焚火《たきび》して、交替でその番をした。番をしていると、女どもが寄ってくる。

——キャベツを一つちょうだい。

ぼくらは一つぐらいやったってかまわないが、護衛兵のアリンベートフがうるさい。

彼はテントの中から、ひょいと顔を出す——。

——その女をつかまえろ、お尻を火の上にのっけて、やってしまえ、なんて彼はどなる。

女は笑いながら逃げてゆく。

もう一人の護衛兵サビトフのほうは性質が別だ。一向うるさくない。大抵テントの中にごろりと寝ている。ある時、見知らぬ将校がきて、ぼくらをなにかの作業に貸してくれと言った。サビトフはすぐ承知する、——「よかろう。」だがアリンベートフのほうが承知しない。

——だめだ、われわれにはわれわれの任務がある。それに兵隊たちは疲れているのだ。

ぼくらはしーんとひそまりかえって、特別疲れているように見せかける。アリンベートフはこのように、自分の直属上官でなければ、なかなか服従しない。こんなとき、サビトフのほうは「お前にまかしたぞ」といわんばかりに寝そべっている。

こんな具合でアリンベートフは外から来る者に対しては、われわれを護衛してくれるわけだが、その代りうるさくわれわれを監視している。誰それはよく働くが、誰それはずるい、誰それには今日は飯をくわせるな、などと指図する。そして彼自身は体が小さいくせに大食漢で、自分のために特別に炊事をさせて食う。サビトフのほうは少ししか食わない。そして残飯をそこいらにおっぽりだして、またごろりと横になる。

しかしサビトフには奇妙な実行力があった。ぼくらは六日分の糧秣《りょうまつ》しか携行しておらず、送ってくる筈の食糧が来ないので困ってしまった。アリンベートフは大尉に形式的に報告してすましている。サビトフは言う。

――お前らで勝手にしろ。

だがしばらくすると彼は起きあがって、麻袋にキャベツをつめ始める。

――こいつを持っていって売ってこい。

そこでぼくらは夜陰に乗じ、こっそりキャベツの行商をやって、若干のパンを入手する。

ぼくらはまた薪に欠乏してしまった。サビトフは、――かっぱらってこい、という。

――何処からかっぱらうんです？

――自分でみつけてこい、と彼は怒鳴る。

そして夜、ぼくらをつれて出かけてゆき、近所の家の垣根から、よく枯れた柳の枝を沢山ひっこぬいてくる。

飯盒《はんごう》炊サンは不便だと、ぼくらがこぼしたら、サビトフは即座にいった。

――こんどコルホーズへ行ったら、バケツを見つけて持ってくるんだ。

万事この調子だ。彼はこのやりかたを、笑いながら、兵隊式と称している。

ところで、一週間のうちにアリンベートフは女と仲よしになった。その女は赤いベレをかぶり、紺の外套を着て、どこかの事務所の会計かタイピストみたいにみえた。彼女は初めてテントへ入ってくるとき、一応のはにかみをみせて、入口のそとにたたずみ、なかなか入ってこなかったが、急に、丁度よい隙を見つけたように器用な身振りでさっと入ってきたかと思うと、もうテントの正面の座席にアリンベートフとならんで坐っていた。彼女は初めぼくらにも愛嬌をふりまいたが、その次からは全然ぼくらを無視して、まっすぐ奥のアリンベートフのところへいって、彼と頭をくっつけ合って、甘ったるい声でなにやら話していた。

サビトフのほうも女と仲よくなったが、この女は、日本製の風呂敷を頭にかぶった百姓風の女で、テントの中には入ってこなかった。ただ、サビトフはその風呂敷をテントの中へもってきて、そこに描かれた絵の説明をぼくらにもとめた。それはハマグリが竜宮の蜃気楼《しんきろう》を吐いている図で、なんともかとも説明のしようのないものだった。

ついにアリンベートフは貨車の中でランデヴーすることになった。凍ったキャベツの半分ばかり積まれた貨車に彼とその恋人は入っていったが、中から戸をしめることができないので、ぼくらがそとからしめてやった。ところが運わるく、ちょうど線路の入れかえで、機関車がきて、その貨車をどこかへ引張っていってしまった。ゆうに五六時間たって、彼らは何処からか徒歩で帰ってきた。

一方、サビトフのほうも行方不明になった。彼はしたたか酒を飲んで、市場へ出かけ、そこで空にむかってではあったが、ピストルを発砲し、民警につれてゆかれたのである。大尉が彼を貰いさげにいった。大尉と兵隊と、二人はならんで煙草をふかし、大きな手の身振りとともに大声で話しながら、町をぶらぶら帰ってくる。

こうして無事、十一日過ぎた。明日にも出発だった。ぼくらは貨車の入るのを待っていた。

夜になってぼくらがもう就寝しているところへ、アリンベートフは女と一しょに入ってきた。ぼくらはうとうと眠り込みながら、女の話し声を聞いた。彼女は鼻のつまったような声で、こう言っていた。

——なぜ、さきに言ってくれなかったの……あなたはもう結婚しているって……、そうしたら、わたし……

アリンベートフはつんとすましたように黙っていた。

サビトフのほうは、こういう幕切れなしに、女とはとっくに別れてしまったらしい。

翌朝は大風が吹いていた。貨車が入ってきた。ぼくらは最後のキャベツの積み込みに忙殺された。積みながらぼくらは、最後に自分自身を積み込む場所をあけておいた。町の宿屋に泊っている大尉が監督にやってきた。

——そこはもっと狭くてよい、と彼はぶつぶつ言った。——お前たちの食料はキャベツだ、キャベツを食いながら旅行するうち、場所はだんだんひろくなるんだ。

大風が吹いていた。テントは帆のようにはためいた。トラックがやってきた。

――テントをたため、とサビトフが命令した。

テントの綱は土の中に氷りついて、どうしてもほどけなかった。

――だれだ、こんな結び方をやったやつは！　とアリンベートフががみがみ言った。

寒気《マローズ》さ、とサビトフは言って、いきなりナイフを取り出すなり、綱を一本ずつ切ってしまった。テントは地上に倒れ、静かに動かなくなった。

護衛兵二人はテントと一しょにトラックで出発した。ぼくらはキャベツと一しょに貨車で出発した。野営地のあとには、コルホーズの納屋からかっぱらってきて据えつけた、やくざな古ストーブを一つのこして。

馬の微笑

チタの町外れに病院があり、それが少しずつ大きくなっていた。そのため私は其処《そこ》に煉瓦《れんが》を運んでいった。其処にはロシヤ人の煉瓦工が一人、煉瓦を積み上げていた。鳥打帽を冠《かぶ》り、太い口ひげを生やし、ズックの大きな前掛けをかけて、コテを片手に足場の上で、煉瓦の壁を積んでいる彼の恰好《かっこう》は、古いロシヤ小学校読本巻の一に出て来る素朴な職人の挿絵を思い出させた。彼は親方気質とでも言おうか、煉瓦を積む以外の雑用は一切これをやらなかった。そして煉瓦が手許になくなると「キルピーチ」と怒鳴り、漆喰《しっくい》がなくなると「ラストヴォール」と怒鳴ったのである。私の仕事は彼に満遍《まんべん》なく煉瓦を供給することであった。

彼は大抵は黙って仕事をしていたが、時には口ひげの間で微かに口笛を吹き、時には低い声で鼻唄を歌っていた。ある時、私は彼が（ブジョンヌイ騎兵軍団の歌）を歌っているのを聞いた。

「あなたは市民戦に参加しましたか？」と私は言った。

「もちろんさ」と彼は威張って答えた、そして付け加えた。「俺はザバイカルの人間だ、セミョーノフを追い出したんだ」

「ザバイカルの人間は、なんにも出来ないけれど、ただ戦争だけは強いんだそうですね？」

私は赤兵《アカークジェ》たちの間で話されているのを耳にしたことを言ってみたのである。すると彼は忽《たちま》ち眼をむいた。

「そうさ」と彼は言った。「ところで、お前たちヤポンは、その戦争すら出来ないのだ」

彼は私が捕虜であることを改めて思い出させようとしたのであろうが、私はむしろ、仲間同士の間ではさしつかえなくても、外部から言ってはいけないことがあるという事を理解したのである。

病院の向い側には小さな丸太作りの古びた家々が立ち並び、やや遠くの方にそんなみすぼらしい家々に取り囲まれて、三階か四階の四角い巨大な建物が聳《そび》え、真白く石灰を塗られて、新式のアパートのように四隣のあばらや共を威圧して見えたが、ただその建物の窓々は生気が無く黒くうつろで、どの窓にもことごとく鉄格子がはめられていた。

「あれは何ですか？」と私はきいた。

すると彼は答えないで仕事の手を休め道具を置いて、両手の指をすっかり拡げて、それを重ね合わせ、こうして武骨な指の斜格子を作り、これを彼の顔に当てて、その格子の間で眼をぎょろぎょろさせた。これは柵の中に閉じ込められた姿を現わし、監獄を意味する。ソ連人は監獄という語を用いないで、その代り、この身振りをすることがある。私はいろんなソ連人から、何かにつけて、この身振りを見せつけられた。無言で、子供でもおどかすように。

ただこの煉瓦工からは、それに質問がついていた。彼は言った。

「強盗だとか殺人だとか銀行破りだとか、こんなものは日本にあるか？」

「あります。ソビエトには？」

私はソビエトには、そんなものはいないと思っていた。何故なら、新聞にはそんな記事は出ないし、またそんな話を聞いたことがないからだ。だが

「もちろん、いるさ《アカークジエ》」と彼はあっさり答えた。そして付け加えた、「いろんな人間がいるもの《イエスチ・フシャーキエ》だ」と。

世はさまざまという意味にも解釈されるであろうイエスチ・フシャーキエと言うこの極《きま》り文句を私はシベリヤで三人の人間の口から出て来るのを聞いた。一人はある炭坑長だった。その炭坑には数多くの捕虜と囚人が働いていたが、彼は或《あ》る時、彼らの中には、いろんな人間がおり、売国奴《プローテイフロージヌ》も沢山いると、私に説明してくれた。もう一人は、その囚人坑夫たちの若い一人だった。彼がどうして閉じ込められた《ザクリユチヨンヌイ》ものなのか知る由《よし》もな

かったが、或る時、何かのときに私に「イエスチ・フシャーキエ」と言った。それから付け加えた、――（お前たちはいずれは帰される。が、俺はいつまでも此処《ここ》に残る）と。こう言って彼は、炭坑から出て来たばかりの、真黒い作業衣を脱いで夏の光を浴び上体を冷水で拭い、真白な半裸体になったが、その若々しい幅広い胸には、一杯に翼をひろげた鷲《わし》の大きな入墨がしてあった。それから三人目は、この煉瓦工のオシップであった。真夏で、日中は非常に暑かった。オシップはちょっと居なくなったかと思うと、何処かへ行って、頭からシャツを着たまま水をかぶって来た。薔薇色《ばらいろ》の薄いシャツが皮膚にくっついて、濡れた髪が額に垂れ、口ひげから滴をたらしながら、彼は酔払ったようによろめき乍《なが》ら足場のタラップを登って来て、ふーと息をついた。

「溺れましたね？」と私は言った。

彼は暫《しばら》くしてから働きながら話し出した。

「昨日、町で俺は葬式を見た」

「坊主《ポープ》付きのですか」

「いいや、坊主なしの、だが音楽付きの」

私が黙っていると、彼は続けた。

「彼は少女を助けようとして、その少女と一緒に溺れたんだ」

「何処で？」

「インガダで」

インガダは大きくもない静かな川である。私はそこで材木の流送をやったことがある。その時、仲間の捕虜が逃亡の計画を立てた。それはインガダを下ってゆくとシルカに出る、シルカを下ってゆくとアムールに出る、アムールを下ってゆくと日本海に出る、そして日本海には沿海州から北海道の西海岸へ流れている潮流があるというのだ。私たちはもちろん、この地理学的逃亡計画を実行しなかった。ただ静かなインガダの流れを眺めるだけで満足したのだった……

オシップが言った。

「お前、知ってるか、インガダは川の中程へゆくと危険なんだ」

私は知っている、ユーリディケの蛇は到る処にとぐろを巻いている、と。それから私は、勇士を死の中へ案内したその少女が、どんな風に埋葬されたかを想像してみた。

――ソビエトには見たところ二種類の葬式があるように思われる。一つは新しいソビエト的葬式とでもいうべきもので、これにもいろいろの様式や段階があるだろうが、要するに死体を自動車や馬車に積んで埋めにゆくことである。このようにして埋葬された人間の上には一本の棒杭《ぼうくい》が立てられ、この棒杭の尖端には赤い星がくっついている。もう一つの方は、古い正教会による埋葬で、これは昔ながらの十字架と坊主と揺り香炉と讃美歌の付いた野辺送りである。このようにして埋葬された人間の上には十字架が立てられる。こうして死人達は、或いは星となり或いは十字架となって、墓地に入り乱れている。

チタの中央の広場にあった古い教会は、とうの昔に壊されて、その石材で立派な白い小学校が作られている。しかし夕ぐれともなると何処からともなく鐘の音が聞えて来ることがあった。それは元の音は消えてしまっても、なかなか消えようとしない谺《こだま》のようである。

私はそれとなくオシップにきいてみた。

「あなたは教会へ行きますか?」

私はシベリヤで民家の中へ入ると、部屋の小暗い隅を見やって、時にはそこに古い聖像《イコーナ》のかかっているのを見たが、私は又そのような眼付で相手の眼をうかがい、時々、きいてみたものである、——(あなたは教会へゆきますか?)と。

すると彼は

「もちろんです《アカークジェ》」とは答えなかった。彼はただ「くそくらえ《ホイスニム》」と言ったのだった。

朝早くオシップは街路の片側の家並の涼しい影の中をすたすたと仕事場へ歩いて来た。人通りはまだ少くて、昨日の足跡に朝日が射していた。一台のトラックが炭坑へ行く女たちを満載して、彼を追越して行った。女たちは歌っていた。二部か三部の合唱で、歌わずにおれないように、自然と彼女らは歌っていた。オシップは右手を振り、何か呼びかけて、微笑を浮べて見送った。彼は左手にズックの袋を持ち、それを肩にかけて担いでいたが、その中にはコテだとか槌《つち》だとか、親しい道具類と一緒に一塊りの黒パンが裸かのまま入っていた、これまた、ありふれて貴重な日常の道具のように。彼は言った。

「俺と女房とおふくろと、誰々と、誰々と、みんなで一日にパンを三キロ食う」

彼はこう言って、その黒パンを水と共に昼食に咽喉《のど》を詰らしながら食べたのである。彼が積みかけの煉瓦の上に、その食べかけの黒パンを置くと、それは煉瓦のかけらのように見えた。

（当時は戦争の傷がまだ癒着していなかった。みんなが粗末な服を着て、少しばかりのパンを食べて働いていた。その頃、私の知り合ったシャターロフという中年男は、炭坑の測量技師だったが、彼は私たちに向ってこう言った、――「ごらんの通り、我々はぼろを着ているが、これで我々は勝ったのだ。戦争中、我々は戦争に必要なものしか作らなかった」そして、勝利の意義を説明して、こう付け加えた、――「我々には言う権利がある、――勝利は未来のある者に属す」と。思うに、これ以上誇り高い言葉はないであろう。オシップはこんなことを言いはしなかったが、恐らくこの律義《りちぎ》な職人もまた、かかる「我々」の一人であったろうと思う。）

病院には表門と裏門とがあった。病人たちはみんな表門から入って来た。彼らは入って来ると、先《ま》ず入口のところで、外部から着て来たものをみんな脱ぎ去って、それから出来れば入浴して、それから病院の制服に着換えた。それは真白いシャツと真白いズボン下だった。それから彼らは素足に軽いスリッパを穿《は》いて、長い薄暗い廊下を歩いてゆき、それぞれの病室に入っていった。そこは明るく白い石灰で塗られ、窓には白いガーゼのカーテンがかかっていて、それを透《すか》して、彼らが今まで働いていた町が別世界のように眺められるのだった。室内は何から何まで白ずくめで明るく、食事時になると白服の女たちが白いマンナの粥《かゆ》を持って来て呉《く》れた。夜ともなると終夜明るい当直室の中で白服の看護婦たちが白いカーテンを作ったり繕ったりしていた。

いつも閉ざされている裏門の傍には、小さい古風な、丸太小屋があり、その屋根の形を見ると、風見でも付けたら似合いそうに尖っていた。私はそれが何であるかを長いこと知らなかったが、或る日、それが死体置場であるということを知った。だから表門から入って来た病人が、若《も》しも裏門から出て行くとすれば、恐らくそれは死人となって出て行くのであろう。この丸太小屋はいつも閉ざされていたが、或る日のことふと見ると、その扉が少しばかり開かれており、何気なく近寄ってみると、その薄暗い内部から白い小さな裸かの足が二本、木の裸か寝台に横たわり、白く浮び上っていた。そこは全く人《ひと》気《け》がないように静かだったが、突然、火山の爆発のように、泣き叫ぶ声が奥の方から聞えて来た、そして暫くすると、また以前よりも静かになったが、しかし私はそこに噴出はやめたが、やはり地下深く燃え続けている地軸の火を感じたのだった。

この丸太小屋と向い合って門番の小屋があり、私は時間を知ろうと思って、そこへ入ったが、そこには時計がなかった。壁には何も掛ってはいなかった、――聖像《イコーナ》も、レーニンも、マルクスも、スターリンも、――ただ百姓風のプラトークを冠った女の写真が一枚、壁のまん中にぽつんと貼りつけてあった。私はそこに、無言でじっと坐り込んでいる門番の老人の顔を、時計の代りに眺めて引返して来たが、暫く歩いてから振り向いてみると、その老人が番小屋から出て、大きな観音開きの裏門を少しばかり、そう、丁度人一人通れる位、開いていた。そして白い肩掛け兼用の長い頭巾《プラトーク》を被り、黒い外套を着た女の人がたった一人、そう、たった一人、細長い五角形の小さな露西亜風の白木の棺を――そう、眠った赤ん坊でも抱くように、大事そうに、眼を覚まさせないように抱いて、そこから出て行くところだった。いや、もう出て行った。そして門番の老人が重そうに扉を閉め閂《かんぬき》をかけて、再びその小さな見張小屋の中へ消えてゆくのを、私は見たのである。

作業を終えて、私たちは帰営の途についた。すると大粒の俄《にわ》か雨が降り出した。私たちは病院へ引返した。その時、俄かに暗くなった空気の中で、病院の中から白い手が出て窓々を閉ざすのが見えた。私たちが雨宿りする間もなく、雨が忽ち晴れた。もう夕ぐれ近いのに、正午より明るい日光がぱっと照り出した。私たちは改めて帰路についた。

振り向いて見ると、病院はまだ窓々を開かないで、その硝子戸《ガラスど》は池の面にも似て鈍く光っていた。雨はちょっとの間に道路からあらゆる足跡を洗い流して了《しま》い、一瞬人っ子一人通らない街上は町の中に出現した沙漠のようだった。私たちはその上にはっきりと足跡を残して歩いていった。それは一人一人の足跡ではなくて、五列側面縦隊に集団した人間の足跡だった。私たちはこの隊形を、この秩序をみださないように、二人の赤軍兵士によって護衛されていた。――このようにして私たちの通ってゆく道路に面して、（ヤースリ）という看板を掲げた一軒の家があった。

ヤースリと言うのは元来、秣槽《まぐさおけ》のことで、それはまた托児所のことだった。それは年に一度、春毎《ごと》に緑色に塗られる木造の小さな可愛らしい建物だった。その窓枠は古風なロシヤ風に手の込んだ細かい唐草模様で飾られていて、それが内部の生活を縁どっているように思われた。その窓々には、白いレースのカーテンが中から垂れていて、そのため室内はよく見えなかったが、しかしそこに人影一つ見えなくても、このカーテンは内部の生命の微風にふくらみ、さゆらいで見えるのだった。またロシヤの古風な民家は前や後にまた周囲に木の柵を付けていて、それはその中に、あたかも家が両腕を伸べて自分の生命を抱きかかえているかのように、樹木たちを生《は》やしているものだが、このヤースリの柵の中にも白樺のしなやかな若木が何本か生えていた。そこには子供の遊び道具など一つも見当らなかったし、子供の姿など、ついぞ見掛けなかった。ただ時折、真白い上っ張りを着た、肥った健康そうな若い娘が出たり入ったりして、時にはよくふとった薔薇色の腕を出して洗濯をしていた。こう言う娘たちは何人もいたのかも知れなかったが、そのどれも同じ服装をしており、いつも一人しか屋外に出て来なかったから、そのため私たちには唯一人としか思えなかったのである。彼女がたった一人で、あらゆる秣槽に秣を与えているように思われたのだった。私たちはこの家の前を通る度に、幾つも並んだ、いつも純白に洗濯された小さな寝台の中に眠っている、生れて間もない薔薇色の赤ん坊たちを想像した。そして白い服装に包まれた若い娘の姿の中に、一人の子の母ではなくて、あらゆる子供たちの、母そのものを想像したのである。このように、銃剣付きの護衛というものは、決して私たちが人家へ近付くことを許さない代りに、人生に対する夢を私たちに抱かせたのである。

煉瓦は方々で積まれていた。監獄も病院も新しいアパートも煉瓦だったし、それに何よりも必要なもの、あらゆる住居の心臓とでもいうべき炉《ペーチカ》は煉瓦で出来ていた。私たちは、その煉瓦を作りに行った。

煉瓦工場は方々に沢山あったが、私たちの働いたのは、一種独特の極《きわ》めて古風な煉瓦工場だった。それは或る炭坑町にあった。

それは炭坑の上に作られた町だった。町外れには大きなボタ山が隆起している一方、町の中には方々に大きな穴があいていて、それには水が溜っていた。その水は濁ってはいたが、それでも明るく日光を反射し、町を下の方から照らしているように見えた。こういう池は、人々が地下を掘りながら地上に家を建てているうちに、地面が陥没して出来たものだと言うことだった。それらは擂鉢《すりばち》形をしてなかなか深く、ある家の如《ごと》きはその直《す》ぐ縁にのめりかかって立っていて、危く水中への没落を免れていた。一方、地下の暗い炭坑の中では、その水がしとしとと漏れて、忽ち膝を没するくらい坑道に溜ってしまうので、しょっちゅう吸い上げポンプのモーターが闇の中で鈍い音を立てていた。

しかし町はいつもひっそり静かだった。と言うのは、そのように此《こ》の町の中心とでも言うべき街区は地下に埋もれていたからである。そこでは四六時中、ツルハシが揮《ふる》われ、鑿岩機《さくがんき》が唸《うな》り、ハッパがかけられトロッコが運行していた。上の町で人々が眠っている真夜中でも、下の坑道は人々の労働でどよめいていた。が、実をいうと、町の下は、もう通路と廃坑ばかりで、本当の炭坑はもっと先の方へ掘り進められていた。

私は想像したのだが、この炭坑は囚人によって開発され、それ以来沢山の囚人が働いたのではあるまいか。町の人々の中には、彼らの子孫が沢山いたのではなかろうか。シベリヤには徒刑囚の歌が民謡のようになって幾つも残っている。私はこの町で、一人の少年が、その一つを歌うのを聞いた。その文句はよく判らなかったが、ただ折返しの言葉が、しつこくはっきりと耳に入って来た。それはこう言っていた。

永久《ウエチノ》に永久《ウエチノ》に我《ヤー》この地《ブードゥ》に生きん《ジーチ》

こう歌いながら少年は、ほっそりした白い素裸になり、池にとび込んで泳いでいた。六月の太陽が急に白くぱっと輝いた。そして歌の中では重苦しかった（生きる《ジーチ》）と言うロシヤ語が忽ち歓喜の言葉に変るかと思われた。そして、こういう池を地上に開いている地下の暗い炭坑は祝福さるべきものに思われた。

煉瓦工場はこういう池のほとりに立っていて、そこから水を汲み上げていた。そこは地面がやや高くなっており、おまけに煉瓦焼のカマドは無恰好《ぶかっこう》にかさばった巨大なものだったから、遠くから見ると町は見えずに、あたかもそれが町の中心であるかのように、その歪んだ屋根だけが聳え立って見えた。けれども、それは近代的な意味で工場とは言えないような、非常に原始的なものだった。若し「煉瓦製造技術発達史」というような本があるとすれば、その第一番目の挿絵に、この工場が出て来るように思われた。人々がそこで煉瓦を作っている光景は中世紀の木版画のように素朴な感じがした。

土と水を混ぜて適当な柔かさの粘土にこね、それを木の型にはめ込んで、それから平らな広場《トーク》の上にあけて順序よく並べ、あとは太陽の光と熱に委《ゆだ》ねるのだった。このように乾燥は全部天日に依存したから、作業は春から夏の間しか行われず、雨が降ると休んだ。雨が降ると監督は言うのだった、――「煉瓦の収穫よりも馬鈴薯《ばれいしょ》の収穫の方が大切らしい」と。

土と水と天日を通って出来上った生煉瓦は今度は火の中を通って赤い煉瓦となって出て来たが、それは必ずしも同じ大きさではなかった。しかし器械で切断したものよりも、きめが細かくて、いかにも手造りらしかった。これは主として建築よりも家の炉を築いたり、修理したりするのに使われると言うことだった。

私は一度、一人の婦人が、まるで自分の家でメリケン粉でもこねるように巧みに粘土を扱って迅速に煉瓦を作っているのを見た。私は大いに讃嘆したが、彼女は一向につまらなそうだった。それというのも、この煉瓦作りはあんまり割のいい労働ではなかったからだ。

煉瓦作りのノルマは一人八時間七百二十九枚だった。これは不可能ではなかった。問題は粘土の供給だった。もし絶えず良質の粘土を満遍なく供給して、作り手を決して遊ばせず、フルに回転させるならば恐らく千以上も作ったであろう。だから監督は言っていた、――「すべては粘土にかかっている」と。

ところが、この粘土を供給する泥練り作業はなかなかの重労働であり、そのノルマは作り手に即応したもので、若し作り手が百%遂行すれば泥練りも百%ということになっていた。しかし実際は必ずその半分の五十%にしかならなかった。というのは、定員よ

。すなわち五名の作り手に対し泥練り二名が定員だっ
たが、実際は四名なくてはやれなかったている。これは万人の認めるところだった。私は知っ
ているが、或る年、四名ではなくて定員通り二名のウズベク人の屈強な若者が働いて、
大負けに負けて、どうやら百％近くやったそうだが、シーズンが終ると同時に、彼らは
二人共病気になり、倒れて、病院に入ったのだった。これは周知のことだったが、私は
更に、退院して来たその一人から聞いたのである。彼は退院し、それから酒を飲んで少
しばかり酔払って煉瓦工場にやって来て、私たちが定員より倍の人数で働いているのを
見て、それを喜んでくれたのだった。しかし四人でも私たちには作業は重く、パーセン
トは半分しか貰《もら》えなかった。

こういう不合理なノルマは、他の機械化された工場との釣合上、定められたものだろ
うが、それを改正する段になると、管理局は、（それはモスクワの決定だから）不可能
だと言った。これは嘘に違いなかった。真実は、こういうノルマを改正する前に、こう
いう工場は消滅さるべきだったからであろう。そして、それが消滅されずに、どうやら
運転されていたのは、恐らく私たち捕虜という労働力があったからであろう。私がこん
な邪推をする根拠は、私たちがこの町を去った以後、その煉瓦工場は操業を止《や》めたから
である。

しかし、たとえノルマが不合理であろうと、私たちは他の煉瓦工場よりここの労働を好いていた。何故というに、そこには機械というものがなくて、人力以外はせいぜい馬くらいのものだったからだ。全部が全部、機械化されるのは恐らく目出度《めでた》いことだろう。しかし、部分的にしか機械化されないで、機械と機械の間に人間が挿入されると、彼の労働は機械に追われて機械を追いかけ、多忙を極めて、まことに味気ないものである。その機械を動かすものは、彼ではなく、彼以上の、権威ある存在なのだから。かかる存在によって機械は動かされ、そして、この機械によって、人間は使用される。

だが、そこには機械がなかった。そして天日のよく通った生煉瓦は納屋に積まれ、そこから手押車で巨大なカマドに運び入れられて、そこが一杯になると、下の焚き口から巨大な節だらけの薪の火が燃え上るのだった。そして此の薪を焚くのは一人の老人に限られていた。

このカマ焚きは決してこの老人にしか出来ないような難しいものではなかった、それはつまり、この老人しか、その成り手がなかったからであろう。と言っても、それは誰にでも直ぐ出来るものでもなかった。約二週間に亘《わた》って焚くのだが、その間いろいろの薪の焚き方があり、火の強弱緩急よろしきを得なければ、煉瓦は出来損うのだった。いわば此の老人は生き残りの特殊技能者というべき人物だったのであろう。

この老人はたった一人で、工場の構内にある労働者の平割長屋に住んでいた。この長屋は中央に真暗な廊下が一本通っていて、両側に一部屋ずつの小さな住居が並んでいた。人は暗いところを手さぐりで進み、大体歩数によって自分の住居の位置を知るのだったが、彼の部屋は入ると直ぐの所にあった。私は或る時、用があって彼を訪れた。彼の部屋は北側にあり、寒々と薄暗かった。窓からはただ、煉瓦焼きの馬鹿でかいカマドと、積み重ねられた薪の群しか見えなかった。私が入ってゆくと、彼はそれまで、その窓を眺めていた顔を私の方へ振り向けた。彼は愕《おどろ》いたように見えた。私は一言詫びてから言った。

「今、日本人が一人、太陽にやられて倒れましたから、ここに休ませてくれませんか」

私は内心、彼がキリスト教徒であるところから或いは直ぐ承知するかも知れないと思ったのだった。しかし彼は絶対の頑固さで頭を横に振って、奇妙な嗄《しわ》がれ声を顫《ふる》わせて(駄目だ《ネリジャ》)と繰返した。

彼の部屋には寝台、机、椅子が一つずつあるだけで何の飾りもなかったが、机の上には一冊の本があった。それは十九世紀の終り頃にカザンか何処かで出版された挿絵入りの、ギリシャ正教会の教義による荒唐無稽な人類発生史であったが、彼はそれに対し絶対の信仰を抱いていたようである。それは彼の子供の時に、知らぬ間に種《う》えられたものが、いつの間にか彼の中で大きくなって、固い実を結んで、重くなり、今や彼はそれと共に何処かへ落ちかかっているように思われた。彼の中にはもうそれしかないようだった。

彼は或る時、私たちを眺めて、しみじみとこう言った。「戦争は誰もいやだ。そして、この戦争を起こすものは権力《ウラスチ》だ」

こう言う彼の弱々しい声を聞くと、それはそのまま、ギリシャ正教会の、ソビエト政権に対する、怨恨を聞くような気がした。そして、そこにはトルストイの亡霊がさまよっているように思われた。

煉瓦をうまく焚きあげて了うと、彼は暇になり、青い前掛けを外ずして、日がな一日、彼の家の外側に作り付けになったベンチに腰をおろしていた。彼は自分でつぎを当てた太い短いズボンを穿き、大きな兵隊靴を穿いていたが、このズボンと靴の間に、細い、しなびた、白い足首が見えていた。彼は夏でも、冬の毛皮帽子《シャープカ》を冠っていた。このように彼は腰をおろし、そして私たちを護送して来た若い赤軍兵士と何やら頑固に議論していたが、それはどうも政治上の論争らしかった。赤軍の兵士は、その受けた政治教育にのっとって、彼を説得しようとしているようだった。しかし老人は頑固に頭を振っていた。彼は済度《さいど》し難き帝制時代の讃美者であって、いつも結論として口ぐせのように言うのだった。

「ああ！　ノヴゴーロドの定期市《ヤールマルカ》！」

彼にとっては、殷賑《いんしん》を極めたノヴゴーロドのヤールマルカなるものは、そのままニコライ時代の象徴であり、そこには彼の若い頃の思い出が全部かかっているように思われた。彼の話によると、この市には世界各国から、あらゆる民族が集り、彼はそこで始めて日本人というものを見たと言っていた。

この年の翌年、私はこの町からチタへ連れてゆかれ、そこで道路工夫をやったが、ある時、チタの町の市場の前で、道路の溝を掘っていると、市場の塀にもたれている、彼を見付けた。彼は私にはもちろん、いかなる行人にも気付かないような顔をしていた。私は溝から這い上って、手を洗って彼の前に現われた。彼は私を覚えていて、その手を差し伸べたが、私はそれを握り、それが労働した者に似合わず弱々しいのを感じた。彼は言った。

「煉瓦工場は無くなった。自分は今、休暇でここへ来ている」

「休暇後は何処へ？」

「知りません」

市場はにぎわっていた。町の人々、農村の人々、ジプシーたちが集って来て市場の門から入っていった。看板に大きな樽を一つ描いたビール売場の小屋は満員だったし、露店の簡易食堂《ザクーソチナヤ》にも人々は群れていた。若い男が一人、その手製のぴかぴか光るバケツの底を軽く叩いて売っているのが、門からちらりと見えていた。六月の晴れ渡った日射しが塀一杯に明るく暖かに当っていた。彼はそれにもたれ相変らず冬の帽子をかぶっていた。

「ああ！　ノヴゴーロドの定期市《ヤールマルカ》！」

この今はもう無くなった煉瓦工場には、重たい碾臼《ひきうす》のような泥練りの攪拌器《かくはんき》が幾台かあって、それらを馬たちがのろのろと廻転していた。馬たちには——彼らの全然関知するところではなかったが、——それぞれ名前がつけられていた。つばめ、ジプシー女、いなき馬、栗毛《グネトコ》、せむし、スチュードベーカ、等々。彼らは朝早く町の厩《うまや》から、僅《わず》かばかりの燕麦《えんばく》の朝食を済ますと直ぐに、この煉瓦工場へ追われて来るのだった。スチュードベーカというのは痩せ細った牡馬で、栄養不良で、そのため彼には特別、他の馬より倍の量の燕麦を与えられていた。彼はそれを忽ち食べてしまって、それからもなお、秣桶の底をいつまでも舐めていた。そのため秣桶は彼の舌にも似てざらざらし、大きく擦り減って凹《へこ》んでいた。彼はのろのろと働いて、やがて動かなくなり、頭《こうべ》を垂れた。馬方の少年が後ろから妙な特別の声を出し長い鞭《むち》を馬の頭に鳴らした。すると彼はまたのろのろと動き出したが、やがてまた動かなくなり、今度はなかなか動き出さなかった。その彼を鞭でひっぱたくと、彼は少しばかり小便を洩《も》らすのだったが、その様子はこう言っているように思われた。

「私には、もうこれしか出せません」と。

彼は、どの仕事場からも、馬車曳きからも嫌われ、結局この煉瓦工場へ廻わされたのだが、監督は彼に対し、また厩の長に対し、手を振って、あらゆる罵詈《ばり》を発していた。とどのつまり、彼は煉瓦工場にも来なくなったが、間もなく汽車にぶつかって死亡したという噂だった。そして、彼の筋ばった痩肉には人間どもがむらがって、それを食べてしまったそうである。おお、可哀相なスチュードベーカ！

「いななき馬」というのは荷車曳き専門の小柄な肥った牝馬で、その首筋の何処かを圧《お》さえると、細い嘶《いなな》き声を立てるのだった。彼女は或る日、おとなしく煉瓦を満載した荷車を曳いて、とことこと歩いていたが、突然立ちどまって、そのまま脚を折り、地べたに坐り込んで、じっと動かなくなった。その眼は私たちの理解出来ない世界を映しているように見えた。彼女は口を開かなかったが、彼女の内部の何処かで細い嘶き声が聞えていた。「これはきっと仙痛《せんつう》（？）だ、もう駄目かも知れない」と捕虜の一人が言った。そこで私は彼女を馬具から外し、よろよろ立ち上った彼女を獣医の所へ連れていった。獣医はひげだらけの百姓風の男だったが、あっさり診断して言った。

「何処も何ともない」

「では」と私は言った。「仮病《シムリャーツィヤ》ですか？」

このシムリャーツィヤという語を、私は、日本人捕虜を診断するソ連軍医の口から頻繁に聞かされたので覚えていたのだった。それが途端に私の口から殆《ほとん》ど無意識に出て来たのだった。すると獣医は真面目に答えた。

「そうかも知れない」と。

私はやくざな馬の話ばかりして来たが、もちろんスタハーノフ的馬だっていたのである。例えば「せむし」の如き……、が、馬の話はよして、人間の話をしよう。


粘土攪拌器には長い棒がついていて、これは轅《ドイシロ》と呼ばれていた。馬はこれに縛りつけられて、固定した一点を中心にして無限軌道を描き、一日に何十キロも歩くのだった。馬が歩いている限り、攪拌器の中には土と水が満たされ、こうして練られた粘土は下の口から出て来るのだった。若しもこれが馬でなくて機械であり、そのスイッチが監督の手に握られていたならば、私たちは労働に追いまくられたことであろう。馬はそれほどのことはなかったが、それでも私たちは攪拌器の廻転に追われて、泥と汗にまみれて働いた。眼に入り込む汗を泥のついた手で拭いながら、監督のいない時を見計らって私たちは怒鳴った。

「馬を止めろ」

すると、それまで馬の背に仰向けに寝ころんで、いるかいないか判らなかった少年が上半身を起して馬を止めた。

「トルルルル……」

少年は桃色のパンツ一つの裸体だった、手足が細い割にお腹がふくれ、胸には肋骨が数えられた。そばかすだらけの顔には、玉蜀黍《とうもろこし》のひげのような髪の毛が垂れて、それが馬の前髪のように分れて、その間から鳶色《とびいろ》の眼が見えていた。彼は馬の背に腰をおろし、両脚をぶらぶらさせ、微かに口笛を鳴らした。私たちはタバコに火を点けて、彼に言った。

「ムスリマーン、歌を歌え」

「お前たち、歌え」

ムスリマーンと言うのは回教徒と言う意味で、彼の本名ではなかった。誰もが彼をムスリマーンと呼び、本当の名前が判らなかった。私たちは或る時、丁寧に彼にたずねてみた。

「あなたのお名前は？」

すると彼はしかめ面の微笑をして見せた。そして言った。

「馬の微笑《コンスカヤ・ウイルブカ》！」

私たちは笑い出した。少年も笑いながら、今度は本当の名前を言ってくれたが、それはとても難しいタタールの名前で、なかなか私たちには覚えられなかった。私たちは何度もきき返した。少年が罵《のの》り出した。

「この黒ん坊《アラーブ》め！」

私たちは素裸で働き、そのように全身が日に焼けて、真黒だった。当時、私たちの捕虜収容所で月例の身体検査があった。それは捕虜たちが素裸になって一列にならんで、順々に軍医の前に立って、その診断を配給して貰うのだったが、その時、私の番が来た時、女の軍医中尉だったが、彼女は特別日に焦げて真黒けな私の裸体を一瞥《いちべつ》して言った、――（無神論者《ベズボージニク》！）と。これが私の貰った診断だったが、その後、私は考えてみた、――黒人と無神論者と、このふたつの言葉には何か共通の意味があったのであろうか。そしてこの二人の人間――ムスリマーンの少年とソ連の女軍医の間には、何か共通の気持があったのであろうか。

ある時、私たちは馬を止めさせ、煙草に火を点けて、少年の存在を忘れてしまった。私たちの上に食物の話が降って来たからである。私たちの故郷は頭の中にも心の中にもあるものではなくて、それは胃袋の中にあるようだった。私たちは餅だとか、サンマだとか、いろんな日本的食物の話をして忽ちノスタリギーヤに罹《かか》ったのだった。すると少年が突然、歌い出した。

カリンカ、カリンカ、カリンカ、私の
庭には木の実《ヤゴダ》

　マリンカ、マリンカ、私の

　私は耳をそばだて、忽ち牡丹餅《ぼたもち》の話から引張り出され、ノスタリギーヤから癒《なお》って了った。彼は時折此のカリンカの歌を歌った。それも決して全部ではなく、断片的にぱっと歌って、気まぐれによしてしまうのだったが、私はその度にそれに気を奪われて耳傾けた。その声は中空に鳴っているように思われた。私はこの歌を歌う彼が好きだったので、彼に歌わせようとしたが、そんな時、彼は歌など一向知らないように取り合わなかった。それでも私は少しずつこの歌を覚え、まるで鳥の囀《さえず》りでも真似するように下手くそに口吟《くちず》さむことがあったが、それは私の口からはどうしても旨く出て来ようとしないのだった。

　例の窯焚《かまだ》きの老人が、嗄《しわ》がれた中性的な声で言った、(えー。無頼児《ホリガン》が歌っている)と。そして彼は歌の註釈をつけ加えた。

「カリンカは甘い木の実、マリンカは苦い木の実」

「苦いのは毒ですか？」

「いや、ただ苦いだけだ」

　少年は突然、歌を止《や》めて馬から飛び降り、何処かへ走って行ったかと思うと、誰からか吸いかけの煙草を貰って口にくわえて帰って来た。彼はこのように、よく人から煙草を貰ったり、また吸いかけを拾ったりしていたが、他人から呉れと言われると、即座に与えるのだった。

ある時、私たちは何かのはずみに、肉や、バタの値段を彼にきいた。彼は答えた。

「肉やバタなど見たこともない」

「何で生きている?」

彼は口をとがらして、この愚問に答えなかった。黒パンと酸っぱいキャベツと、それから何であろうか、私には大体の想像がついた。彼の母親は一日中、馬糧《ばりよう》のような燕麦を叩いたり煮たりして、微かにねばり気のある粥のようなスープを作っていた。夏の間だけ明るい戸外に煉瓦で築かれた竈《かまど》の上の鉄鍋から、そのスープを大事そうに鉢にうつし、それを前掛けで抱えて薄暗い小屋の中へ運ぶ姿を私は見た。

ムスリマーンは鞭を持っていたが、滅多にそれを使わなかった。彼は私たちがどうしても動かすことの出来ない、意地悪の白い牝馬「ジプシー女」を口笛一つで自由自在に動かすのだった。彼はそのように口笛を一吹きし、そして馬が動き出し、攪拌器が廻転を初め、粘土が練られて、それが下の孔《あな》から出て来て、私たちが動き出した。

彼は言った。

「労働《ラボータ》は行われ《イヂヨート》、事務所《カントーラ》は書き記す《ピーシエト》」

そして卑猥な語呂合せをそれに付け加えた。私はそれをも此処に書いておこう、——

（ホイは立ち《ストイート》、ピズダは捜す《イーシエト》）と。

こう言って彼はまた馬の背に横たわった。

或る時、私は彼にきいてみた。

「お前、どうして学校へ行かないんだ？」

「行きたくないからだ」

「それでいいのか？」

「もちろんだ」

彼は大きなぼろぼろの鳥打帽をかぶり、大人の上衣を着て、下はパンツだけで、はだしで町を歩いていた。彼は町の人々がいろんな買物をする店の前の、水のない溝の中に足を下ろして道路に腰掛けていた。彼は通りすがりの馬車に飛び乗って何処かへ行ってしまった。彼はまた馬を飛ばして町の中を通っていった。彼はいきなり大きな声で笑い出して言った。

「眼鏡に……泥が……」

「どうしたんだい？」

「眼鏡に……泥が……」彼はこう繰返して少年らしい笑いをあたりに響かせながら行ってしまった、私たちには何のことか判らなかったが、見送って一緒に笑わざるを得なかった。

時あって彼は、ぼろではあるが、ちゃんと上衣と長いズボンと靴をつけ、鍔《つば》のある帽子を冠って、蒙古人のように長い皮の鞭を携えて現われた。彼はそんな時、馬群の夜番に行くのだった。

町に働く馬たちは時折交代で、群をなして、町の外の草原《ステップ》へ行って、そこで一夜を過ごして来るのだった。あらゆる馬具から解放された裸馬の群が或いは駆ったり或いはのろのろと歩いたりしながら、午後の日射しを浴びながら町から出て行ったが、その中の一頭には馬具が着けられ、それにムスリマーンが跨《また》がっていた。こうやって彼は馬群と一緒に、一夜を広大な草原で、兵隊外套にくるまって過ごすのだった。こうして朝早く、私たちが収容所の中で眼覚めるころ、彼は沢山の馬群を追って草原から帰って来るのだった。私たちが寝ぼけた眼をし、針金の柵の外を見ると、馬群が土埃を立てて走ってゆき、それを馬に乗って追っているムスリマーンの姿が見えるのだった。彼は特別元気のいい馬に跨って、その馬を完全に乗りこなすことによって、馬群全体を統禦《とうぎよ》しているように見えた。何という新鮮な朝帰り！　彼も馬と共に草原からその野性を取戻して来たのかと見えた。

或る日、「戦士《ワエンヌイ》」という呼名の、黄ばんだ栗毛の若い牡馬が煉瓦工場に現われた。これは小柄で非常に元気のいい馬だった。ムスリマーンは昼休みの時この馬を轅木から外ずして、それに跨り斜面を駆け下って、池の滸《ほとり》へ水飼いに行った。そしてまた駆け上って来たが、その時、「戦士《ワエンヌイ》」が急に跳ね上ったと見ると、殆ど仰向けに寝ころんだ、そして振り落された彼は、危く下敷をまぬがれたが、その場に倒れて、もう起きることが出来なかった。私たちは彼が微かに唸っているのを聞いた。「あばら骨が折れた」と一人が言った。馬方をやっている彼の父親が荷馬車を曳いて来て、彼をそれに積み、ががたと病院へ運んでいった。

冬、私たちは古い火事の焼跡の煉瓦を片付けていた。煉瓦を作ったり煉瓦を積んだりした私たちは今や崩壊した煉瓦を集めて、それを町外れの窪地へ埋めに行ったのである。すべては、凍りついていた。インガダも池々も。薄曇りの冷え切った大気の中に、あらゆる家々の煙突から煙が立ち昇り、それが同じ風に吹かれて倒れ、屋根屋根の上で入り交っていた。人通りは少なかった。夕ぐれ近く私たちは作業を終えて町を通り兵舎の方へ帰って来た。風は途絶えたが大気は依然冷たかった。私たちは相変らず五列側面縦隊で進んでいった。その時、街路のずっと奥の方から、凍った土をひびかせて一台の馬車が跑《だく》で近づいて来た。そして私たちと擦れ違う時、その馬車から聞き覚えのある声が響いて来た。私は顔を挙げて一瞬、ムスリマーンの顔を見た。彼は防寒帽の垂れも下さず、顔をすっかり大気にさらしていた。一瞬、彼が自ら馬の微笑と言った、あの微笑を浮べたようだった。そして忽ち通り過ぎた。私は振向いて、彼が鞭を振り振りますます迅速に、街路の奥へ消えてゆく後姿を見たのだった。

小さな礼拝堂

それは柵で囲まれていた。柵は針金製の茨《いばら》の生垣だった。この生垣は概して透明であり、内からも外からも見通すことが出来た。この二重に張られた柵と柵との中間は、細長い、無住の、言わば真空地帯だったが、時たま私たちは許されて、と言うのは命ぜられて、その中に入り、草をむしったり、鋤《す》き返したりして、そこの地面を黒々と綺麗に均《な》らしたが、そこには何の種子も蒔《ま》かれなかった。私たちはその黒土の上に、私たちの或いは外から入って来る者の、足跡をつけないように、若《も》しついたら直ぐ判るように、いつもそこを清掃しておいた。若しも何らかの足跡がこの蹄係《わな》に発見されるならば、それは或いは逃亡の、或いは侵入の証拠であって、忽《たちま》ち非常呼集が鳴り響く筈《はず》だった。（私たちは此《こ》の中間の真空地帯へ入るのが嫌ではなかった。それは、どちらの世界にも属してはいなかった。それは透明な天使の通路だった。そこからは幾つも張られた針金の水平線越しに、内と外の世界が同時に眺められた。私たちはそこで自分たちの足跡を綺麗に消しながら後向きに歩いてゆき時折休憩した。そんな時、私たちは、もういかなるものからも捉まえられない、言わば死の世界にでも入ったかのような、一瞬奇妙な静寂な感じに襲われ、めいめい沈黙していた。そして直ぐ起き上っては、またがやがやと作業を始めるのだった。）

この地帯に私たちは入れられることが、だんだん少くなって、終《しま》いには完《まった》く見捨てられてしまった。そこの地面には根強い植物が生えて来て、内と外の区別がつかなくなり、いかなる足跡もとどめないで、その代りただ草の穂を揺がして風の通り過ぎるのが見えた。また針金もたるんで来て、ところどころ、人が棘《とげ》に引っ掛らないで楽に通れるくらい穴があいたが、修理もされなかった。ただ思い出されたように、針金が元通りに張られたりすると、やがて権威ある者が、検察官たちが私たちの秩序をしらべに来るのに決まっていた、が、概して彼らは、そこまでは見なかった。

このように私たちに対する警戒はゆるめられた。それは言わば、調教の期間が過ぎたからであろう。私たちは、問題は私たち自身の内部にあり、柵と言うものは何処にでもあるので、その中にあるのは、幾分退屈ではあるが、しかし或る面に於《お》いては拡大されたる、ありふれた人生そのものであると言うことを、だんだん理解したのである。

さて、この二重の柵の内側には、内部に向って日本語の立札が立っていた、――（立入禁止地帯、近寄る者は射殺さるべし。）このように、私たちは広大なる立入禁止地帯に囲まれていて、時には射殺を免れて、その禁止地帯へ入って行った者もあるが、必ず連れ戻された。私たちは、否応なしに、地球をうんと狭めざるを得なかった。それから、柵の外側には外部に向って、ロシャ語の立札が立っていた、曰《いわ》く（近寄る勿《なか》れ、射殺するぞ！）そして、この射殺すると言う語は、一人称単数の現在形だった。それであたかも立札そのものが発射するようだったが、実際は此の射殺者は柵の四隅に立っている櫓《やぐら》の中に棲息していた。

それは四本の高い柱の上に作られた樹上生活者の小屋だったが、その四方の壁は全部が打ち抜かれた空虚な窓だったから、下から見ると、それは天空をはめ込んだ額縁のようで、その中に一人の人間の肖像が見えていた。彼は（時間の男）と呼ばれ、一時間毎に交代したが、交代するや否や、それは前と全く同じ人物になるのだった。それは一時間毎に一瞬引込んで、直ぐ現れる時計の針だった。彼は永遠に続く時間に倦怠《けんたい》を感じ、よく欠伸《あくび》をしていた。彼は銃を持っていて、射殺するためにそこにいたのだが、この死神は終《つい》に発動する機会がなかった。彼の手をまたずして、結構、人々は死んで、時間外に抛《ほう》り出された。

夜になると、この櫓の上に探照燈のような電燈が点され、それは四つの方角から輝いて、柵の中の世界を明るくすると共に、外の世界を一層暗い闇のように見せ、殊《こと》にその真下は深い暗黒だった。そこには何が潜んでいるか判らなかったが、相変らず（時間の男）がそこに退屈していたようだ。彼は眼を光らして物を見ながら、決してその姿を見せない暗黒の怪物だった。しかし、彼はやはり欠伸の音を立てていた。また或る時、暗の中から太い濁声《だみごえ》が聞えたことがある。

「あるか《イエスチ》？」

すると探照燈下の闇から声が答えた。

「あります《イエスチ》」

あたかも暗黒が自己の存在を確かめているようだった。

このようにして時間が過ぎ、いつの間にか探照燈は光を失っていた。樹上の小屋は不在のまま何日も顧みられなかった。そして終に（時間の男）は永遠にその棲処《すみか》を見捨てたようだった。櫓の柱がゆがんで倒れかかったが、修理もされなかった。私たちは壊れた空虚な時計台の文字盤を通して青空を眺めた。そして夜には、あの探照燈の光っていた真下に当り、厳冬の星々が威嚇《いかく》的に覗き込む監視哨を、暗の中に見たのだった。射殺の立札はこうして、ゆっくりと倒れていったが、しかし私たちが相変らず死におびやかされて柵の中に住み、広大なる、よく勝手の解らない大地に取りまかれていることには変りがなかった。

柵の中はいわば一個の有機体であって、生存に必要なあらゆる器官が備っていたようだ。私たちは食堂で粟飯《あわめし》を食い、便所で排泄《はいせつ》したが、この便所は巨大な穴だった。この穴の上にはバラックが建てられ、その床板には幾つかの排泄孔が空いていたのである。こうして下の穴が徐々として一杯になって来ると、その隣りにまた別の穴が掘られて、バラックはその上に移動した。ある時、私たちはこの穴を掘っていた。すると、そこへ見知らぬソ連軍将校が現われて言った――(お前たちはこの穴が一杯になったら帰るであろう)と、そして長い縄の先に石を結びつけて、穴の深さを計り、もっともっと掘りなさい、と言って笑った。私たちは穴が出来上った時、一ショベルの土をめいめい穴の中へ抛り入れて、これで帰る日が一日早くなったと言って笑った。

食堂と便所とそしてその他にいろんな建物がそこにあった。理髪所、浴場、医務室、水槽、食糧庫、被服庫、とにかく何でもあった。そして私たちが外部へ出て働く限り、食糧と水と火は門から入って来たのである。そして、スターリン憲法の太陽のもとで、この労働の権利は私たちにいくらでも与えられた。

これらの建物にはみなそれぞれそのロシヤ名が貼付されていた。食堂にはスタローヴァヤ、便所にはウボールナヤという具合に。そして時たま私たちの生活ぶりを検査に来た、いかめしい制服の人たちは、先ず建物の名前を読んでから、果してそれがその名に値いするかどうか見るために、その中へ入って行ったのである。

彼らは大抵モスクワから来たと言われた。モスクワの決定、モスクワの命令が行われているかどうかを見るために、彼らは直ぐ隣りの町から来た時でも、モスクワから来たと言われたのである。

或る時、こう言う検察官の一行がやって来て、柵の中を見て廻ったが、彼らはその時、一隅に立っている、一軒の、それは小さい小屋を発見した。それには名前がなかった。

「あれは何か?」と彼らの一人が言った。

「あれは死人のための家です」

彼らはうなずいて、そこには入らないで、そのまま通り過ぎた。

私たちはこの小屋にロシヤ名を付けようとして、いろいろ考えたのだった。しかし、結局、何と書いていいか解らなかった。私たちはモルグという言葉を知っていたが、此の名をここに付ける気がしなかった。これは行き倒れなどの死体置場のことだし、一方私たちは、まだ(英霊安置所)と、日本語でその小屋を呼んでいたのだった。

その頃、パウロフという退職した老炭坑夫がいて、彼は私たちに炭坑危害予防の規則を教えに毎日やって来た。彼は猫背で丈の高い老人で、部厚な本を小脇に抱えて、大跨《おおまた》にゆっくり歩いて来て、私たちをまるで小学生のように取扱い、判り切ったことをくどくどと説明した。私たちは盛んに居眠りした。彼は怒らなかった、そして帰る時に――

「ここでは居眠りしてもいいけれど、炭坑の中で眠ってはいけません」と言った。

このパウロフ爺さんに、私たちは例の名無し小屋を示して、それをロシヤ語で何と呼んだらよいかきいてみた。彼は答えた。

「チャソーフニャ」と。

私たちは彼が帰ってしまってから字引を引いてみた。するとチャソーフニャというのは小さい礼拝堂という意味だったのである。私たちはそれ以上深く穿鑿《せんさく》しなかった。そしてパウロフ爺さんの言ったまま麗々しく（チャソーフニャ）と書いて、その小屋の入口の上に掲げておいた。

大部《だいぶ》日数が経ってから、また別の検察官がやって来た。彼らはあらゆる検察官のように、とんでもない一隅を指で触ってみて、眉をしかめた。彼らは私たちの宿舎に入って来て、まるで動物の匂いでも嗅ぐように鼻をうごめかした。そうして最後に、あの小屋の前を通りかかって、（チャソーフニャ）と声を出して呼んだが、しかし小首をかしげたまま、中には入らないでそのまま通り過ぎた。

私たちの収容所に発疹《ほっしん》チフスがはやったことがあった。このことを私たちは後になってから、あたかも古い物語のように話し合ったものである。その頃は、まだ来たばかりで、生活が確立していなかった。私たちのいる所が、その頃は、まだ有史以前で、生と死とがあんまりはっきりしていなかった。そのまま死体置場となっていて、まだあの小さい死体置場は出来ていなかった。私たちは平均一日一人は死んだ。私たちは墓穴を掘る一方、唯一の防衛戦として、さかんに虱《しらみ》をつぶした。殺人者の細菌は虱に寄生し、虱は人間に寄生し、この人間は頼りがなかった。人間が死ぬと、虱はそれを見捨てて、生きている人間の方へやって来た。私たちは虱にかこまれ、そう言う同居者と一緒に住んでいたわけである。

「虱はお前たちが持って来たものだ」とソ連の軍医が言った。が、虱を誰が持って来ようと、死は私たちがめいめい持っていることだけは確かだった。

「今度は俺の番だ」と私たちは言った。実際、未知の順番に従って私たちは次々と死んだ。

私たちは滅菌所を作って、そこで虱を火あぶりにして大量に殺戮《さつりく》した。こうして私たちは少しずつ勝利し、だんだん死ななくなった。それはあたかも篩《ふるい》にかけられたようなもので、その網目からは体の大小とは関係なく未知の尺度に従い、多くの人々が篩い落されてしまった。発疹チフスは遠ざかった。私たちは生きて残ったが、それから当分の間、私たちは人員と共に虱の数を報告したものである。

「第三宿舎総員六十五名、虱一匹」と言う具合に。

そして、この虱一匹というのは、虱を一匹つぶしたと言うだけのことだった。私たちは大いに沢山の虱をつぶそうとしたが、一匹も見つからないことがあった。すると私たちは何処かに誰かが虱を持っており、それが或いは自分かも知れないと感じた。このように私たちは当分びくびくしていた。

だが私たちは死を少しずつ距離を置いて考えるようになり、だんだんと生活の秩序が確立されていった。未知の原始林は、だんだんと人の住めるように整備されて来た。そして、その時、私たちは死体置場と言うものを特別に作ったのである。それは最も遠隔な片隅に建てられ、非常に小さいもので（おお！　最小限に）、中には木の寝台が一つ据えられ、定員は一名だった。ある大工がこの寝台を作ったのだが、彼はそれを作ってから、それが死人用のものであることを知ったのだった。すると彼は、粗末な板が乱暴に張られたその床を押さえながら、まるで弁解のように、「ここに蓆《むしろ》を敷いたら、そう悪くはない」と言った。さて、それは小屋の中に据えられたが、それに寝る人はなかなか出て来なかった。

ゆるやかな斜面の大きな岡が二つ向い合って立っていて、その片方の中腹には私たちの収容所があり、丁度その向いには炭坑があった。収容所の建物は土の中に半分もぐり込んでいて、それは向いの炭坑から見ると、草地の中に柵で囲われた家畜小屋のように見えた。そして私たちの所から炭坑を見ると、それは岡の中腹に穿《うが》たれた小さい穴で、そこからは何か昆虫の営みのように、毎日休むことなくトロッコが出て来ては、石炭を貯炭場へぶちまけるのが、小さく眺められた。そしてこの岡と岡の間の窪地に沿うて一筋の道路が通っていた。これを下ってゆくと小さい町へ行くことを私たちは知っていたが、それを上ってゆくと、何処へ行くのか私たちは知らなかった。それから炭坑と収容所を結ぶ小路があり、これは私たちの足跡で出来た、踏まれた草の路で、炭坑の交代時の前後には、列を作った一群の人がその上に現われて、或いは炭坑の方へ、或いは収容所の方へ歩いてゆくのが見えたが、それが私たちだった。

収容所は概して静かなものだった。その話声は宿舎から外へ洩れなかったし、歌声となると、宿舎の中でも、たまにしか聞かれなかった。殊に夜ともなると私たちの静寂は大きかった。そして、たまたま私たちは戸外へ出て、夜の中で、向いの岡の方から歌声が響いて来るのを聞いた。暗黒の中で、それは岡が歌っているように思われ、私たちはじっと耳傾けた。それは女性の声で、二部か三部の合唱だった。それに実に生命そのもののように思われた。それは高々と鳴り響き、私たちの岡に傾聴する静寂を作り出した。歌声は一人の口から突然起って来たかと思うと、直ぐそれに新たな声が次々に加わったが、その起って来たと同じように、また突然止《や》んでしまうのだった。そして、その後の静寂に耳傾けていると、微かにトロッコの音が聞こえ、また石炭を町の方へ運んでゆく電車の音が、ぼんやり聞えた。

私たちの仲間に木片《こっぱ》大工と言う渾名《あだな》の若い小男がいた。彼は赤ん坊の時、炉ばたに転がって、その自在鉤《じざいかぎ》に掛っていた、煮えくりかえった味噌汁を頭からかぶった為に、顔半分と頭全部が廃墟と化していた。彼の片方の横顔は美しい若者で、片方は怪物だった。そして、その片眼がどうしても閉《し》まらなかった。彼は眠る時も片眼を開いていた。彼は穴に入り込んだ獣のように、その寝台の上にいつもじっとしていた。彼は大抵黙りこくっていた、そして非常に猛烈な悪臭を放つことがあった。「また木片大工だ、窓を開けろ」と班長が怒鳴るのだったが、この班長に彼は或る時、妙な質問を発していた――「班長殿は生命保険に入っていますか？」と。班長はこれに何とも答えなかったが、彼もそれっきり黙ってしまった。彼は決して人の言うことを聴かなかったが、時あって急に快活になり、進んで営内の仕事をした、或る時、巨大な節だらけの薪を割ろうとして、なかなか割れなかった、すると彼は変な微笑を浮べて「えーこの宝物！」と怒鳴りながら、とうとう割ってしまった。夜、彼は薄暗がりの中に片眼を光らせて、横たわり、眠りに就く前に、隣りの男に独白のようにきくのだった、――「一番嬉しいことは何だべか？」そして自分で答えるのだった、――「両親《ふたおや》の所さ帰って、手をついて、只今帰りました言う時だべな」と。それから彼は独特の想像をめぐらした、――「座敷のまん中に立って泣く人もあべし、仏壇に花立てて喜ぶ人もあべし、日本は涙の流れ国だべなあ」

彼は炭坑で働いていた。仕事は簡単な大工仕事で、主として貫通した水平坑道《シュトレク》に、空気の流通路をつけるために、板を張って塞ぐことだったが、いつも彼らしく孤《ひと》りで働いていた。彼の親方兼相棒はイワンという中年の大男だった。イワンは少しも彼に文句を言わなかった。彼らには労働時間の交代がなく、いつも夕方から真夜中まで働いた。日没と共に坑内へ入ってゆき、そこから出て来ると星が空一杯に光っていた。イワンは彼に仕事を与えると、そのまま自分の仕事に去ってしまった、そして時々やって来ては彼の肩を叩いて、黙って一緒に煙草を喫《の》みながら休憩した。彼はロシヤ語が出来なかったし、イワンは無口だった。彼らは二人、よく薄暗い坑道の中で、大きな丸太に向い合って跨《またが》り、粗悪なマホルカ煙草を喫《す》っていたが、そんな時、その煙が暗い電燈の光の中で混り合い、同じ方向にゆっくりと漂い、それが彼らの無言の会話のようだった。それから彼らは煙草を揉み消して残りをポケットに入れ、イワンが片眼をつぶって微笑し、また仕事についた。坑内の喫煙は禁止されていたのだ。彼が働いていると、イワンがやって来て、背中を叩き、仕事を終えるのだった。イワンが携帯電燈で足許を照らしながら、先に立って歩き、その後から彼が従《つ》いていった。こうして外へ出ると、外も真暗な夜だった。イワンは今度はその電燈で彼の、焼けただれた顔を照らして見た。彼は反射的に少し横を向いて、美しい方の横顔を見せようとした。イワンの顔は闇の中で見えなかった、そしてその声だけ聞えて来た。それは初め何のことか解らなかったが、毎晩聞かされているうちに、だんだん解って来た、それは「お寝みなさい《スパコイノイ・ノーチ》」と言ったのである。イワンは一人で微かに口笛を吹きながら町の方へ帰って行った。

私たちは炭坑を地獄と呼び、あんまり好まなかった。しかし彼はそうでもなかった。彼はむしろ、イワンと働くことを楽しみにしていたようだ。彼はよくこう呟《つぶや》いた、――

「イワンはいい人だでば」或いはまた「神様よだ人だでば」と。

それは非常に風の強い夜で、戸外に出ると、風の音以外、いかなる物音も耳に入らなかった。彼が炭坑に行くと、イワンは来ていなかった。他の連中はみな仕事に就いたが、彼だけ残った。イワンを捜したが見付からなかった。そこで彼は一人で仕事をしようと思い、坑内へ入ることにした。風が吹きつけてなかなか開かない人道坑の扉を、彼が開けようとしていると、監督が来て耳許で叫んだ。

「何処《クダー》へ？」

彼は知っている限りのロシヤ語を並べた。

「私《ヤー》……イワン……大工《プロートーク》」

「イワン？　イワンは病気で休みだ。お前は今日は材木運搬をやれ」

彼が何のことか解らないでいると、監督は扉を開き坑内へ彼をつれて入って行った。彼らは長いこと歩いた。彼には初めて行く場所だった。彼は初めて炭坑へ入ったような気がした。彼はつまずきながら暗い生暖い所を黙々と従いていった。終に監督が立ち止まった、すると急にあたりが寒くなったのである。そこには垂直な、煙突のような竪抗《シュルフ》が開いていて、上の方から冷い空気が浸透していたのである。彼は仰いで見て、その穴の四角い暗い小さな口に、星が光っているのを見た。そしてその真下の地面には丸太が数本ころがっているのを見た。この竪抗は空気の流通孔であると共に、上の野原から坑木を落し込むところだった。彼は仕事を理解した。それから、あのパウロフ爺さんの言葉を思い出した。

「上から連絡があるまで、決して穴の下に出てはいけない」

監督は行ってしまった。彼は上の方に呼びかけてみたが、何の返答もなかった。そこで彼は傍らの坑道に入って、そこで上からの信号を待っていた。しかし、それはなかなか来なかったのである。ロシヤ人の支柱夫がやって来て、そして悪口をつぶやきながら、既に落されている丸太を運んでゆこうとしたが、その選んだ丸太は別の丸太が上に載っていて、なかなか動かなかった。支柱夫は彼に、その丸太を退《の》けるようにと、言った。で、彼は穴の中へ入って行き、それを持ち上げ、支柱夫はその下の丸太を引き出して運んで行った。彼はちょっと立止まって上を仰いで見た。彼は星を見た。それから穴の入口でごうごう鳴っている風の音を聞いた。彼は恐怖を感じた。そして急いで立去ろうとした。その時、彼が今、持ち上げたばかりの丸太に躓《つまず》いて、転びかけて、よろめいた。そして、その時上から何か巨大な重いものが彼の頭の上に真直ぐ落ちて来たのである……。

彼は一枚の板に乗せられて収容所に帰って来た。死体置場の戸は開かれていた。その寝台には蓆《むしろ》が敷かれていた。彼はこの蓆に包まれて、やがてそこから出て行く筈だったが、既に日直将校は黒板に書かれた総員の人数を一つ減らしたのである。

翌日、政治部員の将校が来て、材木を地表から抗内へ落す係りの労働者を取調べた。それは若いウズベク人で、故郷から来て間もないらしく、ロシヤ語がよく判らなかった。彼はいろんな事をたずねられても、答えることが出来なかった。彼はニエ・ズナーユ(私、知りません)と発音できないで、頑固にネズナイと繰返すだけだった。

二度目にこの小屋の扉が開かれた時、それにはチャソーフニャと書いてあったが、その寝台にはもう蓆は敷いてなかった。

彼は朝に炭坑へ出かけて行ったが、二時間と経たないうちに、前と同じような板に乗って帰って来た。忽ち、落盤、脱線、また感電などの噂が飛んだ。しかし彼はいかなる、こういう外部的な事故とも関係がなかった。彼はただ、坑夫たちが便所として使用している静寂なる廃坑の入口に、ぐっすりと眠っている所を発見されたのだった。彼は起された、しかしいくら起されても眼を覚まさなかった。ガスか？　いな、ガスとは何のかかわりもないことがすぐ判った。何故と言うに、彼が横たわっていた傍には、その携帯石油ランプが、いかにも明るく磨かれたばかりのホヤの中で静かに燃えていたからである。若しもガスが発生したのならば、そこにじっと横たわっている彼と共に、そのランプの火も消えている筈だった。併《しか》し、そこには微かに糞便の臭気が坑道の奥から漂っているだけで、すべては異常がなかった。そしてただ彼の生命だけが永遠に消えてしまったのである。

彼は収容所へ帰ってからチャソーフニャへ入る前に、暫《しばら》くの間、医務室の隣りにある、小さな空室に置かれていた。それは半分地下室で、高い所に窓があり、そこには時たま、人の姿は見えず、ただ人影が鳥影のように射して、それが裸かのまま横たわった彼の上を通り過ぎた。恐らく曾《かつ》ては彼自身も、そう言う影を、この空室に落したことであろう。少しずつ日光が彼の上にうつろった。誰一人として、この部屋へ入って来なかった。何故なら彼は不可解な死者だったからである。それでソ連の軍医が来て、彼の身体を解剖して見るまでは、彼のいる所は、立入禁止地帯になったのである。

正午も大分《だいぶ》過ぎてから三人の男がやって来て、その室へ入って行った時、太陽の光線はもうそこから立ち去っていたが、その代り、窓の汚れはいつの間にか外から拭かれ磨かれて、非常に透明になり、室内は隅々まで明るかった。

三人の男は主任軍医、衛生将校、それに政治部員だった。彼らは床の上の死者を取り巻いて立っていた。やがて主任軍医が黒い鞄《かばん》を開いて、ぴかぴか光る刃物類を取り出した。その時、政治部員が通訳に言った。

「日本の軍医を呼べ」

通訳は言わば芝居の黒坊《くろんぼ》のようなもので、演戯には直接関係がないのである。彼は医務室の側の壁を叩いて合図をした。すると五十歳位の日本人が現われた。彼は軍服を着けた田舎医者だった。彼は眼鏡をかけていたが、それは上半分が素通し、下半分が老眼だった。彼は興奮していた。そして彼に質問するのは軍医ではなくて、政治部員だった。軍医は黙って聞き、時々微笑した。

「この兵隊を診断したことがあるか？」

「あります。一度、風邪を引いた時に。これは非常に元気な兵隊でした」

「どうして死んだと思う？」

するとと日本人の軍医は初めて通訳の顔を見た。

「言ってくれ」と彼は嘆願するように言った。「この人間は特異な体質で、恐らくは茸《きのこ》の中毒ではないかと思う」

トゥルと言う名の、その主任軍医は相変らず黙って聴いていた。政治部員が尋問の口調で言った。

「茸を誰が許したか？」

「主計です。皆で今朝食べました」

「検食は？」

「自分がした」と、その時、衛生将校が初めて口を利いた。

トゥルはメスで死人の腹を縦に切りさいた。彼はあまり力を入れず、同じ所を何回も切った。すると白い脂肪が少しずつ現われて来て、それが割れて、そこに微かに血が滲《にじ》んで来たと思うと、やがて中から内臓が盛り上り現われて来た。それは包がほどかれて、今まで抑えられていたものが、出て来るようだった。日本の軍医が言った。

「この人は岩手県の百姓です」

それは若くて肉付がよく、弾力に富んでいた。

悪臭が室内に満ちて来た。医者たちは平気だったが、政治部員は眉をしかめ、鼻をつまんだ。彼は窓を開こうとしたが、それは釘付けになっていて開かなかった。トゥルは内臓を一つ一つ取出して、検《しら》べていた。彼は始終、黙々としていて、何か発見したのか、発見しなかったのか、解らなかった。政治部員は臭気にだんだん慣れて来て、鼻をおさえていた手を放し、その手で今度は開かれた肉体を示しながら、奇妙な冗談を言った。

「ドクトル、日本人はよく魂と言うが、その魂は何処にあるのです？」

日本人の軍医は答えなかった。彼はトゥルの手先をじっと見ていて、感心したように言った。

「非常に慣れた巧いものだ」

その時、トゥルは腸を取り出し、それを引っくりかえして腸壁をしらべていた。日本人の軍医が進み出て、一心にそこを覗き込んだ。そして言った。

「これは茸に違いない」

腸壁には黒ずんだ微細な斑点が無数に附着《ふちやく》していた。しかしトゥルは黙って腸を元の腹の中に返した。それから頭の皮をさいて、鋸《のこぎり》で頭蓋骨を挽き出した。しかし頭は切られるのを拒むように、鋸はなかなか歯が立たないで、すべってばかりいた。衛生将校が呪詛《じゆそ》を口にして出て行ったかと思うと、大工小屋から一番切れる、目立したばかりの鋸を持って来た。そしてトゥルに代って鋸を挽き出した。彼は若くて力があり、粗暴だった。頭蓋は直ぐ開かれた。トゥルが脳をしらべた。一体、何か発見したのであろうか？何も発見しなかったのであろうか？　医学書に出ている解剖図以上のことを知り得たのであろうか？　トゥルはまた黙って脳を蔵《しま》い、内臓を腹の中に納めた。それから開いた所を糸で縫い合わした。それはもう弾力を失っていて、楽に縫い合わされた。頭も大針に縫われた。トゥルは如何《いか》なる意見も開陳しなかった。彼がどう言う報告書を書いたのか、私たちには終に判らなかった。

縫い合わされた死体は小さな礼拝堂の中の、裸かの寝台の上に裸かで横たわり、白い敷布をかぶっていた。そして、その閉ざされた扉には夕焼が射していた。

柵の中から人間が姿を消してしまうのは、このように死亡によるか或いは逃亡によるものだったが、しかし逃亡者は必ず帰って来た。少くとも私は、帰って来なかった逃亡者を知らない。

彼は二度逃亡して二度帰って来たが、この二度目に摑《つか》まって帰って来た時、政治部員が尋問して言った。

「お前はどうして逃亡するか？　ここには家もあれば、仕事もあれば、被服も食物もある。同志スターリンが言った、——シベリヤの密林とシベリヤの狼は何人をも決して逃しはしない、と」

彼は答えて言った。

「自分は家に帰ろうなどと思わない。ただ我々の状況を同胞に知らせたいのだ」

「それはまた何故だ？」

「大いに輿論《よろん》を喚起するのだ」

彼はヒロイズムによって自ら感動し、他人をも感動させようとしたのだろうが、政治部員は一向感動しなかった。そして、その口癖のように言った、「たわごと《チェプハ》！」と呟いて、直ぐ次の質問に移った。

「お前は中国語が話せるか？」

「話せます。中国人と同じくらいに」

彼は万事この調子だったが、彼の過去については、さっぱり解らなかった。ただ彼の身上調書によると、彼は満州で富山の薬の行商をやっていたそうである。

彼はソ連の将兵からベグレーツ（逃亡者）と呼ばれ、有名になった。人員点呼の時、彼は、日直将校は彼を列中に認めると、うなずいて（いたか《ウオト》、ベグレーツ！）と言った。すると得意とも思われる微笑を浮べた。

彼は逃亡談をして聞かしたが、その中で彼が最も力を入れて話したのは、百姓家で馬《ば》鈴薯《れいしょ》を沢山御馳走になり、牛乳を貰《もら》ったことだった。この話は、彼のヒロイズムよりも私たちを感動させた。

彼も炭坑で働いていた。

或る晩、炭坑に働く捕虜の中から逃亡者が出たという噂さが飛んだ。誰かが逃げてゆく日本人を何処かで見たと言うのだ。忽ち集合命令がかかった。私たちはみんな坑の中から出て整列した。三名の警戒兵が人員を点検した。しかし誰も欠けてはいなかった。来た時よりも多くもなければ少くもなかった。しかし一人の警戒兵が列中に彼を認めたのである、そして言った、——（いたか《ウオト》、ベグレーツ！）そして彼の身体検査をした。彼は腰に袋をぶら下げ、その中には一塊の黒パンが入っていた。警戒兵は彼だけ残し、他を解散さした、そして日直将校に電話をかけた。

「あのベグレーツがまた逃亡しようとした」

「直ぐ一名で連れて来い」と日直将校が命令した。

それは曇った夏の夜で、真夜中の一時も大部まわっていた。昼間ならば向い合って見える炭坑と収容所の短い距離だったが、しかしその窪地には深い暗黒が支配していて、何物も見えなかった。風も無かった。彼はしかし、毎日通っている路であり、そこだけ草が踏みしだかれて臥《ふ》していたから、大体見当がついた。彼は先に立って、ゆるやかな斜面を下りて行った。彼の仲間――私たちは、ぼんやりした裸か電燈の下で、彼が背後から警戒兵に銃をつきつけられて、闇の中へ、下の方へ、だんだんと消えてゆく後姿を見送ったのだった。

……眠っていた日直将校は誰かにつつかれて眼を覚ました。そして眼覚めて彼は、そこに部下の一人が立っているのを見、直ぐ思い出した。

「ベグレーツはどうした?」

「射殺しました」と、その兵隊が言った。

実際、彼は射殺されて、その死体は、夜が明けてみると、もうあの死体置場に入っていた。そして朝早く直ぐ持ち出されて忽ち埋葬されてしまった。三度目の逃亡で、彼は永遠に帰って来なかったのである。日直将校が私たちにこう説明した、――彼は、帰途、突然走り出して逃亡を企図したので、規則により警戒兵は射殺したのである、と。

しかし、彼の死体を運搬した仲間の元衛生兵は私たちにこう話した、――彼の弾痕は後頭部の、丁度首筋の真上に当るところにあり、殆《ほとん》ど銃口を直接当てて射ったとしか思われない、至近弾であった、と。そして私たちは、この話を聞きながら、あの夜の深い暗黒を思い出したのだった。

私たちのチャソーフニャには以上の三人しか入らなかった。と言うのは私たちはこの収容所から高原を一つ越えたお隣りの収容所へ移動したからである。そして私たちの後には、ウクライナの方から来た強制移住の一集団が入ったのだった。彼らは穀物やら、また家畜まで持ってやって来た。そして私たちは同じ炭坑で彼らと一緒に働き、非常に彼らと親しくなって、終にソ軍当局から注意を受けたほどだった。けれども私たちは、彼らがあのチャソーフニャを何に使っているだろうと話し合いはしたが、しかし彼らには何もたずねず、また何も話さなかった。

舞踏会

ベレゾフスキーは二つ折の名刺入れのようなものを持っていた。彼はこれを私に見せたことはなかったが、何かの時、よく胸のポケットから取出して開いたので、私はそれに挿《はさ》まっているものを垣間見《かいまみ》ることが出来た。或る時、彼はそれを畳んでポケットに入れながら私に言った。

「お前、知ってるか、これが何であるか？」

「知りません」

「知らない？」

彼はこう言って微笑を浮べ何ら説明しなかったが、実は私にはそれが何であるか、大体見当がついていた。それは党員章に違いなかった。それには、小さな写真が貼付されていて、そこでは細いベレゾフスキーの顔が、一層骨ばって痩せて見え、黒ずんで眼ばかり光り、人相が変って見えた。

ベレゾフスキーのベリョーザは白樺《しらかば》のことだ。彼はこの名前のように、白樺の若木にも似て、しなやかな体付きの若者だったが、ただよく気を付けて見ると、気付かれない位、かすかにびっこを引いた。彼は説明した。

「私の身体には関東軍の弾丸が入っている」

彼はノモンハンで兵隊として戦った。そして、もう少しで捕虜になるところだった。

彼はこれに関連して私たちに、こう話した。

「お前たちはソビエト軍の捕虜になって、全く幸福だ。私がもし日本軍の捕虜になったら、即座にドゥシェグープカ入りだろう」

ドゥシェグープカというのは、彼の説明によると、ヒットラーがポーランドのオスヴェンツイムとかマグネハイムとかという所に建設した、巨大なる大量殺人装置だった。

このように彼は、ヒットラーの相棒、野獣的日本帝国主義の兵士を遇するソビエト政府の寛大なる処置について絶対の確信を抱いていた。

ベレゾフスキーは名前は白樺で、眼の玉は青かったが、皮膚は白くなかった。というのは彼の中にはブリヤート・モンゴルの血が流れており、それが薄い褐色の体色となって表面に出ていたからである。それに彼はブリヤート語を完全に話すことが出来ると自ら称していた。彼は、ブリヤート族が沢山で輪を作って歌うと言う、儀式めいた単調な歌を少しばかり歌って聞かせたことがある。歌いながら彼は腕を垂れ、足を少し開いて、ゆっくりと足踏みをしたが、その時、この若いソ軍将校は忽《たちま》ち先祖返りするかと見えた。暗い河の中で古い血の神が歌っていた……。

ベレゾフスキーは将校だったが、その肩章《けんしよう》には星が一つも付いていなかった。こういう人は下級少尉と呼ばれるらしかった。私たちは、しかし、はっきりしないのと、面倒くさいので、彼をただ少尉と呼んだ。すると彼はこう言った。「私は少尉ではない。しかし構わない《ニチェヴォ》。私を少尉と呼べ。いずれはそうなるんだから」と。

彼は政治部員か、或いはその下働きのようなもので、よく捜索《オブィスク》と称して、赤兵数名を引き連れ、私たちの宿舎を急襲して、捕虜の所持品の検査をやった。その時、捕虜は一人として舎外に出ることを許されず、外には、ただ数名の赤兵が自動小銃を構えて立っているだけで、まるで戒厳令のように物々しかった。こうやって彼は袋に一杯の、やくざな刃物類を押収するのだった。ところが次回また捜索をやると、またしても、それと同じ位の刃物類が出て来るのだった。「いくらでも取り上げろ、いくらでも作ってやる」と私たちは呟《つぶや》いた。

思うにベレゾフスキーは刃物ではなくて、何か別の物品を秘かに捜していたのであろう。例えば万年筆だとか、ライターだとか、つまり日本資本主義の作り出した小間物《こまもの》を。ところが出て来るのは捕虜手製の不細工な刃物類ばかりだった。

「ヨッパイマーチ」と彼は罵詈《ばり》を吐いていた。

相手の母親を引き合いに出して冒瀆《ぼうとく》する、この卑猥な罵詈は、もと蒙古人から出て、カンと一緒にモスクワへついて行ったという話だったが、当の蒙古人には言葉としては残っていないそうだ。中国語と朝鮮語にはあるようだ。日露戦争の捕虜たちが日本に来て盛んにこれを唱えたそうだ。そして今度は、日本人がシベリヤへ行って、先ず以《もっ》て覚えたのは、この言葉だった。

私たちは何かにつけて、盛んにこのヨッパイマーチを連発した。するとベレゾフスキーの友だちのモチャーロフと言う主計がやって来て、こう言った。

「ヨッパイマーチと言うな」

「では何と言ったらよいのです?」

「ヨールキ・パールキと言え」

しかし当のモチャーロフはヨッパイマーチを連発した。もっとも彼が口にすると、この言葉は卑猥な罵詈の意味を失って、接続詞か、軽い間投詞のような性格を帯びるかと思われた。彼はこのようにヨッパイマーチを駆使したのである。彼はヨッパイマーチの大家だった。それだけに、この霊妙な言葉が下手くそに使われるのが我慢出来なかったのであろう。

モチャーロフのモチャーロは菩提樹《ぼだいじゅ》の皮のことだ。彼の父親は、それこそ菩提樹の皮で出来た鞋《ラープチ》が似合いそうな、頤《あご》ひげの一杯生えた百姓で、時折、馬車に乾草を一杯積んで町に現われた。息子のモチャーロフは将校だったが、これもベレゾフスキーと同じく、肩章には星が一つも付いていなかった。彼はいつもひげをきれいに剃り、美しい手をしていた。この父子が並んで歩いていると、そのまま古いロシヤと新しいソビエトの見本のように思われた。

私はヨールキ・パールキなどという上品な罵詈はシベリヤでは信心深いお婆さんの口からしか、聞いたことがなかった。

或る日、モチャーロフが来て、こう言った。

「ベレゾフスキーを捜して来い」

捜したが見付からなかった。

「何処にも見付かりません」

「この柵内にいる筈《はず》だ。衛兵所にきいて来い」

衛兵はベレゾフスキーはまだ門から出て行かないと言った。

「門から出ていないそうです」

「では」とモチャーロフは笑い出した。「では、彼は空中に消滅したんだ、ヨールキ・パールキ・ベレゾフスキー」

ここで初めて彼はヨールキ・パールキと言ったのである。ヨールキはクリスマスの樅《もみ》の木、パールキは棒、そしてベレゾフスキーは前述の如く白樺だ。

ベレゾフスキーは空中に消滅してはいなかった。彼は新婚の妻君を連れて来て、秘かに捕虜たちの浴場を独占し、湯気の中に姿をくらましていたのである。彼はそれこそ新しい白銅貨《ノーヴアヤ・カペーカ》のように、ぴかぴか光って湯殿《ゆどの》から出て来た。そして菩提樹の皮のモチャーロフと白樺の木のベレゾフスキーは若い妻君を中にはさみ、足並を揃えて何処かへ行って了った。

ベレゾフスキーにはもう一人、ルーニンという友だちがいた。この人物は医者で将校だったが、これまた、この肩章には星が一つも付いていなかった、その代り、胸に親衛隊の徽章《きしよう》をひけらかしていた。この三人とも同じ年恰好の、同じ背恰好の、同じ制服の、長靴をぴかぴかさせた、政治部員のベレゾフスキーと主計のモチャーロフと軍医のルーニンとが並んで、手を一斉に横に振って歩いて来る姿は、いかにもよく調教されたる人間と言う感じがしたが、しかし彼らの肉体の持つしなやかな若々しさは、満ち溢《あふ》れてその足跡に渦を巻くかと思われた。

ルーニンは捕虜たちを診断しながら、よく減らず口を叩いた。彼は言った。

「私は美を愛します。何と言う美しさでしょう」

こう言って彼は捕虜のお尻をつまんだが、それはすっかり凋《しな》びていて、つまんだ手を放しても、そのままそこに皺《しわ》が寄っていた。

彼はまた日本の軍医にこう言った。

「ドクトル、お前が日本に帰る頃は、日本はヤー・エス・エス・エルに成っていますよ」

ヤー・エス・エス・エルとは日本ソビエト社会主義共和国ということだった。ベレゾフスキーはこれを聞いて異議を唱えた。

「おお！　日本人民をして、その好むところの政体を選ばしめよ」

彼はこう言って並居る捕虜たちを同情深い眼付で眺めたが、ルーニンはそんな事にお構いなく、得意然とヤー・エス・エス・エルを繰返した。

ベレゾフスキーは或る日、何処か体の具合が悪くて、日本の軍医に診断して貰った。その時、彼はズボンもパンツも下の方におろし、上着やシャツをたぐり上げて、何だかおむつを外した子供のように滑稽《こっけい》な恰好になった。日本の軍医がきいた。

「何故ルーニンに診て貰《もら》わないのです？」

するとベレゾフスキーは答えた。

「ルーニン？　まさか彼が医者ではあるまい」

これは強《あなが》ち友人に対する彼だけの酷評ではなく、ルーニンの一般的風評らしかった。というのは、ある市民がわざわざ日本の軍医に診断を乞うて来たことがある。彼は炭坑に働く電工だったが、食欲が全くないとか、無理矢理に食事をするとか、食事をして暫《しばら》くするとげっぷが出て来るが、これは肛門から出るものと同じ匂いがするなどと、惨憺《さんたん》たる症状を訴えてから言った。

「ルーニンに診て貰っても何にもなりません」

このようにルーニンは言われたものだが、しかし私は彼の為に言わなくてはならないが、彼はいかに粗野で生意気ではあったが、ョッパイマーチをしょっちゅう口にしながらも、捕虜に対しては親切なところがあった。垢だらけの肺病患者を抱いて入浴させてやったのも彼だったし、肺炎患者のために、真夜中に注射液を取りに高原を越えて町まで行ったのも彼だった。但《ただ》し、彼はこういう事を行うのに当って、恰《あたか》も炭坑夫がノルマを遂行すべく石炭を掘り出す時のように、盛んに猛烈な罵詈を発したものである。

ベレゾフスキーはルーニンのヤー・エス・エス・エル説には反対だったが、しかし何かにつけてソビエトを宣伝するのが彼の任務だったらしい。彼は捕虜たちを集めて、原稿を見ながら、鼻をすすりながら国際問題に関し一場の演説をしたが、これは彼の得意とするところではなかった。それよりも彼は日常の話の中で宣伝するのが得意だった。例えば彼は部下の兵隊からよく煙草を貰ったり、また呉《く》れたりしたが、そしてもとよりこれを極《ご》く自然にやっていたのだが、これに就き彼は或る時、こう言った。

「見給え、ソビエト軍には任務上の階級があるだけで、その外《ほか》には何の差別もないのだ」

また彼は長靴を磨きながら、こう言った。

「私は自分の長靴を磨く、これはいい。私は生きている、これはいけない。我々は生きている、こう言わなくてはならない。ソビエトはますます我々という言葉しか使わなくなるだろう」

また彼は営倉《えいそう》に関し、こう説明した。

「日本人はよく兵隊を殴る。これはよくないし、効果もない。怨恨はいつまでも残る。それよりも営倉に入れるのがいい。営倉はただ少し食事が少いだけで、むしろ兵舎より暖いくらいだ。そこで一人で篤《とく》と考えさせるのがいい」

こう言って彼はよく私たちを営倉に入れたが、そこは彼の理想と違い、甚だ寒かった。そして昼間は少い食事で通常通り働かなくてはならなかった。

ベレゾフスキーは孤児だった。彼は自分でそう言っていた。彼はメーデーか何か、お祭りの日に少し酔払ってやって来て、少し眼に涙をにじませて、人の顔をじっと見つめていた。それから皮肉な微笑を浮べて、手の甲で鼻先をこすりながら、こう言った。

「私は孤児だ、私が若《も》しも資本主義の国に生れていたら、きっと、無頼漢《ホリガン》になっていただろう。が、ごらんの通り、私はそうならなかった、これは党とソビエト政府のおかげです」

私たちは彼の心情の誠実さを疑うわけにゆかなかったが、それにしても彼は何故、人を馬鹿にしたような微笑を浮べたのであろう。それは、まるで彼自身に対する嘲笑のように思われた。

彼は或る時、例の捜索にやって来て、私が全く何も持っていないのを発見した。

「お前は正真正銘の貧民だ」

「私には何もありません、魂の外は」

ところが彼は思い付いたように、こう付け加えた。

「だがロシヤ語を知っている、それは何よりも豊富なものだ」

これはもちろん、私がロシヤ語を豊富に知っていると言う意味ではない。それはロシヤ語があらゆる国語の中で一番豊富な言語だという意味だ。私はもちろん、これに異議をさしはさむものではないが、その代り、私は私なりに日本語が一番豊富な言葉だと思っている。そして私は壊れた日本語を聞くに堪《た》えないのである。そこで私は言った。

「ロシヤ語を下手くそに話してすみませんね」

すると彼は答えた。

「いいとも《ニチエヴォ》、お前は私よりロシヤ語がうまい」

何と言う寛大さだろう。彼らはいかなるひどいロシヤ語にも耳傾けて、それを褒めるのだった。こうやってソビエトでは、いろんな人種の人々が、だんだんと巧みにロシヤ語を話すようになるのだろう。

ベレゾフスキーは捕虜の発行する壁新聞を監督していた。で、私はその原稿を前以てロシヤ語に翻訳し、彼に検閲を乞うたのである。彼はまた捕虜の開催する音楽会を監督した。で、私は、そこで歌われる歌の文句を前以って翻訳して彼に検閲を乞うたのである。こうして私は「波浮《はぶ》の港」だとか「別れ出舟」だとか「嘆きの馬車」だとかをロシヤ語に訳したのだった。彼は決して自ら決裁しなかった、必ず何処かに持ち去って、数日後に現れ、勿体ぶって許可の署名をしたものである。大和民族の愛好する哀調切々たるセンチメンタリズムはボリシェヴィキの忌避《きひ》に触れなかった、――けだし、私の通訳ぶりを、完全にロシヤ語と日本語の解る公衆が聞いたならば、真にいい喜劇であったろう。私はこういう聴衆のいなかったことを残念に思っている。

もっとも彼はよく私にこう言った。

「司令部には日本語に精通したソ連人がいる、お前が間違って訳したら、逆さまに吊《つる》してやるぞ」

が、私は知っているが、これは単なる威《おど》し文句に過ぎなかった。

彼は自分でも壁新聞に寄稿した。彼はその図嚢《ずのう》の中に沢山の白紙を入れていて、敏腕なる通信員のように、それに即座に長文を書き記して、読み返しもせず私に渡し、それを日本語に翻訳させた。彼の文章は句読点が全然無く、時には大文字さえなくて、なかなか難しいものだったが、私は直ぐ要領を会得した。彼の文章はテーマが一つしかなく、その若干のヴァリエーションに過ぎなかったから。彼は書いた。

「ソビエト政府は日本捕虜を養育する義務を持たない、……社会主義社会の第一の原理は諸君にも適用される、働かざるものは食うべからず、……諸君は今月、諸君自身の賄《まかな》い経費すら稼いではいない、……先月、司令部は諸君のため何百何十何ルーブリの赤字だった、……寒さのため作業能率が低下している、……寒さを克服する唯一最善の方法は働くことである、……諸君、働け、働け」

彼は自分の文章の翻訳については、全然これを検閲しなかった。

私たちの収容所に、東京帝国大学の法科を卒業し、それでも足りなくて、また哲学科なるものに入って、それをもちゃんと卒業した日本最高のインテリがいて、その人がこのベレゾフスキーを批評して言った。

「あれは文章など書く柄じゃない、何処から見ても自動車の運ちゃんだ」

ベレゾフスキー自身これと同意見だった。ただ彼の観点が若干異っていた。彼は言った。

「文章なんかくそくらえだ。自分にはちゃんと自動車の運転や修理の立派な技術があるんだ」

彼はジープを運転して来て、車内から何か函《はこ》のようなものを取出した。見るとそれはラジオだった。そこで私たちは並外れて高いアンテナを苦心して立て、ラジオを据えつけた。彼はラジオの真空管に燈がともり、そこから何か笛のような風のような電波の音が聞えて来ると、彼自身口笛を一吹きして言った。

「兵士諸君《レビャータ》、東京の声を聞き給え」

そう言って彼は寛大にも行って了った。

私たちはラジオの周囲にむらがって、ボタンをいろいろひねくり廻したが、聞えるのは騒音ばかりだった。それでも一人一人、めいめいラジオに耳を当てて、その騒音の中から東京の放送が聞えると言った。そして、その晩、私たちはラジオを聞かなかった連中に、自慢して話したものだ、――俺は落語を聞いたとか、俺は女の声の流行歌を聞いたとか、俺はエンタツ、アチャコを聞いたとか、俺が聞いた時は、経済市況だったとか――。

翌日、私たちは労働から帰ると、また東京の声を聞こうと思ってラジオの所に集った、すると既にもうベレゾフスキーが来ていて、ラジオを木の箱の中に入れつつあった。彼はそれを入れてしまうと、蓋《ふた》を閉め、錠前をかけて、鍵をおろし、その鍵をポケットに入れてしまった。彼は立ち去りながら言った。

「鍵は衛兵所に預けておく、聞きたい者は週番士官にたずねろ」

そこで私たちは衛兵所へ行き、週番士官にラジオを聞きたい旨、申し出た。すると彼は答えた。

「ラジオはベレゾフスキーが聞かせるであろう」

こうしてラジオはお預けになったが、二三日して休日にベレゾフスキーがやって来て、私たちを集め、ラジオを聞かしてくれた。しかし彼は東京の声ではなくて、モスクワの声を聞かしてくれたのである。

私たちは、先ず澄んだ鐘の音を聞いた。ベレゾフスキーが説明した。

「あれはクレムリンの鐘の音だ」

それは八つか九つの音色から出来ていた。そして先ず一定の順序でそれを一つ一つ鳴らしてしまうと、今度は逆にまた別の順序で一つ一つ鳴らし、こうしてまた元の所へ帰って来るように思われた。この美しい音階の不思議な一往復は耳を掃除するように思われた。私たちはもっとそれを聞きたいと思ったが、それは呼出しの信号だった。それから太い男の声で、ロシヤ語が聞えて来た。私たちには一向解らず、さっぱり面白くなかったが、ベレゾフスキーは傾聴し、私たちは礼儀上彼にならったのである。彼は言った。

「これは十月革命記念日のスローガンだ」

なるほど革命記念日が近づいていたのだ。

それは女の声になり、また男の声になり、それからまた女の声になり、しながら長々と続いた。私たちには、どのスローガンの初まりにも、対象とする相手が呼びかけられているのがわかった。労働者同志諸君とか技師同志諸君とか赤軍同志諸君とかジャーナリスト同志諸君とか音楽家同志諸君とか言う具合に。

この儀式めいたスローガンの追唱が済むと、ベレゾフスキーはラジオを箱の中に入れて、鍵をかけた。それから私たち皆に向って言った。

「捕虜同志諸君、諸君のうち、最も作業成績のいい者を、いずれ舞踏会に招待するであろう」

こう言って彼は立ち去って行ったが、その彼が、ほとんど無意識のように吹き鳴らす微かな口笛が聞えた。それは「パリの屋根の下」だった。

ベレゾフスキーは時折やって来て、私たちにラジオを聞かせた。こうして私たちはグリンカの「ひばり」だとかグリーク作「ソルベージの歌」だとか、またシューベルトの「音楽に寄す」などをロシヤ語で聞かされたのだった。

彼は或る日、ラジオの前へやって来たが、その箱を開かないで、そのまま持って行ってしまった。後にはアンテナだけ残っていた。彼はこれに就き何事も言わなかったが、私たちはそのラジオが彼らの事務所に据え付けられたことを知った。私たちは話し合った。

「あれは我々の稼ぎ高で、我々のためという名目で買ったんだ、その手前、暫く此処《ここ》に置いたのに違いない」

何と私たちは邪推深くなっていたことか。

革命記念日もとうに過ぎて、暫くベレゾフスキーはやって来なかったが、或る日、突然現われると同時に私たち三名の者を呼び出し、モチャーロフの所へ連れていった。

「この三人に一番よい服を着せてくれ」と彼は言った。

「ヨッパイマーチ、何故だ？」とモチャーロフが言った。

私たちはその日一日だけ新しい服を着せられ舞踏会へ行くことになった。私を除く、他の二名は、ベレゾフスキーの説明によると、スタハーノフ的作業優秀者だった。私については、彼はモチャーロフにこう言った。

「これは俺に所属の通訳だ、こんな汚い服装では俺の気がひける」

当時はパーセント給与というものが行われていた。これは各人の作業遂行パーセントによって、受け取る食事の量が異るという仕組であった。この結果、巨大な大男が二百五十グラムの黒パンを食べていると、その傍らでは、瘦軀《そうく》の小男がその倍の黒パンを食べているという、光景が現出したのである。これは四つの等級《カテゴリヤ》に分れていたが実は平均してみると、常に一定の規準量より少いことはあっても、決してそれ以上になることはなかったのである。即ち一方に作業優秀者がいる以上、一方常に作業劣等者が必要だったわけだ。こうやって捕虜に対する食事給与量は全体として常に一定量を越えないように仕組まれていた。然《しか》し哀れなる人間——捕虜たちは我先きに少しでも多く食おうとして働いたのだった。

モチャーロフがそのソロバンをはじいていたが、その彼に収容所長はこう言っていた。

「彼らには規準より少く与えてもいいが、決して多く与えてはいけない」

ベレゾフスキーは私たちを啓蒙して言った。

「社会主義とは厳密な計算です」

真冬だった。私たちは舞踏会へ臨《のぞ》むために著装《ちゃくそう》したが、それは悉《ことごと》く、ベレゾフスキーのいわゆる「日本帝国主義者がシベリヤを侵略すべく準備した」関東軍の防寒具だった。防寒靴に防寒脚絆《きゃはん》、防寒外套に防寒帽、それに防寒大手套《てとう》をはめて、おまけに防寒覆面をつけたのである。モチャーロフが笑い出した。ベレゾフスキーが言った。

「構《ニチ》わん《エヴォ》。彼らは舞踏をしにゆくのではない、舞踏を見にゆくのだ」

私たちは防寒覆面から眼ばかり出して、ベレゾフスキーに引率されて町を通っていった。町は人通りが非常に少なかった。大抵の人々は家の中に入ってペーチカを焚いているように思われた。無風の日で、家々から煙が垂直に立ち昇っていた。私たちは通りすがりに窓々を全部窺《うかが》ってみた。私たちは貪り食う眼を持っていた。窓辺に置いてある小さな壺、カーテンのさゆらぎ、漠然とした人影、直ぐ隠れた小児の顔、――凡《およ》そ内部の生命を語るものなら、何であろうと見逃しはしなかった。こうやって歩いてゆきながら、私たちはあらゆる窓々に、みな同じように白いレースが内側からかかっているが、その花模様は一軒毎に同じではないことを発見した。そして多くの窓々は、温室のように内部に繁茂する植物の緑を見せていた。

私たちは一軒の大きな家に近づいて行った。それは石灰を塗られた木造の平屋で、その石灰は古びて全体に薄汚れ、ところどころに黄ばんだ大きな汚点が出来ていた。この建物は全体として歪んで見えた。土台も少し波うっておれば、屋根もそれと平行して少し波うって見えた。そして、人の住んでいない荒涼たる感じがした。破風口《はふぐち》の上に柱が一本立っていたが、それは旗竿《はたざお》に相違なかった。それはパリコンミュン以来の赤い旗が風に吹かれ、青空にさらされて、徐々に色褪《いろあ》せる場所らしかった。しかし、その日、そこには何もなく、寒々と空虚だった。

この建物へ行くために、私たちは橋を一つ渡らなくてはならなかった。町の中を流れているこの川は年に一回位、氾濫《はんらん》して町を浸すことがあったが、その他の時は概して涸《か》れていたようである。橋を渡りながら見ると、ただ底の方に細い一筋の、灰色に汚れた氷がついていた。橋は大きな材木を横に並べたもので、そこには馬車の轍（わだち）がはっきりついていた。ベレゾフスキーの長靴はかつかつと大きな音を立てて橋を渡った。

その建物にはクラブと書いてあった。扉は厚い板で出来ていて、開くのに重たかったが、それは何らの自動装置なしに、ただ重力だけで、音もなく閉ざされた。それは框《かまち》に隙間風を防ぐために、ぼろ布で張ってあった。

ベレゾフスキーは私たちをクラブに入れると、自分は入らないで、鍵こそかけなかったが、私たちに外出を禁じて、ヨッパイマーチを唱え、何処かへ行ってしまった。こうして私たちは、ガランとしたクラブの中に取り残されたのである。そこは完全に無人で、戸外よりも寒いほどだった。私たちは自然と壁煖炉のところに行き、それに凭《もた》れて、背中から何か暖いものが来るかと想像したが、無駄だった。そこで私たちはホールの中を行ったり来たりし初めた。

このホールの装飾と言えば、スターリンの肖像と、それから幾つかのスローガンだった。この二つのものは、恐らくはソビエトの到る所にあるもので、言わば一種テレビジョン的効果を持つものである。スターリンの顔が見える一方、スローガンの声が聞えて来るのだ。私たちは赤い地に白で書かれた、それらのソビエト文字を読んでみた。曰く「国家により多くの石灰を！」曰く「戦争の勝利者たりし我ら、また生産の勝利者たらん！」曰く「ソビエト人民と全世界勤労者の兄弟的協働万歳！」曰く「何とか何とかスターリン万歳！」

ホールの中を歩きながら私たちは話し合った、一体、舞踏会など、あるのだろうか、こんな火の気もなく、荒涼たる所で？　徐々として窓から黄昏《たそがれ》が入って来た。私たちはスイッチを捻《ひね》ってみたが、電燈はつかなかった。スターリンの肖像は暗くなって、スローガンの字は見えなくなり、屋内はますます空虚な倉庫のように思われた。私たちは立ち止まって耳傾けたが、あたりは静かなものだった。そこでまた煖炉にもたれ、向い側の暗い壁を見ていると、そこの扉が開いて誰かが入って来たと思うと、急にぱっと電燈がついた。

まるで今まで空虚だったプラットホームに汽車が到着したようだった。ホールは見る間に人間で一杯になり、明るくさざめいた。私たちは勢い隅の方にかたまって腰かけ、彼らを眺めた。彼らは私たちの居ることなど全然知らないようだった。彼らの中には、私たちの知っている人がいるのかも知れなかった。しかし全く見当がつかなかった。というのは、私たちの知っているのは、汚い労働服の炭坑労働者ばかりだった。然るに彼らは此処では皆綺麗な服を着ていたからである。それはおのずからなる仮装舞踏会のように思われた。

楽士たちはその楽器を椅子に立てかけて、何やら雑談を交していた。彼らは、自分では判り切った手品を、仕方なしに、やって廻る旅芸人のように思われた。彼らはいよいよとなるまで、楽器を手に取ろうとしないように見えた。がいつかは必ず初めなくてはならない事だった。それで彼らの一人がスライド・トロンボンを取って何も吹かないで、準備運動のように、その細長いピストンを、いろいろと辷《すべ》らせ、動かしていた。

私たちはだんだん気が付いたが、室内には依然ペーチカは燃やされていなかったにも拘《かかわ》らず、そこはもう少しも寒くなかった。それどころか、私たちは防寒外套のボタンを外す必要すら感じたのである。それは言わば、スチームの暖かさだった。血管のラジエーターが室内に通ったからである。人々の息は黒パン臭かった。

舞踏はなかなか初まらなかった。音楽はなかなか鳴り出さなかった。いろんな人々が私たちには解らない会話をしていた。室内の温度は少しずつ高まった。

ベレゾフスキーが奥さんを連れて現われた時、音楽が鳴り出した。それはロシヤ人の非常に好む、「満州の丘《ソープカ》に立ちて」というワルツだった。人々は踊り出した。音楽を聞くのはよかったが、それを演奏するのを見ない方がよかった。それは退屈な労働のように思われた。そのように楽士たちはラッパを吹き鳴らしていた。

ベレゾフスキーは踊らなかった。彼は私たちと同じく、踊りを見に来たようだった。彼は、ブリヤートの輪踊りはいざ知らず、こういうダンスは出来ないように見えた。彼は私たちと並んで腰かけ、膝に肘をついて、手を組んで垂れ、顔だけ持ち上げてつまらなそうに、踊る人々を眺めていた。彼の奥さんは彼の傍に行儀よく坐って手を膝の上に組んで、上体を真直ぐに立て、あたかも踊りの申込みでも待つかのように、踊る人々を眺めていた。

私たちは、中へ入ることの出来ない映画の一場面でも見るように、この舞踏会を眺めた。私たちはぼんやりと全部を一度に眺めていたが、そのうち一人の人物が特に眼立って見えた。その人物は元来人並の背丈らしかったが、その背が二つに折れ、それが隆然として伏行する傴僂《せむし》だった。彼の相手の婦人は背丈の低い方だったが、それでも彼より頭だけ高く、男の背中に廻した手が、丁度その瘤《こぶ》のところに当っていた。この二人は非常に軽やかに、他の人々よりも楽しそうに——と私たちには思われたが——人々の間を縫って巧みに踊っていた。そして私は考えたが、ロシヤ人と言うものは、決して不具者を馬鹿にしないようだ。また不具者も決してひがんだように見えない。少くとも私の知る限りでは、そのようだ。私はこれを裏切るような事実に出会いたくないものだと思っている。

また私たちは一組の少女を見たが、彼女たちはおきまりの社交ダンスをやらないで、彼女たち独特の踊りを音楽に合わせて踊っていた。彼女たちは全く即興的にやっており、自分たちの喜びに没頭して、他の人々には全く無関心のようだった。彼女たちは音楽が止《や》むと我に返ったようになったが、音楽が鳴り出すと、また手をつないで出て来るのだった。私たちは彼女たちがこちらを向いて微笑するのを見て、そして思い出した——だが一体、誰が言い得たであろう。彼女たちは昼間は炭坑の中で真黒な綿入れを着込んで、トロッコを押していた、と。しかし、確かにそれは同じ眼の玉に違いなかった。

私たちはまたルーニンが若い女医と踊っているのを見た。それから、いつの間にか、ベレゾフスキーの傍らが空席になっていて、モチャーロフがベレゾフスカヤ夫人と踊っているのを見た。モチャーロフは、あたかもベレゾフスキーが踊れないので、その代りに踊ってやるとでも言うように、しかつめらしく、勿体《もったい》ぶって踊っていた。

ベレゾフスカヤ夫人が踊りから帰って来ると、ベレゾフスキーは彼女の腕を取り、私たちを引き連れて戸外へ出た。そこは非常に暗い夜だった。家々の中には電燈が点っていたが、どの窓々も板戸を立てて、光は非常に物惜しげに僅《わず》かしか外に洩れていなかった。私たちは空を見上げた。そこに北極星を見ようと思った。そのために北斗七星を捜した。けれども星々があんまり多くて、どれがどれだか見当がつかなかった。

ベレゾフスキーは私たちを連れて一軒家に入って行ったが、そこは真暗だった。彼は何かに躓《つまず》きながら、「ヨッパイマーチ」と呟いてスイッチを捻った。そこは彼らの事務所だった。鍵のかかった大きな書棚、二三の空っぽの机、床は綺麗に掃除され、ペーチカにはまだ微かな暖みが残っていた。ベレゾフスキーは私たちを一列横隊に並べ、自分は机にもたれて、私たちを真面目くさって眺めた。

「日本にはダンスがあるか？」と彼は言った。

「あります」

「おお、もちろん、あることは知っている。だが、それはブルジョワのものだろう」

彼はブルジョワと言う時、必ず「腹の太った」と言う形容詞を付け加えて、片手で腹の出張ったことを示す身振りをした。彼はブルジョワというものを、漫画の中でしか見たことがないのだった。そこではブルジョワはみな、あのチャーチル氏のようにシガーをくわえて肥満した紳士だった。ベレゾフスキーは続けて言った。

「ところが、ソビエトに於《おい》ては全人民のものだ。それはお前たちが今晩見た踊りだ。あらゆる人々が一つの場所に集って、誰彼の差別もなく踊っている。これがソビエトの舞踏会だ。お前たちは日本へ帰ったならば、必ずこの光景を伝えてくれ」

彼はこう言って、まるで威嚇するかのように、私たちの眼前に手を挙げて、人差指で私たちを一人一人数えるかのように、それを振った。

私たちは闇の中を兵舎の方へ帰って行った。そしてソビエトの舞踏会に於ても踊れない者はやはり退屈だと思い、ベレゾフスキーが少し可哀そうになった。私たちは凸凹《でこぼこ》の多い登り坂で時折躓き、そして呟いた、――

「ヨールキ・パールキ・ベレゾフスキー」

人さまざま

1

或る日、ある鍛冶工場で働いていると、一人の若い男がやって来た。「休みなさい」と彼が言った。彼は案外丁寧な言葉使いをした。私は地べたに坐り、彼は傍らの車に腰かけた。私は煙草に火を点けたが、彼は煙草を吸わない男だった。彼は私から漂ってゆく煙に顔を顰《しか》め、それを追い払うように、鼻の前で手を振った。しかし人を不愉快にするようなところはなかった。私は言った。

「どうして喫《の》まないのですか？」

「どうしてって、私はそう云《い》う風に生活してるのです」と彼は言った。「酒も飲みません。また悪口も口にしません。それは私の生活に害を与えますから」

彼の言葉は、年取った百姓などに時々見かける、髯《ひげ》だらけの旧信徒《スタロヴェール》を思い出させた。しかし彼の顔はいかにも若々しく、髯が綺麗に剃られ、眼は青く澄んで、うらやましい青春に輝いていた。

「いくつですか」

「二十一」

「名前は」

「パーシャ」

「父称をおしえて下さい」

「何故です、また」

と彼は言って立上った。「ペトローヴィチ……パーヴェル・ペトローヴィチ・ルカシヨフ」

私はまた一しきり働いた。彼は鍛冶屋《かじや》だったが、私がここで働く間は、云わば監督としてついていた。本来なら彼は働かなくてもよかったのだが、私に手伝って車を押して呉《く》れた。私たちはまた休憩した。私は試みにきいてみた。

「あなたは青年共産同盟員《コムソモーレッツ》ですか？」

「いいえ」と彼は気のない返事をした。あたかもそんなものがあるかどうか知らないように。

「しかし、若い人は大抵そうなんでしょう？」

「それもいるし、そうでないのもいます。そんなことは勝手ですよ」と彼は言った。

「私には興味がありません」

彼はズックの作業衣を脱いだ。狭いチョッキを着た彼の身体はほっそりしていた。その華奢《きやしや》な体付に似ず、彼はやはり鍛冶屋らしく力が強かった。私達は無言で働き、また休憩した。休憩毎に私たちの会話は少しずつ発展した。

私たちが鉄屑を捨てにゆく所に、一台の壊れた客車が立っていて、その戸口には白墨で、「信教の自由」と落書きがしてあった。私は稚拙《ちせつ》なその字を思い出して休憩の時、彼に言った。

「パーヴェル・ペトローヴィチ、あなたは神を信じますか？」

「どうして、また《アカークジェ》、もちろん信じます」

「教会へ行きますか？」

「行きます。しかし、それは古い正教の教会ではありません。あれは堕落したものです。あれは坊主がウオトカを飲む為のものです。私の行くのは普通の家です」

「普通の家って？」

「十字架のついてない、普通の家ですよ。そこに私たちは集るのです。坊主などいません。普通の労働者が私たちを指導します。――彼は言わば世話役です。私たちは金を集めて、彼に月百ルーブリやっています」

「そんな宗教があるのですか？　何と云う宗教です？」

「エヴァンゲリエ」と彼は言った。「戦争前からありましたが、アメリカから来たそうです。戦争中アメリカは要求した――政府がこの宗教の邪魔をしたら、アメリカはソビエトの援助をしない、と。それで戦争中にだんだん増えました」

私は黙って考えた、このアメリカとは何者だろうかと。すると今度は彼の方から言い出した。

「日本にも神がいますか？」

「さあ、どうですか……」

彼は私を無神論者と見て取った。そして私を説得にかかった。

「神なしで生きることは出来ません。世界は一つの神のものです。どこの国の神と云うものもありません。すべて同じ一つの神です」

「神は、世界から出て行ったと云うではありませんか？」

「それは――うそです。神は決して出て行きません……」

私たちは無言で働き、また休憩した。すると話はまた神のことで始まった。

「神なしでは」と彼は言った。「敷居までも行けないが、神と共にあれば海の彼方まで」と。

これは古いロシヤの諺《ことわざ》だ。

「あなたはトルストイを読みますか？」こう言って私は彼から肯定的な答えを期待した。彼は——トルストイと云う作家がいるらしいが読んだことはないと言った。

「プーシキンは？」

「知りません」と彼は言った。「私は福音書を読むだけです。これは非常に面白い本です。私は他のどんな文学も読みません。福音書が一冊あれば、それだけで充分です」

「教会にはたくさん集りますか？」「ええたくさん」「どんな人達ですか？」「普通の労働者です」「軍人は？」「将校は来ません。軍曹を一人見たことがあります」

「上の人《ナチャーリニキ》は？」

「見ません」そして附加《つけくわ》えた。「福音書に書いてあります。——富める者が天国に入るのはラクダが針の孔《あな》を通るよりも難しいことだ」と。

「私が行ってもよいですか？」

するると彼は非常に乗気になった。

「おお、よいですとも、是非来て下さい」

「そこで何をしますか？」

「お祈りと、そして歌です。そこにあるのは——清潔《チストタア》さと喜《ラードスチ》びです」

「私はいいんだが、収容所長が許さないでしょう」

「私が迎えに行って話してあげます。そして一度私の家に来て、それから行きましょう」

「奥さんは？」

「妻ももちろん一緒です」

昼休みの時間になった。パーシャは彼より年上らしい、あまり美しくない女と連立って昼食を食べに帰って行った。午後の仕事が初まってから私はきいた。

「あの人はあなたの奥さんですか」

「違いますよ」と彼は言った。「私の妻は、ずっと若くて、ずっと綺麗です」

「そうですか」

「妻も私も同じです。是非来て下さい。——遠慮することはありません」

こう言ってから彼は附加えた。

「ボーグ・ニェ・フ・リツェ・プリヤーテリ」

はっきりおぼえていないが、このようにきこえた。

「何のことですか？」

「ロシヤの諺です」

私が黙っていると、彼はパラフレーズした。

「神は美しい人も、醜い人も、だれかれの区別なく受け入れるという意味です」

そして私にすっかり呑み込ませようとするように、ゆっくりと、アールとエルの音を綺麗にひびかせて、彼は言った。

「ボーグ・ニェ・フ・リツェ・プリヤーテリ」

鍛冶場の中には赤熱の火が燃え、清冽《せいれつ》な水が流れていた。この火と水の間で烈《はげ》しい労働が行われ、鉄が鍛えられ、そこではハンマーの一打ち毎に、いろんな道具や部品が形成されていった。パーシャは、時々私から離れて本来の鍛冶屋になった。彼は大きなハンマーを軽々と大振りに振って、赤熱の鉄を巧みに打つのだった。一仕事済むと、彼はハンマーを杖のようについて、燃える火をじっと見つめていた。この火の中には強烈な風が鞴《ふいご》で送られ、そこでいろんな鉄の塊が真赤に熱せられた。

火と水と風と、これが彼の労働の最も重要な要素だった。

パーシャは私の所に帰って来て、「休みなさい」と言った。彼は低い車に腰かけて手を前に組み、青い目で私を眺めた。彼は言った。

「福音書に書いてあるように、――最後の日が来るでしょう。その時、神は罪ある者を火の中に投げ込むのです。火の中に、――わかりますか、――真赤に燃える火の中にです」

作業をおえて帰る時、私は「さようなら」と言った。すると彼は手を快活に振って冗談らしく言った、――「神と共に行け」と。そして手や顔を洗い、冷い清冽な水を飲んだ。

その若々しい動作を見て、私は彼の言葉を思い出した。

「すべては清潔さと喜びです」

仄暗《ほのぐら》い鍛冶場の中に、赤熱の火が燃えていた。

2

「隔世遺伝《アタヴィズム》・シトー・リかね？」

私からパーシャの話を聞いて、クーバレフはこう言った。クーバレフは政治部員だった。二十五六の中尉で、背が低かった。彼は引ずるような長い厳《いか》めしい外套を着て、せかせかとやって来た。そして外套を脱ぐと、彼は忽《たちま》ち軽やかな男になった。緑色の略衣、青い乗馬ズボン、ピカピカの細い長靴、胸には勲章を一つぶらさげていた。独ソ戦と対日戦勝利の記念勲章で、「正しき故に我ら勝《な》てり」と銘うってあったように記憶する。さて、彼は両の手の平で柔かい赤毛を撫でつけながら言った。

「紙だ、紙だ、人類はいかに沢山の紙を消費したろう！　だが、やっぱり書かなくちゃならない。話された言葉は空中に消えてしまう。そいつを書き止めなくちゃ」

こう言って彼は捕虜たちを一人一人呼びつけて身上調査をするのだったが、時にはそれが「思想調査」になることがあった。ある時、天理教の布教師だった男を呼び出して言った。

「天理教って何だい？」

その布教師は暫《しばら》く沈思黙考してから答えた。

「天理教はみんなの為に自分のものを全部捧げ……」

「何をばかな！」とクーバレフが言った。

「組織だ！　組織だ！　組織を聞いてるんだ」

こうして彼は戸惑いした天理教徒に、極めて具体的な質問を一つ一つ発して、信徒と教会との関係、教会の受持範囲、その上部機関との関係、財政、信徒数、また従業員にはどんな係りがあるか、給料はいくらか、などと言うことを聞き出して、そして結局は一番上に一個の人間がいる、と言うことを明らかにするのだった。

ロシヤ人は大抵計算が下手なように思われるが、彼は特別に早くて巧みだった。経理検査に来ていち早く帳簿の間違いを発見して指摘したが、経理准尉にはこれが判らずソロバンをはじいては頭をひねっていた。クーバレフはそれに関わらず、もう次の問題に移っていた。

「何故パンを量って分配しないか？」「何故分銅を作らないか？」「何故一人で千人分のパンが切れないか？」何故、何故、何故と畳みかけて、即座に実行を命令しどんどん帰っていった。

「まるでカミソリみたいな奴だ」捕虜の主計が呟《つぶや》いた。

彼は黄色いランニングと、白いパンツ一つになり、ヴァレエボールの前衛のセンターをやった。背は低かったが、彼のよく緊《しま》った肉体はヴァレエの球と同じようにはずんだ。試合が済むと、彼はボクシングの一人稽古をやり、それから汗を拭きながら言った。

「クーバレフと言うのはクバーリから来た名です。クバーリは日本にもあるでしょう?」そう言って彼は非常に巧みに手真似をしたので、それが独楽《こま》のことだと直ぐに判った。「私の先祖は独楽のようにくるくる回る軽業師だったんでしょう。私もアクロバートが好きです。学校では器械体操が一番でした」

この彼にも病気があった。彼は時折眼をつむって遠くを聞くような顔になった。彼は眼を開いて言った、——「やはり聞えている」彼は頭を振り、その音から逃げ去ろうとするように、机にかがんだかと思うと、独特な乱暴な字を非常に早く書きつけるのだった。

「彼の病気は満州土産だ」と主計が言うのを聞いたことがある。これは謎めいた言葉だが、つまり英語で社交的と言われる病気のことだ。これは彼に対する反感から出た嘘ではなかろうか? それとも彼は日本の軍医に診て貰《もら》ったことがあるから、或いは若干の根拠があるかも知れない。いや、やはり嘘だろう。というのは、若《も》しそんな病気があるなら、彼は日本の軍医などに初めから診て貰わなかったろうから。要するに、私は彼がそうでないように思いたいのだ。つまり彼が好きだからだ。だが病気はともかく、彼は戦利品と称するいろんな物を満州から持ち帰っていた。時計、釦《ボタン》留めの短靴、折鞄等々。

彼は吝嗇《りんしょく》な人間だったと断定していいように思う。捕虜収容所の中には腕のいい職人が沢山いて、ソ連人は彼らにいろんな物を作らせては、そくばくの謝礼をした。クーバレフも彼らにいろいろと注文して作らせたが、何も与えたことがなかった。一度、彼は鍛冶屋に命じて、ゴム・ボート用の折り畳み式オールをジュラルミンで作らせた。オールは非常に見事に出来上った。彼は歓呼してそれを受け取り、ポケットから煙草の包みを取り出した。そして、その封を切って、中から三本の捲煙草《まきたばこ》をつまみ出して鍛冶屋に与え、残余をまたポケットに入れてしまった。しかも彼自身は煙草を喫わないのだった。

彼の家へ行ってみると、かつての日本将校が腰にぶら下げていた、巨大な日本刀が壁にぶら下がっていた。それは置き場に困って、そこにかけたようで、不調和でもあり、不愉快でもあった。彼の妻君は黒い着物を着た地味な小柄な人で、彼より年上らしかった。

「ニコライ」と彼女は彼を呼んだ。彼は言った。「ニコライの愛称はいろいろあります。コーリヤとか、ニコーレンカとか、しかし僕は嫌いなんだ」彼は婆やを使っており、それは古風な恰好をした大柄な百姓の老婆で、彼女は台所の隅に聖像《イコーナ》を掛けていた。

「あの婆の」と彼は何もきかないのに言った。「あの婆の息子は無頼児《ホリガン》で、困ったものです」

春に彼は捕虜を使い、かなり広い土地を耕して馬鈴薯《ばれいしょ》を種えた。或る時、日本の将校がこのことを問題にして彼に言った。

「ソ連では搾取はない筈《はず》です。然るにあなたは……」

クーバレフは突然、物をうけつけない顔になり、つまらぬ話相手をいやいやながらするように言った。

「私はちゃんと国家に支払ってあります」

これがどう言うことになるのか私にはよく判らなかったが、要するに問題はこれで解決したようなものである。

彼は日本語の勉強をしかけて、放棄したようだった。彼には象形文字が理解出来なかった。

「この字は」と彼は机の上に山の字を指で書いて言った、

「ヤマとも言い、サンとも言うのは、どうしてですか?」

「それは、シナ流に読めばサンで、日本流に読めばヤマなんです」

「ではロシヤ流に読んでもよいですか?」

「どうぞ」

彼は不機嫌に黙ってしまった。

また日本人の姓名がいろいろに言われるので、彼は当惑していた。例えば、保谷が、ヤスタニになったり、ホヤになったり、彼に言わせれば千変万化だ。彼は誰かの身上調査書をアルファベットの棚から出そうとして、どうしても見つけ出せなかった。それは何かの名前になって、何処かの棚に入っているに違いなかった。彼は頤《あご》に手を当て、その肘に片手をかけてぶつぶつ言った。

「ちえ、日本人の畜生め！」

こうして彼は、断然ローマ字論者だった。

彼はたった一つの日本語を知っていた。それを彼は大いに苦心して暗記したと見えて、非常によく発音することが出来た。「女房の悪しきは百年の不作」というのである。彼はこれを隠し持っていて、突然日本人に投げつけ、その効果を見るのが好きだった。しかし彼の期待したほど面白くはなかったらしい。何故なら彼がそれをあんまり巧く早く言ったので、却《かえ》って我々には初め何のことか判らなかった。そして一瞬後、気がついた時は、もう大して愕《おどろ》かなかったのである。彼は暫くやってみたが、やがてこの言葉をまるめて紙屑籠《かみくずかご》に捨てたらしく、もうやらなくなった。——

彼には文学の趣味があった。彼はプーシキンの逸話を話して聞かした。或る日、プーシキンがペテルブルグの町を歩いていると、一人の軍人が犬を調教していた。そしてプーシキンが通りかかると、一人の軍人が聞えよがしに大きな声で言った、――（犬よ、お前は詩人になれ！）と。そこでプーシキンが言った、――（詩人になれなかったら、軍人になれ！）と。クーバレフはこの話に附加えて言った、――（僕は詩人になれなかったこの犬のようなものです）

彼はクルイロフの寓話が好きで、よく絵入りのその本を持っていた。馬を野菜畑の番人にしたら、非常に忠実に番をして近づく者をみんな追い払ったが、その度に馬自身、畑を走り回って荒らしてしまったという寓話がある。秋、馬鈴薯畑の監視に一人の捕虜がついた。彼は小さな番小屋に住み、馬鈴薯をいくら食べてもよかったが、ただ他人に取らしてはいけなかった。ところが恐らく馬鈴薯を食べるのに夢中になった為だろう、馬鈴薯をたくさん盗まれた。クーバレフはこの男について言った。

「僕はむしろクルイロフの馬を選ぶ」

捕虜たちの間に、移動の噂が拡まった。或いはタシケントに行くと言い、或いはハバロフスクへ行くと言ったが、内心はみんな日本へ行くのではないかと思い、ひそかにそう信じた。

クーバレフがやって来た。彼はすべてを知っている運命の神のようだった。彼は言った。

「みんな何処へ行くと思う？」

暫く返事はなかったが、終《つい》に誰かが言った。

「タシケント」

クーバレフがはしゃいで言った。

「いや、違う。ヴェルホヤンスクだ。知ってるか？　むかしマンモスが住んでいたが、今は人間が住んでいる、世界一よい所ですよ。零下六十度」

そして出て行く時、改った口調で言った。

「私も何処へ行くか知りません。いいですか、私たちは軍隊です。命令一つで何処へ行くか判りません。汽車に乗り汽車から降りて見て初めてわかるでしょう」

これは恐らく本当の告白だ。恐らくは彼は至上の権威に完全に服従した、訓練された人間であった。

問答会の時、ある日本人が言った。

「肉体は滅びるが、魂は死なない」

すると彼は論争的になり、昂奮《こうふん》して言った。

「その反対だ。死ねば肉体は土や雨になって永遠にのこる。魂なんか、無に等しい」

その後、彼は、我々が牝虎と名づけた若いユダヤ人の女軍医と話している時、「魂とは何か？」と言う質問を発していた。牝虎が何と答えたか私は聞き洩した。

クーバレフは或る日、命令一下、何処かへ行ってしまった。彼は優秀なる若い将校として選抜され、レーニングラードの何とかアカデミヤへ送られたと言う噂だった。

3

パーシャは日曜日に私を迎えに来ると言ったが、これは不可能なことだった。私は待ちもしなかったし、彼は来もしなかった。もし来たところで、収容所の入口にある関所で、赤兵から怒鳴られ、追い返されたことだろう。私はそれっきりパーシャと会わなかった。というのは、私はもう鍛冶工場ではなしに、機関車修理工場へ回されたからだ。これは工場と言っても、非常に広大なもので、周囲に巨大な材木を積み重ね、錯落《さくらく》たる長城をめぐらしていた。これには門が三つあった、――正門と通用門と汽車専用門と。私たちはトラックに満載されて、町を殆《ほとん》ど横断して朝早く、この通用門に近づいていった。するとそれは待っていたかのように開いたのである。そしてトラックが中に入ると直ぐ閉ざされた。まるで自動的のようだが、いや、ソビエトはまだそれほど機械化されていない。つまり、そこには門番がいたのだ。ソビエトにおける、このヤヌスの神は大体において帝制時代以来の老人で、大抵は外から入って来るものよりも、内から出てゆくものに監視の眼を向けていたようだ。というのは、私たちの帰りのトラックが門から出る時、彼は必ずそれを止めて、車内を覗き込み、私たちの隠し持った材木等のがらくたを没収したからである。

工場の構内には一群のいろんな建物があったが、一隅に車輪のない壊れかかった客車が一台、置き去りにされていて、それが私たちの休憩室であり、控え室だった。朝に到着した私たちが、この動かない客車の坐席に坐っていると、やがて外から呼ぶ声がした。

「線路の五名、早く出ろ！」

私たち五名の者が外に出ると、そこに若い二人の女、ターニヤとトーニヤがいた。私たちはきちんと整列した。ターニヤが日本語で号令をかけた、——（前へ進め！）私たちは歩き出した。ターニヤとトーニヤは何やらさかんにしゃべりながら後からついて来て、時々私たちを運転するように、号令をかけた、——左へ、とか、右へ、とか。そして彼女たちが号令を忘れ、私たちが知らずに真直ぐ歩いてゆこうものなら、忽ち罵詈《ばり》を発したのである。——（このムダークのサムライめ！）

こうやって私たちは一軒の小屋の前に辿りついたが、その貧弱な扉には不似合いなほど大きな錠前がかかっていた。扉の傍らには沢山の古い鉄板が積み重ねられており、ターニヤはそれを上から数えて五枚目を持ち上げた、するとそこには鍵が一つ隠されていた。（わかったか、ヤポン）と彼女は言って、それで扉を開けようとして、愕きの叫びを発した。錠前は壊されていて、扉は自由に開かれたからである。

「どんなチンポ野郎の仕業か」

ターニャとトーニャは口々に罵りながら小屋の中へ入っていった。そこには保線用のいろんな道具が入れてあったが、そのどれも紛失してはいなかった。ただ明らかに誰かがそれを持ち出して、またそれを乱暴に抛《ほう》り込んでいったのだった。

「きっとマトヴェエフだ」とトーニャがターニャに言った。

マトヴェエフと言うのは監督で、年取った小柄な人物だった。彼は非常に口やかましかったが、ターニャとトーニャに対しては、又、総じて女性の労働者に対しては、そうではないと言う評判だった。彼は決して人に煙草を呉れることなく、自分では一番上等の捲煙草をくゆらしていた。彼はときおりどう言うわけか解らなかったが、不思議な微笑を浮べ、私たちを眺めて、頭をゆっくりと横に振った。それは私たちに同情を示しているようにも見え、また、いい気味だと言っているようにも見えた。或る日、彼は休日でもないのに休んだ。するとトーニャが言った。

「今日はユダヤ人のお祭りだ。だからマトヴェエフは来ない」

これによって私たちは彼がユダヤ人であり、独自の習慣を保存していることを知った。

私たちが散らばった木栓を集めたり、ハンマーを揃えたり、スパナを並べたりしているところへ、そのマトヴェエフが入って来た。そして、いきなり怒鳴り出した。それと言うのも、汽車の脱線はすべて彼の責任だったからだ。そして汽車は頻《しき》りに脱線したのである。その前の晩も、私たちが帰ってから脱線し、彼はそのため睡眠不足だったのでである。私たちは沢山の道具類をトロッコに積んで、彼に率いられて、脱線の現場へ急いで行った。

冬、大地は完全に凍りついていた、その為にレールはベトンで固められたように、しっかりしていた。機関車がどんな重い貨車を引張ってその上を通っても、それはびくともしなかった。ところが春になって、だんだん暖かになると、大地はそんなことにはお構いなく、柔かになって溶け初めた。レールはそのため、ゆるくなって、ゆがみ、機関車は用心深く、その上をのろのろと歩いていったが、それでも方々で脱線事故が頻発した。こうして春ともなると毎年のように、線路工夫は多忙になるのだった。

このようにターニヤとトーニヤとは二人共、専門の線路工夫だったが、二人はそれぞれの特徴を持っていた。ターニヤの方は完全に実地に鍛えあげた腕前の持主だった。彼女はハンマーを大振りに振って、見事に犬釘を打ち込んだものである。その姿は正確で、きびきびして、力に満ちて美しかった。男の労働者たちが通りすがりに彼女を見て、私たちに自慢して言ったものだ。

「見たか、ロシヤの女を」

彼女は風呂敷を頭にかぶり、日本の兵隊の軍衣を着て、スカートの下にだぶだぶのズボンを穿《は》き、それを下の方でくくっていた。捕虜たちは彼女のことをスサノオノミコトと呼んだ。彼女のスカートとズボンの恰好が、小学校の読本に出て来た神代の人を思い出させたのだ。

トーニャの方は犬釘打ちがターニャほど上手ではなかった。彼女はよく打ち損ねては、自分のハンマーを罵っていた。その代り彼女は技術学校《フェゼオ》の卒業生だった。そしてカーブに於《お》けるゲージの決め方だとか、枕木の傾斜の角度などに就いて細《こま》かいことを知っていたのである。私たちがターニャの指示通りにゲージを定めて犬釘を打っていると、トーニャが来て、それを訂正するのだった。そんな時、ターニャは知らん顔をしていた。

ターニャは肥っていて、藪《やぶ》にらみで、おまけに片方の眼が小さかった。トーニャの方は痩せ、鼻さきが少し上を向いて尖《とが》っていた。この二人は恐ろしく卑猥な罵詈を盛んに口にする点で、甚だ共通していた。仕事にかかる前に彼女らはいつも言うのだった。

「スカートを脱いで、さて一働きしましょ」

或る時、ターニャの言うゲージとトーニャの言うゲージとが随分異っており、その上、二人からさんざん罵詈を浴せられたので、私たちは終に憤然として言った。

「一体どっちに従ったらよいのか？」

彼女らはこれに対し何とも答えなかった。それから二人で団結して、トーニャが代表して言った。

「お前たちは捕虜だ。何でも言われた通りやれ」

私たちは春先きから夏にかけて彼女らのもとで働いたが、だんだん独立して働けるようになった。二人はこれをよいことにして、朝に仕事を言いつけると、何処かへ暫く雲隠れすることがあった。そんな時、行きがけに彼女らは言った。

「マトヴェエフが来たら、水準器を取りに行ったと言え」

マトヴェエフはなかなか来なかったが、或る日、とうとうやって来た。

「ターニャとトーニャは何処へ行った？」

「水準器を取りに行きました」

「嘘をつけ。俺は知ってる」

彼は例の妙な微笑を浮べて頭を横に振りながら、私たちの仕事ぶりを見ていたが、突然言った。

「彼女らがいなくても、やれるか？」

「もちろんです。その方がよいです」

彼は今度は頭をたてに振りながら行ってしまった。

ターニャの亭主は兵隊だということだった。彼は汽車で一日かかる或る町に駐屯していたのだが、或る日、休暇になってターニャの所へ帰って来たそうである。ところが、その間に大雨が降って、汽車が不通になり、期限が切れても、帰営出来なかった。その為、彼は懲罰大隊に入れられていると言う話だった。雨が降って汽車が不通になったのだったら、不可抗のことだと思うのだが、ターニャはそれについて何の説明も与えなかった。彼女は或る時、一通の手紙を読んでいた。それは、その兵隊から来た手紙で、彼女はそれを私たちに見せびらかしたが、その筆蹟《ひっせき》たるやとんでもない悪筆《カラークリ》で、冒頭の「懐しい、親しいターニャ」以外は、その場で判読出来なかったのは、残念なことだった。

「お前、淋しいだろう」と私たちは言ってみた。

彼女はけろりとして答えた。

「兵隊なんか、何処にでも沢山いるよ」

ある日曜日だったが、私たちは特別に引っ張り出されて働いた。ターニャもトーニャも来ていなかった。マトヴェエフが来て「ターニャを呼んで来い」と言った。

「彼女が何処にいるか、私たちは知りません」

するとマトヴェエフはまた変な微笑を浮べて言った。

「お前たち、知らないのか、彼女の寝ている所を？」

彼は、「そうか」という風に頭を振って、自分で何処からか捜し出して来たが、その日の彼女はスサノオノミコトではなくて、紺の派手な外套を着て、真赤な頭巾《プラトーク》をかぶっていた。

この機関車修理工場には、私たちのほかに、囚人か或いは赤軍の兵隊が働いていたようだった。というのは、その監視者らしい一人の曹長がいつもぶらぶらしていたからである。彼は暇なとき、よくターニャの所に来ていた。彼はターニャの傍にくっついて、私たちを罵り、酷評した。

「お前たちの働きぶりは、片足が墓穴に入っているようだ」

一方、ターニャは顔色が悪くなり、気持がよくないように見えた。彼女は私たちを罵りそうにしながら、中止することがあった。これは明らかに異状な徴候だった。何故と言うに、罵詈は彼女の天性だったらしいから。

「あれは悪阻《つわり》だ」と捕虜の一人が日本語で言った。

するとトーニャが、あたかもその意味が判ったように言った。

「ターニャは若いからね」

こう言うトーニャもターニャと同じ位、若かったのである。

歴《れっき》とした亭主のいるトーニャは、午後になると必ず一時間くらい、何処かへ行ってしまった。初め私たちはこのことに気が付かなかったが、だんだん判って来ると共に、その理由も明らかになった。彼女はその時刻が来ると、赤ん坊に乳を飲ませにゆくのだった。彼女は背が高くて、非常に痩せて骨ばっていたが、胸だけは乳が張って豊かだった。それに彼女はジッパーで胸が直ぐ大きく開かれる青いジャンパーを着ていた。彼女は威張って言ったものだ。

「私は少ししか食べないで、沢山与えます」

トーニャはターニャと違い、政治的な意識があったようだ。私たちが厄介な仕事にぶつかって、あれこれ相談していると、彼女は言った。

「ロシヤ人は何ごとでもやり遂げる。ボリシェヴィキには不可能と言う言葉がない」

ターニャは、こんな時、けろりとしていた。この相違は、やはり教育のせいに帰すべきものであろう。

このターニャが或る時、一通の書面を私たちに見せた。それは人事部《オトデル・カドロフ》に宛てたもので、それには、自分の今の仕事をやめて、他の技術を習得したいと言う願望が書かれてあった。

「お前、わかるか?」とトーニャが言った。

「わかるが、どうしてだい?」

ターニャとトーニャは顔を見合して笑った。

「私たちがいなくても、お前らだけで、やってゆけるからさ」

「そんなものは受け付けられないよ、お前ら二人は専門家《スペチアリスト》だからね」

この請願書が提出されなかったのか、それとも、提出されても、受付けられなかったのか、とにかく彼女たちは、少くとも私たちのいる間は、線路工夫をやめなかった。

私たちは彼女らがどの位の賃金を貰うものかいろいろ尋《き》いてみたが、はっきりしたことは解らなかった。しかし彼女らの賃金に、私たちの働きぶりが影響したことは確かだった。それで彼女らは決して私たちを遊ばせず、満遍なくこき使った。そして私たちが大いに働いた時も、そうでもない時も、私たちの貰うパーセントはいつも同じだった。つまり、私たちが一定量以上に働いた部分は、すべてターニャとトーニャに吸収されているように、私たちは邪推したものである。で、私たちは大いに抗議した。が、何らの甲斐もなかった。トーニャが言った。

「パーセントなんて、私には興味がない。事務所で呉れただけ、ポケットに入れるだけさ」

ターニャの方は、概して、こういう問題に対し、そっぽを向き関知しなかった。だが、それに就き何か言い出す時は、きまって恐るべき早瀬の如き、猥褻《わいせつ》な罵詈で、私たちは到底かなわなかった。

「こいつは安淫売だ」と捕虜の一人が言った。

「ひでえ姐《あね》ごだ」と言ったこともある。

トーニャの方もこういう罵詈においてひけは取らなかったが、彼女はそれ以外の言語にも若干富んでおり、機智があった。初めの頃、私たちが時間を尋ねると、彼女は答えた。

「私は時計をベルリンに置いて来た」

私たちが何のことか解らずにおると、彼女は説明してくれた、――ベルリンは時計の産地で、そこには沢山の時計があるから、時計のないことを冗談にそう言ったのである。彼女はまた、「善なき悪はなし」という諺を間違って「悪なき善はなし」と言った。いや、むしろ、わざとそう言ったのかも知れない、何故なら、それはどっちとも本当らしいから。

トーニャは時折、プリャーニキというお菓子をポケットに忍ばしていた。すると、ターニャが黙ってそれを摘《つま》み出して食べるのだった。二人は名コンビで仲がよかった。どちらか一人が見えないと、彼女らは直ぐに言った、——（ターニャはどうした？）或いは（トーニャはどうした？）

「悪魔が御存知だ」と私たちは答えたものだが、しかし内心、少し淋しくないこともなかった。

4

その日、ターニャは来ていなかった、というのは日曜日に働いたので、代日休暇を貰ったからである。それでトーニャしかいなかった。彼女は相棒がいないので、日頃より幾分おとなしかった。それに朝から空は曇っていたのである。私たちは午前一杯働いて、それから午後の作業に取りかかり、暫くすると雨が降り出した。雨は本降りにしとしとと降って、見る間にレールを濡らし、枕木を濡らし、地面を濡らして、掘り返された土が忽ちぬかるんで来た。枕木を外しかけた私たちは、どんよりと曇って動かない重たい灰色の空を見上げた。

「困った《ベダー》な」

が、トーニャは言った。

「いいとも《ニチェヴォ》。秋には馬鈴薯が沢山とれるだろう」

そして命令一下、道具類をみんな私たちに持たして、私たちを引率して、線路づたいにすたすたと歩き出した。

トーニャが雨宿りに選んだ場所は線路が工場の構外へ出ようとする辺鄙《へんぴ》な所に立っている番小屋だった。そこには汽車の出入り専門の大きな門——第三の門があって、重たい扉が閉ざされていた。内からでも外からでも、機関車が近づいて汽笛を鳴らすと、その番小屋から小さい人影が出て来て、門の扉を開いたり閉ざしたりするのが見えた。

私たちはどやどやと、その小屋の中へ入った。そして、そこに一人の老人を見出したのである。小屋は非常に小さなもので、中央に巨大なペーチカが据え附けてあった。彼はそのペーチカに凭《もた》れて正面を向いて坐っていた。そこには彼の坐っている以外には、一つの椅子もなかったが、その代り周囲の壁には低い棚のような、作りつけの腰掛けが附《つ》いていた。私たちは勢い、ばらばらに、その棚に腰掛けたので、自然と、その老人を取り囲んだような恰好になった。

「今日《こんにち》は、ボルシニコフ」とトーニャが言った。

「今日は、トーニャ。馬鈴薯をうえたかい?」とボルシニコフが言った。

ボルシニコフは小柄な老人で、髪も髯もすっかり真白だった。皮膚も非常に白かった。ただ彼の顔には薄紫の小さな痣《あざ》が何か内部からの影のように、ぼんやりと附いていた。彼の窪んだ眼窠《がんか》の奥には、長い白い眉のかげになって、青い小さな眼がまたたいていた。彼は、この老いたる頭の上に、いかにも若々しく派手な、新しい紺の学生帽を載せていた。つぎだらけの灰色のルバーシュカを着て、その古ぼけた長靴は、踵《かかと》がすっかり擦り減っていた。……

トーニャとボルシニコフが馬鈴薯の噂話をしている間、私たちは故郷で知っている老人たちの噂話をした、——うちの祖父は八十で元気だったが、もう死んだかも知れないとか、うちの村には九十以上の爺さんが何人いたとか、おれの家ではみんな八十以上まで生きるとか、うちの祖父は鞋《わらじ》を作るのが上手で、自分の作ったものでなければ決して穿かないとか。……

雨は一しきり烈しくなった。トーニャは立ち上った。彼女は何らかの告知を受け取ったのである。いわゆる乳が鳴るという現象だろう。で、彼女はボルシニコフに汽車専用門を開けて貰って、雨に降られ前屈みになって乳を飲ませに小走りで帰って行った。

話が途切れて、その間、私たちは雨の音を聞いた。それから老人を取り囲んで、ぽつぽつ質問を開始した。

「あんたは幾つになるか?」

「八十三」

彼は私たちのいることなど全然気にかけない様子だった。そして何処からともなく聞えて来る質問に機械的に答えているように見えた。私たちは遠距離の電話にでも話すように大きな声でブロークンなロシャ語を彼の耳に注ぎ込んだ。彼は私たちの方を見ないで、開かれた扉から雨の降るのを眺めながら返事をした。こうやって私たちは簡単な彼の履歴を知ったが、彼は元来、百姓だったのだ。それから農村を去ったが、それはコルホーズが嫌だからだ、と彼は言った。そして町に出た彼は、最も単純な肉体労働に従事して、かくの如く年老いたのである。荷物の積込みだとか、薪割りだとか、簡単な製材だとか、つまり段々と年を取って衰えるにつれて、その体力にふさわしい労働に従いながら、終に門番の職に辿りついた訳だった。そして、この後に待ち構えているものは、死の門に相違なかった。それは必ずや彼のために、おのずと開かれるであろう。

雨は降り続け、私たちは質問を続けた。

「何故コルホーズへ行かないか?」

「むかしは旦那《バーリン》というものがいた」と彼は答えた。「我々は彼のところで働き、彼が我々に金を呉れた。今はその旦那がおらず、働く所がなくなった」

ボルシニコフはコルホーズの話になると、一種嫌悪の情によって、熱して来るように思われた。彼は、コルホーズには労働がないと言った。彼の言う労働とは何か、私たちにはよく解らなかったが、話は飛躍した。

「しかしコルホーズにはトラクターがあり、収穫は前より多くなったろう？」

するとボルシニコフは頑固に頭を振った。

「収穫はトラクターからではなく、神から来るものだ」

またしても神が出て来たのだ。パーシャの口からと同じように、執拗な響を以て。それから彼は私たちの顔を見て、説明するように附け加えた。

「雨も神が降らせるものだ」

私たちは彼をからかいたくなった。

「では、戦争も神から来るのか？」

するとボルシニコフは頭を振った。

「戦争は」と彼は答えた。「戦争は人間がお互いに恐怖するから起きるのだ」

私たちは日本語でがやがや話し出した。一人が彼を批判し、みなを啓蒙しようとして言ったのである。――（この人間は完《まった》く観念論者で、反動もいいところだ。）しかしボルシニコフは私たちの発する知らない言語の中で、全く無関心の顔つきをしていたが、やがて彼の方から言い出した。

「今度起る戦争は自動爆弾の戦争だ」

私たちには初め何のことかわからなかった。

「自動爆弾《アウトマート・ボンバ》？　それは原子爆弾《アトムナヤ・ボンバ》のことか？」

「そうだ」と彼は答えたが、しかし彼が語を継いだ時は、又しても自動爆弾と言ったのである。

「自動爆弾は全てを、人を、家を、木を滅してしまう」

彼はこう言って手を激しく左右に振った。

話が途切れて私たちはまた雨の音を聞いた。雨はいつまでも降りつづけた。私たちはトーニャの帰りを待ったが、彼女はなかなか帰って来なかった。機関車が外から近づいて来て、ボルシニコフを呼ぶ汽笛を鳴らした。彼は立ち上って、出て行ったが、やがてやがて雨に濡れて帰って来た。そして、まるで私たちのいることなど気が付かないように、椅子に腰かけて黙りこくっていた。

塀の外からは、雨中を行進する兵士たちの合唱が遠く聞えていた。

もしも暗い力が覗くとあらば
ソビエトの全人民、我ら

あたかも一個の人間の如く
自由なる祖国のために立ちあがって
陸に、空に、はた海に……

掃除人

普通、街路と言えば家と家とが向い合って立ち並んでいるものだが、その街路はそうではなかった。丁度、二列横隊の前列が数歩前進して停止したように、両側の家々が同じ方角を向いて立ち並び、従って片側の家々はいつも向いの家々の背中やお尻を見ているような具合であった。どうしてこうなったのか、私には判らなかったし、きいてもみなかったが、多分、この町に永く住んだならば自然と判る理由があるのだろう。そしてこの家並と家並の中間はかなり幅広い道路を形成し、道路の中央には四角い穴が掘られて、その三方には低い柵がめぐらされていた。こういう穴は道路を歩いてゆくにつれて、一定の距離を置いて次々と現われるのであった。この穴は各家から排泄される汚物の捨て場であった。

人間の住む家の内部以外にある物なら何でも直ぐ凍ってしまう冬だった。私は小さな十字鍬と円匙《えんぴ》と鉄棒を肩に担いで、ゆがんだ橋を渡り、この町の中へ入っていった。私の任務は、街の公共施設部の仕事として、この穴に捨てられた汚物を片附けることだった。私は先ず第一の穴に到着し早速仕事に取りかかった。第一の穴、これは全く恐るべき相手であった。そこには長い年月に亘《わた》ってあらゆる物が捨てられ堆積し輻輳《ふくそう》し交錯して、その上に汚水が浴びせられ、すべてが完全に凍りついて、穴は一個の小高い丘となって柵を埋めていた。この穴を元の穴に還元すること、これが私の労働と言う訳だった。私はちょっと立止って私の仕事場を見廻したが、寒気――この何よりも厳しい監視者――が私に立止まることを許さなかった。町を広々と取囲んでいる高原地帯を吹きまくる風が縦横無尽に街路を通っていた。私はしょっちゅう身体を動かし、これによって自分の内燃機関を燃え立たせて、いわば体内のスチームを少しでも暖める外に仕方がなかった。絶えず足踏みしながら私はかちかちに凍りついた塵芥《じんかい》の山の麓《ふもと》を少しずつツルハシで取崩しにかかった。

町は炭坑町で街路を往く人々は大きな円匙や二人挽の鋸《のこぎり》を担いで、カブトのような帽子をかぶり、それに携帯燈の電球をくっつけた人が多かった。この外にいろんな人々が、女や子供や、荷馬車やトラックや二輪の小さな荷馬車や、また亜米利加《アメリカ》女と呼ぶ二輪の軽快な乗用馬車が往来していたが、街は概して閑散であり、風が野原から持込んで来た枯れ藪の切れはしが悠々と街路を通ってゆくのが見えた。私は一個所で足踏みして、うつむいたまま、こつこつと十字鍬を揮《ふる》っていたが、通行人たちはこの私をからかって、いろんなことを言うのだった。それは私にとっては誰が言うということなく、ただ通りすがりの人々の中から、ふいと私の方へ飛び出して来る言葉であり、私はそれに対し一言も答えなかった。こうしていろんな声がこの通行人の中から、間を置いて、私の耳を通過した。

「ヤポン、働け、働け」と太い声が言った。

「ヤポン、腹が減ったかい」と別の声が言った。

「ヤポン、いつ国へ帰るんだい」とまた別の男の声が言った。

「ヤポン、えらいぞ、きれいにやれよ」とまた別の声が聞えて来た。

「ヤポン、お前は民主主義者かね」とえらそうな声が言った。

「ヤポン、立派な特殊技能を持ってるね」と皮肉な少年の声。

「ヤポン、いい匂いでしょう」と若い女の声。

「ヤポン、一留《ルーブリ》くれないか」と、これは吐き出した唾と同じ声だった。

「ヤポン、お前のノルマはいくらだい」

これらの言葉は、必ずそれに附け加えて、恰《あたか》も不可欠の薬味のような淫猥な罵詈《ばり》的間投詞を伴っており、それらは恰も投げ捨てられた汚物のように、私のぐるりに積り私を埋めてしまおうとするようだった。私はこれらの声に囲まれ、寒気に追われて、ツルハシを鉄棒に持ち換えたり円匙を取ったりしながら、塵芥の山を採掘していた。こうして私の眼は注意深く、これらの道具の先に引掛って出て来る物品に集中された。それらは忘却されたいろんな敗残物だった。彼らは土や灰の混入した氷の中に埋まって、互いにこんがらかり、なかなか出て来ようとしなかった。そんな時、私は彼らを怒鳴りつけた。

「出て来い、こん畜生め」

そして出て来たのを見ると、それは寝台のスプリングだったり、孔だらけのアルミニユームの食器だったり、或いは未だ色あせない女の赤い頭巾布《プラトーク》だったり、とてつもなく巨大な分銅のかけらだったりした。そしてこれらの種々雑多な物の間を結合して、ペーチカの灰だとか馬鈴薯《ばれいしょ》の皮だとか言う、台所から出て来るいろんな日常の屑が固まっていた。私はこうして掘り起し掘り出した物を円匙で一個所に堆高《うずたか》く集めたが、その大きさや数は私の消費した労働力を計算する度盛《どもり》となるのである。私は自分の労働の記念塔を形成するこれらの死んだ物たちの中から、まだ使用され得るこまかい品物を拾い出した、安全剃刀の刃、鉛筆の切れはし、鉄製の茶匙《ちゃさじ》、二十哥《カペーカ》の白銅、煙草入れになる蓋附きの小さな空缶、セルロイド製の小型の櫛などを私は拾い出した。これらの物は私の労働に対する貴重な報酬として用意されていたように思われた。

時々、監督が見廻りにやって来た。彼はまだ若い男だったが、私には意地の悪い継母の婆さんのように思われた。或る時、私が大きなつぶれた金盥《かなだらい》と腐ったトマトとロープとその他得体の判らぬ物たちの結合体を掘り起している所へ、彼がやって来た。彼は私の作業ぶりを暫《しばら》く見ていたが、そのうち私から道具を取って自分でやって見せた。さすがに監督だけあって、彼は凍った塵芥掘りの名手らしかった。彼は一しきり馬鹿力を振って目指す物を掘り出し、私に道具を返しながら、こう言った。

「ヤポン、お前の労働は無に等しい、時間までにこの穴を完全に浚《さら》ってしまわなければ、カピタンに電話をかけて、営倉に入れるぞ」

私は一向に平気だった。彼の言葉を、私は通行人の声と同じように、聞き流した。私は無言の眼差しで彼に答えてやった、「お前がいようといまいと、俺の労働には変りがないさ」と。彼は腕を振り上げ、大きな手袋をはめた手で握りこぶしを作り、私を威嚇しながら立去った。その時、今度は私の背後から一つの声が聞えて来た、「言わしておけ、あの監督の糞野郎め」と。振り向いてみると、そこには私の作った堆積をタラタイカと称する回転式の小さな二輪馬車に積み込む為にやって来た一人の男が、その馬車と一緒に立っていた。彼はこの寒いのに兵隊用のラシャ外套を一着に及んでいた。彼の馬の鼻先からは一本の長い氷柱《つらら》が新しく生えた牙のようにぶらさがっていて、まるで不思議な獣のようだった。彼はお粗末な防寒帽の中から赤い子供っぽい顔をのぞかせていた。

彼の声は案外太かったが、物の言い方が妙に子供らしかった。彼は言った。

「寒いなあ、そこらの家に入って、ぬくもろうじゃあねえか、もう直ぐ正午の汽笛が鳴るぜ」

これは正に通りすがりの人間の声ではなくて、同僚の声であり、仲間の言葉であった。私は即座に賛成し、道具をまとめて肩にかつぎ、彼に従った。彼は馬を柵につなぎ、その鼻先の長い氷柱を鞭《むち》の柄でぽんと叩き落し、車に入れてあった乾草を前肢の前の所に与えてから、最寄りの家へのこのこ近づいていった。街路には一しきり強い風が吹きまくった。

私たちの入ろうとする家は窓の鎧戸《よろいど》を開き、硝子《ガラス》窓の内側一杯に張られた白いレースのカーテンが、屋内の人の気配で微かにゆらぐのが見えたが、入口の戸を開けようとしたら、それは内部から錠がかかっていた。私の新しい知己はぼろぼろの大手袋をはめた手でノックしたが通じないようだった。そこで彼は鞭の柄でビシビシと力まかせに扉を殴りつけた。するとやっと聞えたらしく内側から錠が外され、私が戸をひくとそれは訳なく開いた。私たちは大急ぎで屋内に入り、戸を閉ざして錠をおろした、――さもないと戸外の寒気が直ちに侵入して来るように思われた。戸を開く度に戸外の広大無辺の寒気と室内の小っぽけな暖気とが出会って、そこに白い湯気が発生したが、それは室内の微力な抵抗としか思えなかった。微細な隙間でもあると、そこから寒気はにじみ込んで来て、屋内の暖い水蒸気を捉え、忽《たちま》ちそれを真白い霜に変えてしまうのだった。

「今日《こんにち》は」と私の仲間が言った。「ちょっこら、ぬくもらしてくれ」こう彼が挨拶している間に私は一瞥で屋内の様子を見てとった。そこには二世帯住んでいた。一つは年輩の炭坑夫とその妻だった。他は若い女とその二人の子供だった。彼らは共通の竈《かまど》を使っていた。竈の鉄板の上にはスープ鍋が湯気を立て、その傍に黒パンのかけらが転っていた。炭坑夫夫妻はその室内で食事をしていた。壁にはギターが一つ掛っていたが、絃が一本もなかった。聖像《イコーナ》はなかった。レーニン、スターリンの肖像もなかった。ただ髯《ひげ》もじゃのマルクスの顔が天井近くぶら下っていた。それから一枚の大きな古ぼけた額の中に沢山の写真が貼られていた。それは恐らくこの炭坑夫一家の過去を物語っているらしかったが、説明なしでは解らなかった。炭坑夫は朝に炭坑から帰って来て一眠りしたところらしく、もじゃもじゃの髪をして不機嫌な顔つきだった。彼は私たちが入って来るのを見て、独語のように

「寒気《マローズ》、マローズ、ザバイカルのマローズだ」と呟《つぶや》いた。

若い女は揺籃《ゆりかご》をゆすって下の小さな赤児を寝かしつけながら、無言で私たちを迎えた。私たち二人は彼らの無言のもてなしに感謝し、腰掛を竈に引寄せて暖をとった。鍋から立昇る湯気が私の鼻孔から入り、空っぽの胃袋にしみ込んだ。ここで私は初めて仲間の馬車曳きに話しかけた。

「君は何という名前か」

「ヴィクトル」と彼は答えた。

「年齢はいくつ？」

「当ててみろ」

「二十七八だろう」

「三十三だよ」

「案外とってるんだね」

「当り前さ、考えてみろ、兵隊に七年と捕虜になって二年、それからシベリヤに来て……」

「君も捕虜だったのかい？」

「そうさ、捕虜から帰って、ブカチャーチャの炭坑へやられたんだが、身体が悪くて炭坑不向きと言うわけで、此処へ送られ、ごらんの通りだ」

「どこか病気かい」

「夜に寝汗をかくんだ、それから鉄砲のタマがこの辺に入っている」と彼は鞭で背中を叩いてみせた。「そのためだろう、ときどき耳鳴りがして、頭がふらふらし、めまいがするんだ」

赤児を寝かしつけた若い女が立上って来て竈に石炭をくべ、私たちの話に加わった。彼女とヴィクトルは初対面のようでもあり旧知のようでもあったが、恐らくこんなことはどっちでもよかったのだろう。彼らの話によると、彼女は戦争中に夫と一緒にこの町へ来た。夫は炭坑で働いていたが、間もなく病死した。子供が一人残った。彼女は暫く炭坑で働いたが、やがてよしてしまった。彼女は子供の保育費として毎月国家からいくらかの金を貰《もら》っているが、それと同時に労働しない税を納めなくてはならないから差引ゼロだと言うことだった。

「では、どうして生活しているんです」と私が口を出した。

「どうしてって、どうにか暮していますよ」と彼女は言ったが、この時、寝ついたばかりの赤児が眼をさましてむずかり出した。上の六つ位の女の子が私に言った。

「ヤポン、お前は一日にパンをどれだけ貰うの？」

すると若い母は女の子を叱りつけた。

「余計なこと言うもんじゃないよ」

こう言って彼女は揺籃に近寄り、泣く赤児を抱き上げてやって来た。赤児は男だった。彼の顔は母親にも、上の女の子にも似ていなかった。それは全然別の処から来たものに思われた。ヴィクトルは鞭の端で彼の頬を軽く押さえて不器用にあやしながら言った。

「お前のお父さんは誰だい？」

この質問はしかし無用であり無意味であった。ヴィクトルは直ぐにそれに気附《きづ》いたらしかった。女は軽く肩をすぼめて何も答えなかった。赤児は泣き続けた。その赤児らしくない太いしわがれ声は、いつも泣き続けて母親を悩ましているらしかった。彼の渋面《じゆうめん》とますますむずかるその泣声は私をいら立たせた。その時正午のサイレンが鳴り出した。

「行こうぜ」ヴィクトルが言って、もう歩き出した。私は彼に従って言った、「ありがとう、奥さん、さようなら」しかしこれは赤児の泣声に気を取られた彼女には聞えないらしかった。戸外へ出る時、私はうっかりして戸を閉める動作がのろかった。すると早速、炭坑夫がわめき立てた。

「早く閉めろ、サムライめ！」

馬はしずかに頭《こうべ》を垂れて乾草を食べていた。その着ている毛皮は元来茶色だったが、霜がおりて霜降りになっていた。私は十字鍬を揮い、ヴィクトルは円匙をふるった。タラタイカは小さな二輪車だが、案外沢山積むことが出来た。車が一杯になると馬は動き出したが、直ぐまた逆戻りをして車輪が柵に引掛った。ヴィクトルが怒鳴った。

「この伝染病《サラーサ》の裏切者めが！」

こう言って彼は鞭をヒューと鳴らし、車体に腰掛けると、馬は速足で街路を真直ぐに駈《か》け出し、積んだ塵芥をばらまきながらどんどん行ってしまった。私は次の馬車が来る迄《まで》にそれに積み切れないだけの塵芥を掘り出しておくために鉄棒や十字鍬で厚い氷を砕き続けた。折角修理したばかりの手袋が無残に破れ始めたが、掘り出した屑物の中に私はまだ使える、私のより優秀な手袋を片方だけ見附け、自分のを捨ててそれと交換した。昼過ぎになっても寒さは変らなかった。時たま薄日が漏れて私の影がぼんやりと地面に現われたが、そんな時私はまるで自分の影を掘り出そうとしているように思われた。薄日がかくれると私の影も消え、そこにはテーブルの足と炭坑用ランプの廃品が腐った馬鈴薯で連結され凍りついていた。

「ヤポン、掘れ、ドルビー《ドルビー》」と通行人が言った。

私は氷を砕きながら何か掘出し物はないかと絶えず注意する一方、今度は一つ、どの家で暖まってやろうかと考えた。街路に背を向けて二階建てのアパートのような木造の灰色の大きな家が建っていた。そこには窓が沢山並んでいた。私は煙突を見た、どの煙突からも同じように煙がのぼっていた。私は再び窓を見た。どの窓も外の光を吸い込まないかのように窓硝子が鈍い濁った池のような光を反映し、屋内は全然見透し出来なかった。その時、二階の窓の一つから、その小さな通風用の小窓が開いて、白い女らしい手が現われ、こまかく裂いた紙屑を捨てた。紙片は芝居の雪のように街路に降った。

「よし」と私は考えた、「今度は一つあの家へ行ってみよう」

一《ひ》としきり仕事をすました私は、見廻りに来た監督が立去るのを待って、その家の側面から廻って正面へ出て見た。そこは背後よりも暗くて陰鬱《いんうつ》に見えた。そしてどの窓々もうつろに見えた。私は目指す部屋へ行こうと思い、扉もなく大きくがらんと開けられた入口から入って、暗い階段を昇っていったが、更に暗い踊り場をまわる時に、さて、あの部屋はどの辺にあたるのか見当がつかなくなった。階段をのぼりつめて廊下をうろついているうちに、私は暗い袋小路のような所に入り、そこでつまずいて何か棒のようなものを倒し、大きな音を立てた。奥の扉が開いて少年の姿が現われた。彼はちょっとの間、私と私の顔を眺め、それから室内へ向って報告した。

「日本人が来ました」

彼はヤポンと言わずヤポーネツとはっきり言った。私はばつが悪かったが引返す訳にゆかず、開いた扉の方へ進んでいった。

「寒いです、あたらして下さい」

「どうぞ」

私は入って扉を閉めたが、さっきの少年は何処かへ行ってしまった。そこは狭苦しい一部屋で、窓は私の働いている街路ではなく、その横町の方へ向っていた。ペーチカは部屋に不似合いなくらい大きかった。装飾と言うようなものは全然なかった。壁に掛けてあるのは灰色の毛糸で編んだ古ぼけた肩掛けだった。壁に画いてあるのは何かの大きな汚《し》み跡だった。窓からは丁度この家と同じような家の窓が見えていた。鉄製の寝台が一つ、腰掛と椅子が一つずつ、そして汚れて真黒なテーブルの上には大きな擦り減った木製の匙が二つ三つ転っており、この地方で作られる粗末な狐色した陶器製の大きな碗の中には食べかけの馬鈴薯が一つ入っていた。ペーチカの上では湯がわいていた。

この部屋に住んでいるのは歯の全然ない白髪の老婆であった。彼女は私が入ってゆくと、それまで腰かけていた椅子を私に与え、自分は寝台に腰をおろしたが、これによって彼女は私と真正面に向いあったのである。私は湯沸しの上に手をかざし、ペーチカにくっついて暖まりながら黙って彼女を見た。すると彼女の着ている黒っぽい綿入外套の胸のあたりからブロンドの非常に小さな女の赤児の顔が現われ、続いて左手が現われ、その手は何かを握っていて、振るとロンロンと言うような音がした。何と言う面白いことだろう、何と言うユーモアだろう。私は笑い出した、婆さんも笑い出した。すると女の子も笑い出した。

「その子、あなたの子ですか」

「わたしの娘の子です」と老婆が言った。

「あなたの娘はブロンドですね、きっと」

すると白髪の老婆は子供の載っている膝をゆすりながら、子供のお腹をかかえて、

「お前のママもブロンドだ、お前のママもブロンドだ」と言った。

「彼女は今、働きに？」

「いいえ」と老婆が言った、「あれは監獄に入っているのです」

「どうして、また」

「あれは監獄に入っています、何故なら」と老婆は早口にそして長々と語り出した。しかし私には彼女が何を言っているのか、よく判らなかった。ただ私には、彼女は配給切符の不正から投獄されたように受取られた。で、私はきいてみた。

「切符の間違いですか、投機ですか、不正売買ですか」

「いいえ」と老婆は言って又長々と早口に語り出したが、私にはますます判らなくなった。彼女の歯の全くない口から流れ出す早口の言葉は、大急ぎで書かれた間違いだらけの下手くそな長い手紙のように、私には判り難かった。それに、ゆっくりしている時間もなく、私は気が急いた。ひょっとすると馬車が来て、掘り出した塵芥をみんな運んでいったかも知れなかった。私には結局、彼女が何の為に投獄されたのか判らなかった。しかし大切なのは、彼女はいつ帰って来るかと言うことだった。それで私は、老婆の語り終るのを待って、尋ねた。

「どのくらい、そして、いつ娘さんは帰って来ますか？」

「二年」と老婆が答えた、「この春に帰って来ます」

春は来るに違いなかったが、しかしこの部屋には他の何処よりも一番遅く来るように思われた。

「のどが乾いた、飲んでもよいですか」

「お茶はありません、お湯でよかったら」こう言って老婆はテーブルの抽出《ひきだ》しから大きな湯呑みを出して呉《く》れたが、抽出しの中には岩塩の塊がごろごろしていた。私がお湯を飲んでいる間に、老婆は何やら子守唄のような歌を口ずさんでいた。飲みおえて私は言った。

「さて、行きましょう、もう一働きだ」そして戸を開きながら「ありがとう、幸福で」と挨拶したが、老婆はただ黙って私を見送った。そこには赤児の振るガラガラの音が聞えるだけだった。

この日、私はその塵芥溜めの穴を完全に清掃することが出来なかった。氷の中で非常に意地悪くこんがらがった太い針金や破れた長靴を掘り返そうとしている時に、四時の汽笛が鳴り出したのである。私は拾い出した小さな未だ使える品々をポケットに入れて町はずれの納屋の方へ歩いていった。疲れた足は、凍った地面の上を急いで歩こうとすると、直ぐ転びそうになるのだった。納屋の前の空地には、別の作業場へ行っていた仲間の捕虜達がもう集っていて、私を待っていた。納屋の中へ私は持っていった自分の道具をそれぞれの定位置に従って置いた。そこでは全く火の気もなく人気《ひとけ》もなく寒々とした中にいろんな道具が集っていた。監督が来て道具の員数を点検し、納屋の戸を閉めて大きな錠に鍵をおろしたが、納屋の背後では板がはがれて穴があいていた。警戒兵が来て、整列した私たちの員数を点検し、自動銃を胸に抱えて、前進の号令をかけた。私たちは凍った河の上を越えて、私たちの足跡で出来た雪の中の一筋路を踏んで岡を上り、半分地下に入り込んで作られた土小屋の集中兵舎へ帰ってゆくのだったが、こんな時私はよくボードレールの詩を思い出した。「自由なる人間永遠に海を愛す」或いは上田敏の訳で「心ままなる人間はとわに愛ずらむ大海を」と口の中で言ってみたが、それからどうなる詩だったか、私はどうしても思い出せなかった。そして全く別の詩句が思い出された、「何ものよりも音楽を」、「かぼそき手のそと触るるピアノ……」それからハムレットの中の「今の曲をもう一度……」そしてヴェルレーヌの「屋根のかなたに空は青く」で始まる詩が出て来たが、そのあとがわからず、その代りさきのボードレールの続きが思い出された――「ただの大海涯《はて》しなく」、そしてこれで途切れて了った……

その日の私の労働はノルマと称する物指しで計ってみると百パーセントに足りなかった。だから私は翌日この労働量に応じて、パン二百五十瓦《グラム》、雑穀三百五十瓦を主食に与えられたのである。

さて、その翌日私は別の作業に回された。それは共同便所の掃除だった。私の派遣されたその便所は四つの建物に囲まれた広場の中央に立っていた。四つの建物は大体に於て東西南北に位置し、広場に表をむけてどれも平屋の木造だった。東は家族持ちの共同住宅だった。その向い、つまり西は独身の男ばかりの宿舎だった。北には職業学校生徒の寄宿舎が立っていた。南には石炭庫と牛小舎があった。共同便所は主としてこれらの家に住む人々によって使用されていた。それは東側から入る三つと、西側から入る三つと、合計六つの仕切りから出来ていた。六つの仕切りの下は一個の深さ二メートル位の大きな四角い共通の穴で出来ており、この穴の中へは便所に接続して付けられた上げ蓋を開けて、人間が入ってゆけるようになっていた。

私が到着した時、朝は未だ早く、広場は家々の投げる寒い影の中にあった。ただ独身者の宿舎の表面が日に当っていた。働きに出掛ける者はもう行ってしまい、帰って来る者は未だ来ない合間の時間だった。人通りは少なかった。私は監督の指示に従い、東西二つずつの入口を針金で縛って入れないようにし、上げ蓋を開けようとしたが、それは頑固に凍りついていたので、鉄棒を梃子《てこ》にしてやっとのことでこじり開けた。そこから私は便所の穴に入り込み、地上から姿を消した。

穴の中には糞尿が一杯入っていた。それはかちかちに凍結して、捕虜兵らしい表現をすれば、六つの「忠霊塔」を形成していた。一番下には恐らく便所創設当時の糞尿が土台を作っており、それぞれ六つの穴の下に当って、下の方から順々に新しくなる糞尿が、だんだんと細くなって、六つのオベリスクが日光の当らない薄明の中に立っていた。私の仕事はこれらの塔を打毀《うちこわ》して、それを穴の外へ抛《ほう》り出すことだった。

ここは穴の中で街路から隠れていたから、通行人の言葉をかけられる心配はなかったが、その代り頭の上の方から糞尿をかけられる惧《おそ》れがあった。六つの孔《あな》のうち、四つは使用禁止にしたが、二つはいつも開けておかなくてはならなかった。それでも遠慮深い人は初めから入って来なかったであろうが、入って来る人は遠慮などなかった。男も入れば女も入って来た。「そこ退《の》け、ヤポン」と予《あらかじ》め、警告する人もおったが、多くは完全に私を無視していた。彼らが入って来る度に、私は直ぐかたわらに避難したが、何分窮屈な穴の中だから、うまくゆかなかった。

私は正午近く迄つめて働いた。穴の中は大部さっぱりしたが、下の方は鉄筋コンクリートよりも堅固で、手に負えなかった。外へ抛り上げた糞尿の塊はだんだんと大きな堆積をなし、それに冬の日射しが斜めに当っていたが、少しの暖気も与えず、すべては依然としてかちかちに凍っていた。一台の馬車がそれを運び去る為にやって来た。見ると見覚えのあるタラタイカだった、「ヴィクトル？」と呼んで私は下から顔を出したが、それはヴィクトルではなく、年老いた中国人だった。それは痩せっぽちで、顔が皺《しわ》だらけで、眼をしょぼしょぼさせていた。

中国人は私に一瞥もくれず、彼に不似合な頑丈巨大な円匙で糞尿塊を馬車に積込んだ。終ると彼は上げ蓋の片端に腰かけて煙草を巻きながら「一服しよう」と私にも呼びかけた。私は穴から顔を出して彼から煙草を貰い一服しながら尋《き》いた。「関裡かね、関外かね」「関裡」「関裡は何処」「山東省」と彼は答えた。

「永いこと此《こ》の地にいるのか？」「四十年」「女房は老毛子《ロスケ》か」「そうだ」「帰りたいか、故郷へ？」「いつも家のことを考えている」

「竟想家呀《ジンシャンジャーヤー》！」と彼は細い声で芝居のセリフでも歌うように呟きながら馬車をかって立去った。そこへ職業学校《フェゼオ》の生徒が一人ふいと現われた。

「おお臭い」と彼は私を見下して言った。「どうしてそんなことやってるんだ？」

「お前の知ったことか！」と私は言いかけたが、少年の顔を見ると気がやわらいだ、「だって、私がやらなかったら誰がやります？」

「放っておけ」と少年が言った。「春になれば溶けますよ、そしたら、今の中国人が来て汲み取ってゆきますよ、放っておきなさい」そして付け加えた。

「あの中国人は肥料を人の畑にやって金を貰うんです、内密でね、あいつは金持だぜ」

こう言って少年は「広大なるかな、我が祖国」と言う歌を口笛で吹きながら、制服の黒い半外套のポケットに両手を突込んで、すたすたと歩み去った。

糞尿の氷ですっかり冷え込んだ私は、穴から這い出して広場に姿を現わした。私はそばの建物へ入っていったが、それは独身男の宿舎だった。入った廊下から扉を開けて右へ折れると、そこは共同の広間になっていて、大きなペーチカがしつらえてあり、このペーチカの上では、止宿人が食物を煮たり焼いたり出来るようになっていた。丁度、正午近く広間には多くの男が集っており、ペーチカの上には沢山の鍋があがっていた。私は遠慮して一番隅っこに身をひそめて、そこから皆を眺めた。

皆はめいめいの鍋を監視したり或いは手で捉まえたりしていた。いろんな種類の人間と共に、いろんな形の大小さまざまの鍋があった。大きな深い鍋で馬鈴薯を煮ている事務員らしい白い小男がいるかと思うと、炭坑の積込夫らしい色の浅黒い縮れ毛の巨大なウズベク人が小さなフライパンで玉子を焼いていた。日本製の飯盒《はんごう》で燕麦の粥を煮ている男もおり、或いは鍋をもたず、粗悪な粉を捏《ね》って小っぽけな焼餅を一つ作っている男もいた。食物の出来たものは鍋を持って自分の居室へ退場し、また別の人物が鍋と共に現われた。正午のサイレンが鳴って一寸経《ちょっと》った時、外から一人の男が入って来た。見るとそれは昨日のヴィクトルだった。彼は私を見付けると、傍へやって来て煙草を呉れた。

「今、女から貰ったんだが、俺は喫《の》まないから」と彼は言って、軽く咳き込んだ。

「ここに住んでいるのか」

「うん、昼食に来た」こう言って彼は自分の部屋へ立去った。私は彼が鍋を持って直ぐまた出て来るだろうと期待した。彼は直ぐやって来たが、しかし鍋を持たず、四百グラム位の黒パンと空《から》の湯呑みを手にしていた。彼は共同の湯沸しから白湯《さゆ》を注ぎ、黒パンを三分の一ほど裂いて私に呉れ、ポケットから新聞紙に包んだ塩を取出して、私と一緒に、世にも簡素な昼食を開始した。

彼はパンを裂いて食う前に言った。

「少し食おう、そしたらちょっと元気になる」

それからパンに塩をつけて、湯を呑んで口をもぐもぐさせながら言った。

仲間《タワリーシチ》よ！

今日はボルシチ

明日はシチー！

「すると、このお湯がボルシチ汁で、あしたのシチーはただの水ですかい」

ヴィクトルは微笑して言った。

麺麭《クレーブ》、塩《ソーリ》、水《ワダー》

これが兵士《ソルダーツカヤ》の食事《エダー》

私はヴィクトルから貰ったパンを嚙《かじ》りながら、何だか彼が気の毒になった。彼は屈強な炭坑夫とでも同室しているのではないかしら？　その炭坑夫は豊富な昼食を今その室内で食べているのではないかしら？　が、若《も》しそうだとしても、それは極めて当然のことなのだ。各人その能力に応じて働き、各人その仕事に応じて与えられるのである。何もヴィクトルに同情することはない、彼は理論的に或は哲学的に幸福な筈《はず》だった。

ヴィクトルは残ったパンを頰張ると、上衣の胸のポケットから一通の手紙を取出して読みながらその紙面を指でポンとはじいた。

「恋人からですか？」

「いいや、お母さんから」と彼は答えた。

「ウクライナにいるんですか？」

「いいや、ノヴォシビリスクに、兄と一緒にいるんだがこっちへ来たいって言うんだ、……俺もママと一緒に暮したいんだが、それが出来ないのさ」

こう言って彼はまた駄じゃれを付加えた。

「俺には、——麦粉《ムカー》はなくて、苦しみ《ムーカ》だけさ」

彼は一たん部屋に帰り湯呑みの代りに鞭をもってやって来た。彼は私に面と向い、帽子を脱いでその額に垂れ下った柔らかな髪をかきあげながら言った。

「耳鳴り、頭痛、めまい、——お前の兵舎には医者がいるだろう、頭痛の薬があったら持って来てくれ、代りに煙草を貰ってやるぜ」

私は戸外へ出た。彼の馬は共同便所につないであった。それは昨日とは別の馬で、大きく黒かった。車もタラタイカではなく荷馬車だった。

「今日は材木運搬だ、馬は強いが、俺がまいる」と、ヴィクトルが言った。

空馬車は非常に大きな音を立てて、それに乗ったヴィクトルの帽子の垂れを盛んに振動させて、忽ち走り去った。そして私はまたもや便所の下に姿を消した。

この日、私は昨日ほど疲労しなかったが、作業量は百パーセント以上だった。同僚の捕虜たちの説明によると、このパーセントには臭気が加算されていると言うことだった。おかげで私は翌日の給与にパン三百五十瓦、雑穀四百五十瓦を支給された。そして私はこれを食いながら、自分の服全体からうっすらと滲むように漂う便所の臭気を嗅いだのである。

それから二、三日経って私はまた塵芥穴の掃除にやられた。その穴は街路から少し入り込んで、小ぢんまりした住宅が周囲に立並ぶ空地の中心に掘られていた。この空地は道路でもあり広場でもあった。地表は数メートルの厚さに凍りついて、太古からの冷い石の層のようであった。朝は少しの風もないのに、空気よりも冷い霧がただよって来て町を蔽《おお》い、街路を行くのは怖ろしいくらい寒かった。

家はさまざまだった。ある家は非常に小さく、少しの庭も持たずに、窓がいきなり道に面して、そこに湯沸し器を見せていた。ある家は少しばかりの細長い庭を窓と道との間に持っており、そこには細い白樺が二三本生えていた。私は白樺の間から窓を見た。窓は二つ並んでいた。窓の外枠は古風な唐草模様の彫刻で、窓の内部には白いレースが掛っていた。このレースを透かして見ると、一つの窓には女の姿が見えた。彼女は洗濯をしている様子だった。もう一つの窓には何か定かならぬ物の影がレースを動かしていた。近眼の私はそれを見定めようと眼を見張った。そして漸《ようや》くそこに一羽の鳥を発見したのである。かなり大きなその鳥は部屋の主である如く、その中を自由に飛び廻っているようだった。ある家は周囲にかなり広い庭を有し、白い柵でかこまれていたが、そこには一本の樹木もなくさびれていた。そして或る窓は鎧戸をたてて、まるで何処か病気のために休んでいるように思われた。

私は塵芥穴をかこむ柵の中に入り、氷を砕いて、廃物の掘出し作業に従事した。要領はこの前と同じだったが、前より楽だった。と言うのは、そこに捨てられたものは、台所からの排泄物が多く、作業を邪魔するような複雑さがなくて、割と単純だった。通行人は稀だったが、その代り周囲の家々から塵芥やら灰を捨てに来る人が多かった。彼らは折角私の掘った所を直ぐ埋めてしまおうとするようだった。「わたしはお前の仕事を与えます」と彼女らの一人が言った。「ありがとう」と私は答えた、「おかげで国家が私を養ってくれます」そこにはいろんな物が冷凍されてはいたけれども、拾い出して使えるようなものは何もなかった。猫の死骸を一つ私は掘り出した。それは寒さの為に、少しもいたんでおらず、あたかも死んだ瞬間か、或いは生の最後の瞬間とでも云うべき姿を呈していた。

その時、背後から誰かが近寄って来てバケツ一杯の灰を無作法に捨てた。私は灰まみれになった。私は振り向いた。そこには黒い顎鬚《あごひげ》を生やした男が立っていた。彼は元来痩せっぽちらしかったが持っている着物を全部着込んだ為に、ひどく着ぶくれているように思われた。彼の顔はむくんでいて、眼は生気なく、どんよりしていた。彼は太いバスで言った。

「悪い人生《プラハーヤ・ジーズニ》だ」

彼は明らかに私を彼と同意見のものと思っているらしかった。私は、人生は難しいものだと云う意見には、まあ、賛成だけれども、それが悪いと云う説には、まず、反対だった。私は言った。

「一体どうして、そう云うんです？」

「どうしてだって？」彼は答えた、「わしは国境地帯の住民なんだ、な、わかるだろう？　こんどの戦争で初めはドイツが勝った、ドイツはわしをソビエト人としてこき使った、あとでソビエトが勝った、そうしたらわしはドイツに味方したものとして、ここへ送られたんだ、わしの家、わしの畑、わしの牛は一体どうなったんだ。わしにはそのものは何も要らないんだが、わしに一番必要なものはみんな取上げて、要らないものばかり呉れるんだ、だからプラハーヤ・ジーズニと言うんだ」

人にはそれぞれの意見があり、その意見にはそれぞれの根拠があるものだ。私は言った。

「ご尤《もっと》もです、ところで今何をやってるんです？」

「ハホール」と、そのとき主人が彼を呼ぶ声がした。ハホールとはウクライナ人のことだ。「ハホール！　こっちへ来い」

彼は私に向って片眼をつぶってウインクしてみせて「あの家の雑役だ、あたりに来い」と言って、新しい建物の長屋へ帰っていった。

この日は塵芥の中から拾い出される報酬は期待されない代りに、百パーセント遂行の可能性があった。私はこつこつ十字鍬をふるっていた。ところが打砕かれた氷の下から屋根葺《ふ》き用の黒い厚紙の間から青い紙が現われて私の足許に落ちた。拾ってみると、それは薄っぺらな小冊子で、大衆文庫と銘うってあり、チェーホフの小説だった。その表紙には黒眼鏡をかけ二重とんびを着てオーバシューズをはき雨傘を手に持って、ロシヤ正教会を背景にして歩いている「箱入りの人」ペリコフの小柄なカリカチュアが描かれてあった。

私は頁《ページ》をめくってみた。本は端の方が鼠《ねずみ》に嚙られて少しばかり欠けているだけで、どの頁も完全だった。本に飢えていた私にとって、これは最上の贈り物だった。私は百パーセント遂行によるパン三百五十瓦の望みを放棄した。私はこの小冊子をポケットにねじ込み、穴から出て、さっき顎鬚の男が入っていった家の扉を叩いた。中から錠を外す音がして、さっきの太いバスが「入れ」と言った。

家の中は幾部屋かに分れていた。入ったところは玄関だったが、そこには婦人用の奇麗な毛皮外套が掛っており、この家の女主人が在宅であることを示していた。ここから台所へ扉は開け放たれていた。奥の食堂か居間への扉は閉ざされていた。私は広い明るい台所へ入っていった。そこにはあの鬚の男の外、誰もいなかった。私はペーチカの煙突に背をもたせて、ポケットから今の本を取り出した。すると鬚の男が「見せろ」と言って私からその本を受取った。彼はロシヤ文字がよく読めないらしかった。それだけに彼は文字を読むことに熱心であり興味を抱いた。彼は本の頁を気まぐれにめくって、出て来たところを小学生のように声を出してたどたどしく読んだ。

「ハホールの女は大声で泣くか大声で笑うかであって、その中間はありません……」

「優美なペラゲヤ……粗暴な酔払いのニカノール……」

「隣の部屋からグズベリを食べる音が聞えて来た……」

「二人とももう白髪だった……」

髯の男は読みながらフームと言った。そしてまた読み続けた。

「豚のように太った犬——吠えようとしても吠えるのがものういらしい……」

「テーブルを囲んでお茶を飲んでいる家族の有様を窓から見るくらい悲しい眺めはありません」

こんな具合に彼が読んでいるところへ、女主人が入って来た。彼女は私を見付けるや否や「出て行け」と言った。その声は冷たかった。戸外の寒気よりも私には冷たかった。私は髯の男を見た。彼は片眼をつぶってウインクしてみせ、本を紙屑のように丸めてペーチカの中へくべてしまった。私には戸外の方が、室内よりも暖いところとなった。私は黙って出て来た。奥の部屋では家族の人々がお茶を飲んでいるらしかった。

「出て行け」と云う声を思い出しながら私は休憩なしで働いた。お陰でその日の％は百パーセントだった。

アンナ・ガールキナ

「この国で嫌なのはお墓ですわ」とアンナ・ガールキナが云った。

彼女は町外れの長屋の一廓《いっかく》に住んでいた。彼女の住居には部屋が一つしかなかった。そして、この部屋には窓が一つしかなかった。そして、その窓からは墓地しか見えなかった。墓地は平らな野原の上にあったが、そこは下に埋められた屍体《したい》どもで隆起したように、そこだけ土が少し高くなっていて、その上に墓標が——星のついた棒杭や十字架が、あたかも死者たちが我先《われさき》にと群《むら》がり集ったかのように、何本となく乱雑にささっていた。そこには大理石はもちろん、ただの石で出来たのも一つも無くて、どれも木か鉄で作られていた。まだ真新しいものもあったが、多くは古ぼけていて、木は黒ずみ、鉄は錆《さ》びていた。この野原の中には一本の小路がついていて、それは墓地にちょっと立ち寄ってから、遠くの炭坑へ向っていった。この炭坑はまだまだ良質の石炭を沢山埋蔵しているという話だったが、どういうわけか、もう大分以前から廃坑にされていた。むかし炭坑が働いていた時には、石炭で黒光りした男女が、巨大なスコップだとかツルハシだとか、いろんな土掘り道具を担いで往来し、夜には暗黒の中に彼らの点《とも》すランプの火がちらついて、歌声や話し声も聞えたそうだが、今はこの小路をゆく人影は滅多に見られなかった。そして、お葬式は、まるで人知れず迅速にさっと行われるのかと思われた。

アンナ・ガールキナの窓にはカーテンがなくて、墓地が丸見えだった。彼女はこの窓に横付けになった薄汚い机で食事をした。彼女は黄色味がかった茶色い擂鉢《すりばち》のような食器の中に茹《ゆ》でた馬鈴薯《ばれいしょ》を幾つか入れて、机の抽出《ひきだし》から彼女が後生大事にしていたイニシャル入りの銀の大匙《おおさじ》を取り出し、それで馬鈴薯をつぶしながら食べていた。食べおえて、うつむいた顔をあげると、直ぐに墓地が見えるのだった。けれども彼女は昼間は大抵、働きに出ていた、そして仕事場で労働時間の終りを告げるサイレンを聞くと、そわそわし出していよいよ帰宅を許されると、(走って帰ろ《ヤー・ボベグー》)と言って、急いで帰って来た。そして先ず、がたぴしの椅子の上に乗って、カーテンの代りに、古ぼけた軍隊毛布を窓に張って、電燈をともしたのである。

この墓地見晴亭は随分不潔な部屋だった。アンナ・ガールキナはあんまり掃除をしなかったのである。そこにはいつも動物の檻にも似た匂いがうっすらと漂っていた。彼女は暇がないと云っていたが、そんな筈《はず》はなかった。彼女は壁にかけられた鏡のかけらに向って長い時間を過ごしたたし、またぼんやりと安煙草をふかしている時間も多かった。

そして彼女は煙草の灰を所かまわず落して、吸殻はテーブルの角で揉み消したのである。それに、誰も現場を目撃したものはいなかったが、彼女は絵を描いているのに違いなかった。実際、彼女には刺繍《ししゅう》の趣味があったのだが、その材料も道具もなかったので、出来上りを夢想しながら、鉛筆で丹念にその下図を描いたのである、――ピラミッドの傍に椰子《やし》の木の生えている図、円形の池の中にいろんな魚が脇腹を見せて泳いでいるところ、中国風の城門が雲の中にそびえている図等々で、その画題はまことに陳腐なエキゾチズムだった。彼女はそれらを片っぱしからピンで壁に貼りつけておいたが、一方、台所の棚の上では、マッチの空箱の上に埃が少しずつ積っていった。

「アンナ・ガールキナのように部屋を汚くしておく婦人は、決してソビエトにはいませんね」――彼女を使っているモクシンという中尉は軽蔑して唇を突出し、こう云っていた。

私たちの収容所に普通の女の人が入って来ることは、それまで一度もなかったので、彼女の最初の出現は私たちに驚異の眼を瞠《みは》したのだった。それは、いつ暮れるともわからぬような、白夜《びゃくや》のような夏の夕ぐれだったが、背の高い見知らぬ将校と連れ立って、彼女はやって来たのだった。私たちはもう労働から帰っていて、食事を済まし、疲れてはいたが、まだ眠る気にはならないで、窓からぼんやりと日の色を眺め、雑談していたのである。忽《たちま》ち（女が来た）という報《しら》せが全員に伝わった。そして戸外にうずくまって煙草を喫《の》んでいた連中は、実際、一人の女が外門から入って来るのを、早くも見て取ったのである。近づくにつれて、彼女はだんだんとその全貌を明らかにしたが、それはまことに見すぼらしいものだった。よれよれの黒い長い服を着て、黒い木綿の靴下に黒いズックの運動靴を穿《は》いて、何でも黒ずくめの上、そのかさかさした褐色の髪には細い黒いリボンをかけて、顔色は白粉《おしろい》をはがされた後のように、どす黒かった。それでも彼女はあたかもみんなから見られていることを意識しているような歩きぶりで広場を横断して来たが、やがて戸の前まで来るとちょっと立ち止まった。すると連れの将校が進み出て彼女のために扉を開いたのである。彼女は先に立ってつかつかと入って来た。こうして二人は捕虜大隊長のいる部屋へ入っていったが、その扉は少し開かれたままだったので、私たちはそこから覗きに行ったのである。私たちは、丁度、長い航海の後に、小さなさびれた島の傍を通りかかって、その上に一人の女の姿を見つけ、かわるがわる望遠鏡を覗いてみる水夫に似ていた。そこには、もう若くはない、やつれた女の横顔がちらりと見えていたのである。そして、それがアンナ・ガールキナだった。

その日、見知らぬ将校は彼女を伴って大隊長室から出て広場の上に姿を現わすと、私たちを二人の周囲に呼び集めた、といっても全員ではなく、そこらに屯《たむろ》している連中を呼び集めたのだが、その将校は暫《しばら》く彼女と何やらロシヤ語で話していた。話しおえて、ちょっと沈黙が来たかと思うと彼女が話し出したが、しかし彼女は将校にではなく、私たちに向って話しかけたのである。それは確かにロシヤ語ではなかった。そして彼女の風態や容貌から何となく、それはジプシー語か知らと思われたものだったが、聞いているうちに、その中に日本語らしいものが響いているのに、私たちは気が付いたのだった、――(わたし)だとか(あのねえ)だとか(この人)だとか。すると、その時、突然――

「どうだ、彼女の日本語は？」と見知らぬ将校がいささか得意然とロシヤ語で云った。私たちには、もう、これくらいのロシヤ語は理解できたのである。

「非常にいいです《オーチエニ・ハラショー》」と私たちはロシヤ語で答えて、内心微笑したのだったが、しかしアンナ・ガールキナはこの溢美《いつび》の言をその通り信じて疑わなかったのである。彼女は連れの将校を顧みて、かすかに微笑していた。

彼らは直ぐ帰っていったが、帰りしなに、その将校が、今度はいきなり中国語を使って云った。

「この人はみなさんの通訳です、それに婦人ですから、特に丁寧にしなくてはなりません」

彼は思いがけなく美しい正しい中国語で（と云うのは、ロシヤ人は概して中国語をあやつるのが拙《つたな》いものだが）こう話すと、これを理解した私たちの一人をして通訳させたのである。あたかもこんなことをロシヤ語で言って、この婦人をわずらわして通訳させるのを憚《はばか》るかのように。

　私たちは彼女の話した日本語の口真似をしてみた。するとそれは忽ちにして、誇張され、芝居がかった、コケットな、女性の口調に変るのだった。が、私たちは直ぐ彼女のことを、また、女性一般のことを忘れてしまった。幸いにして私たちは疲れていたのである。私たちはまだ硝子《ガラス》窓に長い薄明が漂っている頃、眠ってしまった。

　二度目に現われた時、アンナ・ガールキナは新しいカーキ色のスカートにソ軍の軍服を着て、略帽《ピロートカ》を横っちょに冠《かぶ》り、背の高い彼女は、肩章こそ付けていなかったが、立派なソ軍の女の軍人と見えた。が、近づいて来ると今度もまた、いや、前より一層、彼女は見すぼらしく見えたのである。というのは、安物の白粉をつけたり、安物の口紅をつけたりしていたからだが、これらは彼女の顔の哀れな皺《しわ》を一層目立たせるとしか見えなかった。私たちはソ軍の女の将校を、多くは軍医だったが、幾人か見たことがあった、彼女たちもお化粧はしていたようだが、何よりも彼女たちは若くて、化粧はただ彼女たちの若さを目立たせるものだった。けれどもアンナ・ガールキナ自身はこのパラドクスに気付かなかったのである。そして哀れな彼女は幾分、私たちに対し見栄を張ってみせたかったのだろう、また、このニュー・ルックがいささか得意だったのだろう、私たちに少し恥かしそうに複雑な微笑をしてみせたものだが、しかし残念なことには、もう最初の、あのうらぶれて、しかも取りすました姿ほどに、私たちを魅惑しなかった。初めに彼女を伴ってやって来た、あの中国語の巧みな、のっぽの将校は、彼女の守護天使であり騎士と見えたものだが、しかし彼はこの疑似女将校を永遠に見棄てたらしく、二度と再び姿を現わさなかった。その代り、彼女はモクシン中尉と一緒に来たのだったが、この中年の、赤ら顔の、いかつい、背の低い将校は先に立って、あたかも彼女のいることなど気付かぬかのように、どんどん扉を開けて入って来て、その後から彼女は戸の後始末《あとしまつ》をして歩くのだった。このモクシン中尉は非常におしゃれだった。彼は太い赤い条《ランパース》の入った太い紺のズボンを穿き、その上衣にはいつも勲章の略章をつけていた。彼はそのごつい赤ら顔に似合わず、丸々と太った柔らかな白い手をしていて、その肥った指には大きな金の指環《ゆびわ》をはめ、毛深い手首には、拇指《おやゆび》に近いところに、リボンのからみついた錨《いかり》の入れ墨がしてあった。彼はズボンのポケットに両手を入れて、吸口の長い上等のパピロスを手離しでくわえ、喫みおえると、それを唾と一緒に吐き出したのである。

　彼は他の人々と少しばかり異った言葉遣いをした。普通ならば（もちろん《コネーチノ》）とでも云うべきところを（原則上《プリンチピアーリノ》）と云ったのである。あたかも、原則外のことを自分だけ知っているかのように。そして、彼は勿体ぶって、さかんにこの（プリンチピアーリノ）を連発したのである。（ガールキナ、——と彼は云った、厚い唇を動かし、大きな金歯を一つ、ぴかりと光らせて、――お前は原則上、相手の云ったことをそのまま私に伝え、私の云ったことをそっくり相手に伝えればよい。それだけだ、原則上、わかったね？）こうは云われたが、しかしガールキナの通訳ぶりは甚だ不公平なものだった。彼女は私たちに向って片言《かたこと》の日本語を話し、それもその半分くらいしか私たちに解らなかったが、一方モクシンに向っては何やら盛んにまくし立てたからである。モクシンは黙って、彼女の云うことを聞いていた、じっと疑り深そうに、そして全部聞きおわると、何やら手帳に書き記したが、一体、何を書いているのか、私たちにはもちろん恐らくはアンナ・ガールキナにも解らなかった。

この、原則上あんまり縁のなさそうな一組の男女が私たちのところで仕事を開始するに当り、彼らは先ずその仕事部屋を造らなくてはならなかった。で、モクシン中尉はその設計図を送って来て、私たちの中から、あらゆる大工や左官を動員して、収容所構内の片隅に、またたく間に一軒の小屋を建ててしまった。彼らはそこに大きなペーチカをしつらえ、テーブル一つと肘掛椅子二つと、小さな腰掛一つと、書類棚を据えつけた。こうやって出来上った小屋は、収容所内の他の建物からは別個にぽつんと離れ内も外も真白く石炭を塗られてまるで気持ちのいい新しい百姓小屋《ハータ》のように見えた。私たちは、モクシンとアンナ・ガールキナが新世帯でも持ったかのように、何やら荷物や鞄など持って、その中へ入ってゆくのを見たのである。やがて彼らはそこで活動を開始したことがわかった。

何故なら、私たちは一日平均三、四人ずつ、その小屋の中に招待されたからである。

何故なら、朝、私たちが労働に出発すべく広場に整列していると、必ず何人かの名前が呼ばれて、これらの人間は行進を開始せず、そのまま柵の内に残されて、やがて小屋の中に呼び入れられたからである。それはいかなる気まぐれの順序によるものか判らなかったが、とにかく私たちはみな、それが段々と自分に近づいて来るのを感じた。名前を呼ばれた者は休息出来るという喜びと安堵と、そして若干の不安を感じた。そして、これらの人々の足跡が、私たちの各宿舎からその小屋へ通ずる一筋のひょろひょろした小路を作っていた。そして、その小屋から帰って来た者は、何か洗礼でも済んだような顔になったのである。まだ招かれない連中は、この入門完了者に向って、いろいろ質問したものだ。——（何だった？）——（いろんな質問さ、名前だとか本籍だとか年齢だとか）——（それだけか？）——（うん、それから財産はいくらあるかってさ）——（お前何て答えた？）——（ないと答えたら怒られたよ、ない筈はないって）——（それで？）——（五反歩と牛一頭あることにしたよ）——（本当にあるのか？）——（まあね）——（いや、俺にはそんなことときかなかったぞ）——（じゃ、何て？）——（ソ軍と戦闘したかってさ）——（そうか、そいつは大丈夫、俺はただ逃げ廻ったばかりだからね）——（俺には、どんな政党に入っているかときいたよ）——（それなら俺は労農

党にしておこう）――（ところで、あの通訳の日本語わかるかい？）――（おお、とてもよくわかったぜ、朝鮮ピーそっくりだ）

アンナ・ガールキナも朝鮮人も怒らないで貰《もら》いたい。また兵隊に対しても腹を立てないでくれ。関東軍には朝鮮婦人の軍属が沢山いたのである。彼女らは衛戍地《えいじゅち》の附近に門戸を構えて、慰安所なるものを開いていた。もちろん、この店の主人は彼女らではなくて、それは何処か別の所に知らん顔して住んでいたのである。この男は時折、兵営を訪問して来た。そんな時、衛兵所では形式上、彼に質問をしたが、彼は内心大威張りでそこを通っていったのに違いなかった。そして主計や副官や恐らくは隊長とも、双方に利益のある、重要な取引の相談をしたのである。（慰安所所長のお通り！）と衛兵司令の軍曹は、もちろん小さな声で呟《つぶや》いたものである。そして兵隊の休日ともなると、この慰安所の廊下は順番を待つ兵隊たちで一杯だった……

アンナ・ガールキナの日本語は正式に習ったものではなかった。それは家庭生活の、というよりもむしろ夫婦生活の中で、少しずつ覚え込んだものだった。そのため、単にその片言の口調ばかりでなく、何かしら、そこには、哀れな捕虜たちに、あの慰安所のことを思い出させるものが、或いは、あったのではなかろうか？

アンナ・ガールキナはこのように私たちへのいろんな質問をたどたどしく通訳するの

がその仕事だったのだが、彼女自身は人から質問されることを好まなかった。秋が忽ち過ぎて、ペーチカを焚くようになると、彼女は時折、私たちの宿舎へ暖を取りに来た。というのは、あんまり急いで造ったせいか、彼女の事務所は寒かったし、一方、彼女の防寒靴には孔《あな》があいていたからだ。そして、そんな時、私たちは彼女にいろいろ質問を試みたが、彼女は黙って火を見つめ肩をすぼめるだけで、何とも答えなかった。しかし、ある時、ある質問が奇妙な展開をしたことがあった。

「あなたの故郷《ローヂナ》はどちらですか?」と誰かがロシャ語で尋ねた。すると彼女もロシャ語で答えた——彼女は職務以外には決して日本語を使わなかったのである、たとえ相手がロシャ語のわからない日本人である場合にも。彼女は云った。

「——到るところ、私の故郷ですわ。ここにいれば、ここが故郷。あすこにいればあすこが故郷ですわ」

「では、何処で生れたのですか?」

「ですから、ここにいる時は、ここで生れたのですわ」

彼女は頑強に神秘化《ミスチフイカーツイヤ》の趣味に取りつかれていた。彼女はこの調子で自分の素姓をくらまし、私たちにあらゆる想像の可能性を与えようと企《くわだ》てたのかも知れない。しかし、想像力の貧弱な私たちには彼女をいかなる者とも想像し兼ねた。そして、町の方々へ働きに出ているうちに、何処からともなく、いろんな噂を聞き込んで来ては、それらを収容所の狭くるしい宿舎の内部に寄せ集め、蒸し返し、煮直して、彼女に関する一篇の伝説を作り上げたのである。

彼女は双生児で捨児《すてご》だという噂だった。二人共、毛布に包まれてクリスマスの朝、北満のあるホテルの門の前に捨てられていたそうである。そのホテルでは彼女らを泊めてやって、そのまま彼女らはその家の娘として大きくなったそうだが、妹の方はそこの広間でいつもピアノを弾いていて、一生その家から離れなかった。姉の方のアンナ・ガールキナはハルビンに出て、ある女学校に入ったのだが、それを卒業しても、そのままハルビンにいて、間もなく日本人と結婚したそうである。この日本人は電気技師だったが、予備少尉として召集され、或いは南方で死んでしまったものやら、或いはシベリヤへ送り込まれているものやら判らなかったのである。こうして彼女は赤軍が満州に進駐して来ると、その兵隊たちの洗濯婦になった。それから日本語が解るというふれこみで、シベリヤへ連れて来られたのである。彼女は自分の日本語が夫によく通じたので、それは必ずやあらゆる日本人に通ずるものと信じていたのだった。

こういうのがアンナ・ガールキナ伝説だった。そして、私たちはこれを真実のこととして彼女にくっつけてしまったのである。そうすると彼女の言葉やら顔付やら服装やらが、すべてこれに似つかわしく、この伝説を裏書きしているように思われたのだった。彼女は私たちが子供の時に眺めた村はずれの伝説の塚だったのである。私たちは世界について漠然とした、あやふやな知識しか持っていなかった。しかしそれが唯一の知識であってみれば、やはりそれを大切に保存し、それを信じたのである。先ず以て私たちの生活には一向さしつかえなかったのだから。

このように私たちは彼女を眺め、やがて見慣れてしまった。もう誰も彼女について質問するものはいなかったし、特に彼女を見ることもなくなった。すると、そのためかどうか、今度は彼女の方から私たちの方へ近づいて来ることがあった。しかも奇妙な取ってつけたような威厳を示そうとして。ある時、彼女は一冊の部厚い本を持って現われた。それは終戦後、新しくモスクワで出版された「朝鮮の歴史」だった。私たちの大部分はロシャ語の本などに興味のある筈がなかったが、彼女は人差指をあげて手を私たちに向って振り、ソ連人口調で、その本の説明をした。

「この本は、あなた方、日本の帝国主義者がいかに朝鮮を侵略し圧迫し搾取《さくしゅ》したかが書いてあるのです」

かと思うと、アンナ・ガールキナはぼんやりとペーチカの火を見つめ、それに一握りの拾い集めた木片の屑を投げ入れて、それが忽ち燃えてしまうのを眺めた、そして呟いていた。

「何も無駄になりませんわね。今の火だって、肉の小さな一片くらい焼けましたわ」

それは何かのお祭りの日だった。私たちは広場に舞台をしつらえ演芸会を開いたが、その時、来賓《らいひん》の中にアンナ・ガールキナがいて彼女の傍に若いロシヤ人の娘がいた。私たちは遠くから彼女を眺め、そして話し合った、――（あれは何者か？）――（ガールキナの娘さ）――（混血児《あいのこ》じゃないじゃないか？）――（いや、傍にいって、よく見ろ、眼の色が茶色だから）。しかし彼女は私たちには、何処から見てもロシヤ人としか見えなかったが、また母なるアンナ・ガールキナにも全く似ていなかった。ただ母方の未知の先祖がいきなり割込んで来たかのように見えたのである。だが、私たちは彼女を約一時間くらい垣間見たのに過ぎなかった。彼女はあらゆる若い娘のように、いかにも新鮮で生命に溢《あふ》れて見えたので、私たちはまた見たいものだと思ったが、しかし、もう再び現われなかった。

さて、演芸会の番組は掛合万才《かけあいまんざい》、流行歌、浪花節《なにわぶし》等々という具合に進行し、来賓の紳士淑女はみんな欠伸《あくび》をしていたが、ただこの娘っ子だけは私たちと一緒になって笑ったり拍手したりしたので、演芸会は一段と活気を呈したのである。そして最後に、クラリネット、ヴァイオリン、マンドリンの合奏を以てフィナーレとなったのだが、この三人の楽士には専属の指揮者が一人ついていて、特別太い指揮棒を振っていたが、実は、それは指揮棒ではなくて、がたぴしの調子外れの演奏におどらされて振られた棒だったのである。しかし、この愛嬌のあるブリュー・ダニューブと蛍の光に至って、初めて来賓各位は拍手喝采したのだった。こうして幕が引かれると、ソ連の収容所長が演壇に立って、感想と祝辞を述べたが、この日の彼の扮装は軍服ではなくて、紺の背広にノーネクタイで、赤い髪を微風にそよがしていた。そして、彼と一緒にアンナ・ガールキナの娘が演壇に立ったのである。アンナは自ら出るほどでもないと思ったのか、通訳として娘を派遣したのだが、この代理の方が遥かに鮮やかな日本語を話した。収容所長の太い濁《だみ》声《ごえ》のロシヤ語と、彼女の綺麗な声の日本語とが、舞台の上で響き合った。それは云っていた。

「みなさん、おめでとう。みんな愉快でしたでしょう。私たちは退屈でした。(――ここで娘の通訳は笑ってみせた、そして私たちも――)しかし、最後の音楽は私たちにもみなさんにも面白かったと思います。今後はこういう音楽を盛んにし、それから更に、みんなで一つの歌を合唱するようにしたいものだと思います。みなさん、ありがとう。さようなら」

これは率直な告白であり、まことにもっともな勧告だった。楽士たちは当然の面目をほどこした。そして、事実、私たちの芸術は、この収容所長の言葉通りに発展したのだった。

ところがアンナ・ガールキナの娘はそれっきり来なくなった。彼女は失踪してしまったのである。彼女はハルビンへ帰ろうと思って線路づたいに東の方へ歩いていたそうである。そして何処かで摑まえられたのだが、もうアンナ・ガールキナのところには帰って来なかった。彼女はそれっきり何処かの収容所の通訳にされてしまったという噂だった。

「それならば、ここにいればよかったのに」と私たちの誰かが呟いたが、誰もそれに答えるものはいなかった。眼に入らないものは迅速に忘れられ、問題にされなかった。

アンナ・ガールキナにはもう一人の子供がいて、それは小さな男の児だったのだが、私たちは長いことそれを知らなかった。ある時、彼女はいつものように独りで収容所へやって来た。そして外門の前まで来た時、「ワシカ！　ワシカ！」と呼んだ、すると道ばたの草むらの中に遊んでいた犬が飛んで来るように、突然その子供が何処からか現れて走って来たのである。彼らは手をつないで入って来た。私たちは初めて見て驚いたが、その少年の顔は、姉とは反対に完全な日本人だった。今度は私たちは、行方不明の男の面影をみせつけられたのである。それは決して美しいとは云えなかった。二人は門を入ると、別々に分れて、アンナ・ガールキナは事務所の方へ歩いて行った。そしてワシカはまるで匂いを嗅ぎつけた犬のように炊事場へ入っていった。彼はそこで同じ一つの質問を日本語で繰返したのである。彼もなかなか巧みな二国語学者《ビリングヴィスト》だったが。――（おじちゃん、これ、なに？）――（ミガキにしんさ）――（おじちゃん、これ、なに？）――（じゃがいもだよ）――（おじちゃん、これ、なに？）――（コーリャンめし）そして、これらの品々をアルミニュームの食器に入れて貰った彼は食堂へ持っていってそれを食べたが、そこにはいつの間にかアンナ・ガールキナが来ていた。彼女は息子ががつがつと貪《むさぼ》り食うのをじっと見つめていたが、そんな時、彼の食器の位置を直してやろうと思って、うっかり手でも出そうものなら、彼から嚙《か》みつかれるかと思われた。そしてアンナ・ガールキナはと言えば、且《かつ》は息子の顔を眺め、且は周囲に警戒しているように思われた。

　こうして食堂から出て来た二人は再び門のところで別れて、ワシカは何処へかは知らないが、とにかく町の方へ帰って行った。

「あの子は学校へ行きたがらないので困りますわ」とアンナ・ガールキナは私たちに打ち明けた。「みんながヤポン、ヤポンて云うものですから」

　ある朝、私たちが長い行列を作って作業に出発しようとしていた時、アンナ・ガールキナがワシカを連れてやって来た。ワシカは下の方から私たちの顔を見上げていたが、突然、立ち止まってアンナ・ガールキナの手を引っ張り、そして叫んだ、――（あ、丸山のおじちゃんだ）と。彼は誰か知っている人を、少くともそれに似た人を列中に認めたのに違いなかった。しかしアンナ・ガールキナは全然とり合わないで、乱暴にワシカの手を引っ張って、どんどん歩き続け、同時に私たちは出発してしまった。私たちの中には丸山という名の男はいなかったのである。ワシカの呼んだ丸山は、行きちがいになって永遠に出会うことのない人間の名前のようだったが、或る日、また突然、私たちの中に甦《よみがえ》ったのである。あたかもそんな人間が何処かに潜んでいるかのように。それは、あの若い政治部員のクーバレフが宿舎にやって来て、私たちに笑談まじりにいろんな質問を発していたが、帰りぎわに、ふいと思い出したように、事のついでのように、さりげなくこう云った。

「君ら、丸山という男を知らないだろうね？」

こう云って彼はちらりと私たちの顔を見て、返事も待たずに、どんどん帰っていった。

アンナ・ガールキナは長いこと収容所に姿を現わさないことがあった。彼女が何処で何をしているのか判らなかったが、またひょっくりやって来た。恐らく身の上調査を終ったので、その整理をしていたのであろう。彼女はまた出張と称して日帰りでチタの町へ行くこともあった。何の用事か知らないが、とにかく用事が済んで帰りの汽車に乗るまで、短い時間を利用して、彼女は教会へ行って来たのである。彼女の住んでいる町には教会がなかった。そして、彼女はこの出張を或いは教会へ行くためのように思っているらしかった。

「随分いそがしかったですわ」と彼女は云った。「教会は町外れの遠いところにあるのですもの」

チタの町にはレーニン広場というのがある。メーデーや十月革命記念日には緑の葉に飾られたトラックに乗って、楽隊を鳴らしながら、労働者たちが続々と集合し行進する場所だ。そこには鉄道総局だとか軍司令部だとか巨大な建物が臨んでいるが、なかに古風な建築が一つ残っていて、これは昔チタ一番の金持と云われた人の建てたもので、その窓々は広場に向って開いているが、しかし、その窓々から、広場に蝟集《いしゅう》する民衆の凄《すさま》じい力を、恐怖して眺める人間はもういないのである。そして、この広場の地下には大きな石材が埋まっているが、それらは教会の土台石だったのだ。それらは切り倒された木の根株のようである。それらは新しい電話線の敷設の邪魔になるので、一つ、また一つと掘り出されて、埋め立て地に投げ込まれている。

その代り、町外れに小さな教会が茸のように生えている。それは木造で、トタン葺《ぶ》きで、青いペンキ塗りで、前方に火の見櫓《やぐら》のような鐘楼《しょうろう》があり、実際、鐘を鳴らすこともある。髯《ひげ》の生えた黒衣の坊主が出たり入ったりする。そしてこの男が窓辺に立っているのを見ると、それは僧衣をまとって髯を生やしたトランプの古ぼけた婆《ばば》の絵姿のようである。しかし、アンナ・ガールキナは、汽車の時間を気にしながら、凸凹《でこぼこ》の道を大急ぎで、この坊主の差し出す十字架に接吻すべく走って行ったのである。

彼女はまたチタの古い墓地を訪問して来た。しかし、それは彼女の想像したように、白い大理石がきちんと立ち並んで、手入れの行き届いた死後の散歩道ではなかったのである。それは墓地のまた墓地、その廃墟だった。多くの墓は失われて洪水の後のように、ただ土台石だけ残っていた。そして、残されたものは地に倒れていた。それらは雑草に蔽《おお》われて、しかもいつまでも腐らずにいる哀れな死体のようだった。運び去られた墓たちは、ある大きな建物の地下室にころがっていて、雑役労働者がハンマーでそれらをこまかく打ち砕いていた。こうして粉々になった墓たちはセメントに混ぜられ、新しい建築の玄関の床に塗りこめられていたのである。アンナ・ガールキナは墓地を素早く通り過ぎて、岡を下り、一筋の小川にぶつかった。彼女はそれを渡ろうとしたが、水かさが増していて渡れなかった。それで、引き返して、止《や》むなく、もう一度、墓地の廃墟を見て来たのだった。

「この国で嫌なのはお墓ですわ」——彼女は帰って来て、改めてまたこう云った。

私たちは週に一回、町の浴場へ入浴に出かけて行った。そしてたまたまアンナ・ガールキナとクーバレフの奥さんが町の売店から出て来るのを見たのである。彼女たちは二人共、大きな黒パンの塊を裸かのまま小脇に抱え、何やら熱心に談笑しながら歩いて来たが、その時アンナ・ガールキナはなかなか朗らかそうに見えた。そして擦れ違う私たちに気付かないように、見向きもせずに行き違ったが、二人が町角で別れると急に独りになった彼女は立ち止まって、振り返り、私たちの後姿を暫く見送った。そんな時、彼女は実際、私たちの方へ手を振るかと思われたくらいである。彼女はパンを抱えて墓地見晴亭へ帰って行った。

「クーバレフの奥さんは本当に良い方ですわ」とアンナ・ガールキナは私たちに説明した。「でも、やっぱり神を信じていませんわ」

彼女は神なしに生きることは出来ないという考えに偏執していた。そして、どういうわけか知らないが、人々が神なしに生きているのが気になったのである。彼女の一番の論敵は、例のクーバレフだった。この若い政治部員は彼女にこう云ったものである。

「あなたの云うことは、半分しか本当でありませんね。本当はこう云うべきですよ、――神なしでは、神と一緒のように生きることが出来ない、と。つまり、神と共にあることは結構なことです、しかし神なしの方が更によいのです。つまり、比較の問題です。あなたも神をお棄てになれば、もっとよく生きることが出来るでしょう」

アンナ・ガールキナは答えなかった。彼女にはこの皮肉が解らなかったのである。そして、クーバレフを哀れむように微笑して、頭を横に振っていた。そんな時の彼女は、議論しているというよりも何か自分の好きなポーズをして悦に入っている下手くそな役者のようだった。その、いかにも満足したような顔付がクーバレフを突然いら立たした。彼はその幅広い胸を平手でとんと叩いて叫んだものである。

「見たまえ、僕はこの通り立派に生きているんだ」

まったく、何という議論だったろう。

アンナ・ガールキナはクーバレフ夫人からゴーリキーの「母」を借りて来て読んでいた。彼女はすっかり夢中になったように、熱心に読み耽《ふけ》っていた、それで（気に入りましたか？）と尋ねると、彼女はちょっと肩をつぼめて、つまらなそうに答えるのだった。

「どんな本だって、何処か面白いものですわ」

また彼女は、これまたゴーリキーの「文学評論」を持っていたが、これは彼女自身が何処からか手に入れた私有物らしかった。と云うのは彼女はその本の、少しゆとりのあるあらゆる余白にいろんな楽書《らくがき》をしていたからである。それは相変らず椰子の木やピラミッド等々だったが、その中に新しい画題が一つ現われていた、それはロシヤ正教会の円屋根《まるやね》で、どうやらハルビンの中央寺院《サボール》に似ているように思われた。それで（これは読む本ではなくて、絵を描く帳面なのですね？）と云われると、彼女は答えるのだった。

「もちろん、読んでいますとも。とてもいい本ですわ。トルストイの思い出など、殊《こと》にあの海を眺めている所は」と彼女は云って、突然、妙な日本語で附け加えた、「とっても、とっても、いいですわ」

慥《たし》かにそうだろう、あの文章はゴーリキーの傑作に違いない。そこには古いロシヤの間に横たわっている巨大な山のような人間の姿が描かれている。それから、偉い対象にぶつかって自分の力をますます発揮している、作者自身の姿もいかにも立派である。ゴーリキーはこの山を明るい広々とした平野の方へ下って来たのであろう。しかし、あの海に面しているトルストイの描写には少しばかり無駄なものがないだろうか？ ゴーリキーに若い時から附きまとっていた、そしてチェホフから手紙でそれとなくいましめられた、一種のロマンチシズムがないであろうか？ 情景はなかなか面白いものだが、しかし、あの文章の中の最もすぐれたところではなくて、寧《むし》ろ最も弱いところではないだろうか？ アンナ・ガールキナがそれに一番感心したのは恐らく本当だったろうが、また一面、彼女には天邪鬼《あまのじやく》のところがあったのも事実である。

アンナ・ガールキナはまた暫く姿を現わさなくなった。私たちは彼女がいずれ、また来るだろうと思っていた。しかし、なかなか来なかった。そして終《つい》に私たちは、彼女がもう決して来そうもないことを知ったのである。というのは新しい若い男の通訳が現われたからである。私たちの収容所にはクラブと名附ける寒い空部屋があったが、ある日、私たちがここでがやがや雑談にふけっていると、一人の見知らぬ労働者のような男が入って来た。これはよくあることだったので、私たちは構わず話し続けていると、傍で捕虜の描いた風景画を眺めていたその男が、いきなりはっきりした日本語で云ったのである。

「日本人は本当に絵が巧いですね」

私たちは喫驚仰天《びっくりぎょうてん》したが、これが新しい通訳の自己紹介だったのである。大分経ってから私たちは彼にきいてみた。

「アンナ・ガールキナはどうしたのですか？」

「アンナ・ガールキナ？　そんな人、私、知りませんね、一体誰ですか？」

こうやってアンナ・ガールキナも亦《また》、迅速に忘れ去られてしまった、そして私たちは新しい作業場へ行くことになったのである。

すべては唐突に起きた。朝、私たちは起床して、そして、その日から、今までの所にはもう行かないで、（白鳥《レビョートカ》）という所へ行くことを知ったのだが、それが炭坑の名であることは判ったが、しかし、それが何処にあるか判らなかった。私たちは何も知る必要がなかったのである。人が私たちをちゃんと連れて行ってくれた。

私たちは町を通り過ぎて、野原に入り、墓地の傍を通って、古いがらんとした炭坑の方へ案内された。（白鳥）は長いこと死んでいたが、それが少しずつ甦っていたのである。それは外から見ると依然として廃坑のように見えたが、よく見るとトロッコを引き上げる鋼索《こうさく》がゆっくりと動いていた。坑道は広くたっぷりしたもので、決して頭をぶつける心配がなかった。それが暫く斜めにゆくと、今度は水平になり、暫く斜めにゆくとまた傾斜して私たちはだんだんと一番の底に入っていったのである。このように坑道は広かったが、この炭坑の炭層は非常に薄いものだったから、実際、石炭を掘る所では、私たちは膝をついて、時には腹ばいになってツルハシを揮ったのである。こうして掘り出された石炭は（堅くて艶《つや》のない無煙炭だったが）コンヴェイヤーでトロッコの中に流れ込み、それが一杯になると馬で車道まで引き出され、そこから捲上機《まきあげき》で坑外へ送り出されるのだった。

私たちは八時間の労働を終えて坑から這い出した。そして所々に裸か電燈の点った薄暗い車道を上の方へ歩いていった。私たち積込夫は仕事を終えたが、トロッコの係りはまだ働いていた。このトロッコの運行する車道には、丁度、電燈の点っている下あたりに、ニーシャ（壁龕《へきがん》）というものが側壁に穿《うが》たれていた。それはトロッコに異変のあった場合の避難場所だったが、またその或るものにはトロッコの運行を見張る人がいつも入っていて、その脱線しそうな所に差しかかると、ニーシャから出て来てトロッコを支えてやったのである。私たちは五六人かたまって黙々と歩き、丁度そういうニーシャの前に通りかかった時、その真暗い凹《へこ》みから薄暗い電燈の下に一人の女が出て来たのである。それは明らかにトロッコ見張り係りの労働者だったが、その時は、そこにはトロッコはなかった。私たちは、その女が微笑したように思った、と同時に私たちははっきりとした日本語を聞いた、——（寒いですね！）

そして、これが私たちの聞いた、アンナ・ガールキナの、最も美しい日本語だった。

ラドシュキン

ラドシュキンの小屋へ行ってみると、壁に小さな絵が一つ貼りつけてあった。それは彼が子供の時に描いたものだったが、その中では一人の少年が赤い裏の黒い外套を着て頭巾をかぶり、顔をしかめて、吹雪の中を歩いていた。この絵はどうやら彼自身の自画像らしかった。背景は白皚々《はくがいがい》の雪景色、というのは白紙そのもので、その一番奥のあたりには、おそらく少年がそこから出て来たらしく思われる、一軒家がぽつんと一つ立っていた。それはどうやらラドシュキン一代の傑作だったが、彼は別にそう思って、これをそこに展覧しておいたわけではなかった。何故なら誰かがこの絵に対し少しでも興味を示すと、彼は肩をすくめて、物を打棄るように手を振り、完全に軽蔑して「ホイ」と言ったからである。ホイとは悪魔の同義語で、一切の悪しき事物を意味する。つまり、彼は壁のそのところに穴があいていたので、ただその穴ふさぎに、あり合わせの紙きれを貼りつけたに過ぎなかった。けれども、彼はこの絵を見るともなしに、こう言った。

「俺はミンスクで生れたんだがシベリヤへ来て三十年になる」

すると急にその絵が一つの意味を帯びて来た。それは、この肖像が三十年前に、故郷にいる頃の、彼の姿を見せているように思われたからである。そして絵の中の少年はそこから歩み出て忽《たちま》ち、眼前の四十男になるように思われた。人はこのように年老いるし、一方、その絵はいつでも古新聞紙の下敷に貼りつぶされ埋もれようとしていた。

ラドシュキンは大へん几帳面な男だった。町の大抵の労働者の家には、キーロフ時計工場で大量に生産された、ゼンマイなしの、ただ松毬《まつかさ》のような分銅を頼りに、地球の引力で動く柱時計があって、ラドシュキンの家も御多分に洩れなかった。この時計は表面がトタンで出来ていて、薄青く塗られ、文字盤の上には素朴な田園風景が描かれており、その背後には簡単な歯車仕掛が隠れていて、これが針を動かしていたのだが、一軒毎にこの時計の針の位置が合っていることは滅多になかった。けれどもラドシュキンは正午ともなると必ず鎖を引き上げて分銅を捲《ま》き上げ、重力を常に新たにして、いつも針を規正し、これによって或いは彼自身の日課を律し、或いは彼の日課に合わして時計を直しているようにも思われた。私たちはよく彼のところへ時間を尋ねに行ったものである。窓の外からは時計が見えず、室内は薄暗くて、私たちにはただ、時計を仰ぎ見る彼の咽《の》喉仏《どぼとけ》だけが見えるだけだったが、そんな時、たまたま町の工場の正午のサイレンが一斉に鳴り出して、たまたま彼ラドシュキンの時計は、それより五分進んでいたり、或いは五分おくれていたりすることがあった。しかし彼は決して自分の時計が間違っているとは言わなかった。彼はこう言った。

「汽笛《グドーク》が間違っているのだ。俺の時計はモスクワの標準に合わしてあるのだからね」

こう言って彼は厳かにと言いたいくらい、丁寧にその分銅をたぐり上げていた。

ラドシュキンの家は一部屋しかなくて、そこに彼と奥さんと子供二人と、それから奥さんの妹さんと、計五名住んでいた。そこにはまた、最小限の家具たちが生活していた。無駄な装飾はなくて、必要品がそのまま装飾だった。家のカマドは煖房用のペーチカと兼用であり、その鉄板の上でスープが煮られていたが、ただ夏の間だけ戸外に小さな厨房が作られていた。それは太陽が暑くなってくると組立てられ、太陽が冷えて来ると解体された。室内には鉄で出来たシングルのベッドが一つあって、ラドシュキン夫妻はそこで眠った。子供らの一人は部屋の片隅にある衣裳箱《スンヅーク》の上で眠ったし、もう一人は椅子を並べて、その上で寝た。そして奥さんの妹さんである若い娘は、食卓の上で眠ったのである。これは、食事が済んで片附けられた食卓は即ち寝台であり、また眠り去られた寝台は即ち食卓だということだ。それは生活のあらゆる重みを支えるくらい頑丈に作られた素朴なテーブルであり、日常のこの奇蹟を行うのにふさわしく古びたものだったが、しかし痩せてはいるが背の高い一人の娘がその上で寝るにしては、あまりにも小さいものだった。しかし、はたから心配することはなかったのだろう。何故なら、恐らく彼女は、あのプラトン・カラターエフの言ったように、——「寝ればくるりとまんまるく、起きればしゃんと真直ぐに」なったであろうから。そのように彼女は姿勢がよくて真直ぐだったが、同時にその動作は甚だしなやかで、美しく、この風雨にすっかり黒ずんだ古い小屋を内部から明るくしているように思われる、生命そのもののようだった。

この娘は眠っている時以外は、いつも働いていた。ラドシュキンの奥さんは炭坑のランプ係りで、日中は殆《ほとん》ど家にいなかったので、彼女が家庭生活のお膳立を全部やっていたのである。食卓に寝る人にふさわしく、彼女は誰よりもおそく寝て、誰よりも早く起きた。そして薪を割ったり火を燃やしたり燕麦を煮たり何かを繕《つくろ》ったり、いつでも手足を動かしていた。彼女は暖かな季節ともなると、靴も穿《は》かず靴下も穿かず、裸足で、ずっと下の方にある池から水をてんびんで担いで登って来た。水の一杯入った桶は相当重かったに相違ないが、そんな時、ますます彼女は胸を張っていた。彼女は殆ど白とも見えるくらいの亜麻色の髪をして、そばかすだらけで、甚だ薄青い眼の玉をしていて、私たちはよく「あんな眼で、一体、物が見えるのかしらん」と言ったものである。初め、人は彼女は啞《おし》かと思った。それほど彼女は無口だったが、しかし啞でない証拠に彼女は歌をうたうことがあった。ただ、歌をうたう彼女に出会う幸運には滅多に恵まれなかっただけである。彼女はいい声をしていたのだが、たまにしか歌わなかったのだ。彼女については、頭が少し足りないという噂もあった。というのは、ラドシュキンのところへ時間をききにゆくと、たまたまラドシュキンは不在で、ただこの娘だけいることがあったが、彼女は時間をきかれると急に赤くなったからである。そして、自分では時間を言わずに、必ず人を室内に入れて、その人自身に時計を見さしたからである。それで「あの女は馬鹿で時計を読むすべを知らないのだ」と言われたのである。人はよく解らぬことについて勝手なことを言うものだが、彼女は或いはあの「死せる魂」に出て来る女中のペラゲーヤに似ていたのかも知れない。ペラゲーヤは駁者《ぎよしや》から路をきかれて、それをよく知っていたのだが、どう教えていいか判らなかったのだ。そのように彼女は時間を知っていたのだが、どう教えていいか判らなかったのだろう。それとも彼女は自分の時間以外は関知せず、各人勝手に時計を見るべしと思っていたのかも知れない。

秋、彼女は近所の女たちと連れ立って山へ木の実を取りに行った。大きな缶を袋に入れて、リュックサックのように背負った彼女は、長い生木の杖をついて、裸足で山から帰って来た。少し陽に焼けた彼女の顔を落日があかあかと照らしていた。それから、連れの女たちから別れた彼女は一人でラドシュキンの小屋の方へ帰って来たが、たまたま収容所へ帰る私たちと擦れ違った。その時、私たちは彼女が低い声で「細いなかまど《トンカヤ・リャービナ》」という歌を歌っているのを聞いた。

ラドシュキンは背の高い頑丈な男だった。彼は大なる野望を抱いて、それにやぶれた人間だった。彼は以前は炭坑の鑿岩夫《さくがんふ》であって、大きな廻転鑽《ドリル》を持って働いていたのだ。そして百万長者になろうと企てたのだった。ソビエトに於ける百万長者というのは、何らかの労働を百万遂行した人間のことである。百万海里航海した水夫はソビエトの百万長者である。百万ヘクタールの土地を開拓したトラクター手はソビエトの百万長者である。このように、ラドシュキンはドリルで百万フィート鑿岩しようという野望に憑《つ》かれたのだった。彼は猛烈に働いた、そして少し先を急ぎすぎたのである。何故なら、何万フィート進んだ時だったか知らないが、彼は或る日支柱夫がまだ框《わく》を組んでいないきりは《ザボイ》で働いていた。その時、上の方から石炭が崩れ落ちて来て彼を埋めてしまった。彼は掘り出されて息を吹き返したが、体内の骨か何かがいたんでしまったのである。医者は四級品のレッテルを彼に貼った。彼はこうして第一線の労働から退くほかはなかったのである。彼は誰をも何をも恨むわけにゆかなかった。何故なら危害予防の規則を破ったのは、外ならぬ彼自身だったから。彼は百万長者にはならないで、その代り、初めて炭坑へ入る人に向って、危害予防規則違反者の好例として引用される人間になってしまった。こうして、まだ丈夫そうで若い彼ではあったが、早くも老いぼれた人しか成り手がないような、煉瓦工場の番人という職業にありついたのである。彼は何事にも文句を言わない人間だったが、ただ時折こう言っていた。

「能力のある人間は、どんな時、どんな場合だって、結構うまく生きてゆくものだ」

彼はこれによって彼自身のことを意味したのだが、ただ戦争の時は別だった。戦争中は「どうして生きて来たか、わからないくらいだ」と彼は追想していた。しかし今は、山羊や豚を飼い、食卓の上には子供らの食い残した黒パンがいつもころがっていて、ラドシュキンは食後の暇の時は本を読んでいた。そして、時たま、ペラゲーヤが小声に歌い出すと、それに合わして、急に彼の太いバスが聞えて来ることがあった。

毎年、春も暖かになって、よい日和が続くようになると、私は煉瓦工場に呼ばれて、そこで働いたが、これというのも彼ラドシュキンに見込まれたからだった。私は彼によると、煉瓦作りに粘土を提供する泥練りの大家《マステル》だったのである。初め、煉瓦工場の人々は私のことなど忘れているらしかったが、ある春のいい日を卜《ぼく》して作業を始めてみると、どうもうまくゆかないようだった。そこでラドシュキンが私を思い出したらしかった。そして収容所に電話がかかって来た、——「これこれこういう人間風態の男を今年も煉瓦工場へよこせ」と。もとより、せまい柵にかこまれた世界であってみれば、隠れるわけにもゆかなかったが、私は直ぐ発見されて、煉瓦工場へ派遣された。

こうして私が現われると、早速ラドシュキンが握手しにやって来た。彼は節くれだって大きな、いつもさばさばと乾いた手をしていた。

「来た《ウォト》な、ヴィクトル」と彼は言った。

彼はどういうはずみからか、私をヴィクトルと呼んだ。で、ヴィクトルの私は挨拶抜きで、さっそくたずねた。

「コーリャはどうしたか？」

コーリャというのは去年一緒に働いた馬方の少年だった。

「コーリャ？　彼はもう一人前の労働者だ。ここへは来ない。機械工場《メフッェフ》で働いている」

こう言って、彼は今年もまた、この旧式な奇妙な煉瓦工場に取り残されて働くのは、私とラドシュキンだけだということを、私に思い出させたのだが、彼自身はこんなことを感じていたわけではなかった。彼は既に、こういう話題から脱け出して、その年の煉瓦製造予定数や、天気の見通しや、いろんな仕事上の段取りを話していた。それから私に、新しい馬追いの少年を紹介して、こう言った。

「友だちになりたまえ」

こうして私は、毎年変らぬ古いラドシュキンを通じて、年毎に新しい少年と友だちになった。

その年、私に紹介された少年は、ロシヤ人ではなかった。それはシベリヤの奥地にいる土人の一人のように思われた。黒い真直ぐな堅い髪をして、顔色も黒く、痩せていた。彼は全く孤独で、家というものがなく、いつも煉瓦工場の労働者たちの休憩室のベンチに寝ていた。彼は月二百ルーブリ貰《もら》っていた。そして日本軍の飯盒《はんごう》を一つ持っていて、これに酸っぱいキャベツの漬物を買って来て、それを手で摑んで食べていたが、これと黒パンが彼の食事だった。私たちは初め彼を恐れて大いに警戒したが、やがていかなる警戒も不用であることが判った。彼は馬乗りの巧みな単純な少年で、ロシヤ語を自由に話したが、誰に向っても悪口を言わず、甚だ柔順だった。彼は、馬を動かせと言えば動かし、馬を止めろと言えば止めて、それ以外のことは、全く関知しなかった。私たちは時折、彼に買物を頼んだ。彼は引き受けた、そして買って来たものと釣り銭を黙って私たちに渡したが、私たちはそれを計算してみて、それがいつも正確であることを知った。私たちはお礼を言った、すると彼は待っていたように、「どういたしまして」と答え、いかにもきちんとした態度だった。朝、彼が馬の鬣《たてがみ》と一緒に自分の長髪をなびかせて、黒馬を飛ばして来て、飛び下りて白い歯を出して笑う時は、大へん美しかった。

「あの少年はどうした?」と私はまた、その翌年、ラドシュキンに訊いた。

「知らない。多分、密林へ帰ったのだろう。彼は密林から来た旦那《バーリン・イズ・タイギ》だったからね」

ラドシュキンはこう答えて笑ったが、当時「密林から来た旦那」という映画を町でやっていたのだった。しかし、その映画の中の若者は堂々たるロシヤ人の青年で、金鉱を開発するソビエトの英雄だった。


概していうと、この煉瓦工場で働くことは、有難いことではなかった。そこでは私たちは最も少いパンを食べて、かなり激しい重労働に従事しなくてはならなかった。煉瓦工場で働くものは、日毎に体重が減ると言われた。煉瓦工場へ新しく来た者がうっかり「俺はここへ来てから目方が二キロ減った」などと言おうものなら、古くからいる者に「いや、まだまださ」と言われたものである。病院では一番重態の者が一番威張っているように、そこでは一番目方の減った者が一番威張っているように思われた。けれども、一たんそこへ行くとなると、負けおしみの強い私たちは、例えばパン工場へ行っている連中に向って言ったものである、――「お前たちはパンを焼いているが、それを焼くカマドの煉瓦は俺たちが焼いたのだ」と。こうは言ったものの、私たちの目方が減ってゆくことには変りがなかった。

或る時、煉瓦工場の成績があんまり上らないので、私たちの収容所長が視察に来たことがあった。彼は私たちの働きぶりを見て廻って、監督に向っていろんな質問を発していたが、監督は普段は私たちを大いに罵倒することを得意としたにも拘《かかわ》らず、収容所長に向っては、神妙にも、私たちはよく働いていること、そして成績が上らないのは私たちのせいではなくて、ノルマそのものの不合理によることを説明したのである。短気な男の収容所長は急に腹を立て、赤くなり、興奮して、手を振って叫んだ。「私の兵隊（とは我々捕虜のこと）を、もう決してこんなところへ派遣しない。明日から君の方で何とか勝手にやるがいい」

こう言って彼はどんどん帰っていったが、監督はただ微笑し、顔を横に振って、それを見送っていた。私たちは当然、収容所長の言に大いに期待をかけたが、どうやら彼は家へ帰って、お茶を飲み、新聞を読み、奥さんと話しているうちに、煉瓦工場のことは忘れてしまったらしかった。というのは、その翌日も翌々日も、つまり煉瓦工場のある限り、私たちはそこへ行ったからである。

いや、本当を言うと、作業の編成は彼の権限外だったのだろう。彼は柵内に於る私たちの生活に対しては権限と同時に責任を持っていた。しかし労働のこととなると、彼は別の機関に服従しており、ただその命令によって、人員を差し出していたようだった。で、彼は煉瓦工場から自宅へ帰るまでに冷静を取戻すと共に、このことを思い出したのだろう。そして、監督はちゃんとこのことを知っていたようである。彼は日頃、私たちを酷使している手前、幾分真実を告げて、私たちの名誉を回復してやろうと思ったのかも知れないが、収容所長が怒って帰ってしまうと、前にも増して私たちを罵倒し出したのである。

ラドシュキンは、いかにも平《ひら》の労働者らしい批評を監督に関して下していた。彼は監督の方を目くばせして、私たちにこう言った。

「長《ちょう》とか監督とかであることは、即ち狡猾《ヒートルイ》であるということだ」

しかし、これは我が煉瓦工場の監督に関する限り、いささか褒め過ぎのことばだった。

彼はこれを一種の皮肉として言ったのに違いない。ヒートルイということは必ずしも悪い意味ではない。ゲルマン民族のマキャヴェリズムに対してソビエトが勝ったのは、ソビエト人の方が、よりヒートルイであったからだと、これは彼ら自ら誇っているところである。

ラドシュキンはヒートルイの人間ではなかったようだが、その代り、手の非常に器用な男だった。彼は大工もやれば鍛冶屋もやれば桶屋もやった。彼は番人《ストーロジ》という職名だったが、その他に器材係りであり、監督の助手であり、私たちから見ると、監督と私たちとの間をいったりきたりしている人間のように見えた。時折、彼は監督の方へ歩いていって、私たちのことで何やら助言でもしている風だったが、時折彼は手を横に振り少し猫背になって大股に私たちの方へやって来た。彼はそんな時、いつでも気持よく微笑していて、近づきやすかったので、私たちは彼にいろんなうるさい要求をしたのである、やれノルマを改正しろの、やれ良い土を運搬して来いの、やれ道具類を新しくしろの、と。すると、彼はその度にこう言った。

「俺は小さな人間だよ」

このように彼は言ったが、彼に出来ることは直ぐやってくれた。たしかに彼は小さな人間だったが、その小さな世界の中で誠実に働いていたのである。貧弱な道具類をどうやらいつも使えるように修理していたのは彼だった。彼の先祖は白ロシャの牧人だったそうだが、彼はこの先祖が牧場を見廻るように、煉瓦工場の構内をいつも見廻って、そこに秩序を保っていた。そして夜中に雨が降って来ると、彼は合羽《かっぱ》を着てカンテラを点し、敏速に行動し、広場にきちんと並んでいる生煉瓦を納屋の中に入れたのである。そして朝に私たちが到着した時、彼はもう働いていた。彼は、私たちが直ぐ作業に取りかかれるように、道具たちを並べ、そして土練り桶《グリノミエルカ》の中に適当に水を注いでいたのである。

このようにラドシュキンは私たちにゴムの長靴だとかショベルだとかを分配してくれたのだが、私たちはそれらを戸外におっぽり出して、日蔭で食事することがあった。するとラドシュキンが来て、説教でもするように人差指を振りながら言った。

「お前たちはソビエト人の現在の心境《ナストロエーニエ》を知らない。カラプチーとはいかなることか？　それは何でも、道で出会ったものを自分のポケットに入れることだ」

実際、ある時、ちょっとの間に、ぼろ長靴が失くなった。すると直ぐに彼は言った。

「それ見たか！　お前たちはソビエト人の心境を知らない！」

彼は番人の名にふさわしく非常に用心深かったのだ。そして何でもかんでも倉庫に入れて鍵をかけた。例えば古ぼけた重たい水飼槽《コルイト》すらも。私たちはそんな必要はないと主張した。しかし彼は頑固に頭を振って言った、――「いや、これは誰にも何とも言えないことだ」

私たちは柵の中に住んでおり、柵の中から出て行く時は、隊伍《たいご》を組んで、その柵の延長とも云うべき、銃剣附きの人間に附添われていた。そして、隊伍から離れてゆくことは、俘虜《ふりよ》生活危害予防規則の第一条によって禁止されていた。ところが、或る日ラドシュキンが来て私にこう言った。

「ヴィクトル、お前ひとりで村を歩きたくないか?」

「もちろん、歩きたい。だが、どうしたらいい?」

「よし。待て」と彼は答えた。

それから暫《しばら》くして私は警戒兵不要者《ラスコンヴォイニク》という一種のパスを貰ったが、その代り、馬係りという時間外勤務を命ぜられたのである。馬係りは労働というほどのことはなかったが、とにかく人より少し早く起きて、町の厩《うまや》へゆき、そこから数頭の馬を煉瓦工場へ連れてゆき、それから労働が済むと、また厩へ連れて帰る役目であり、ひとりで行動する必要があったので、この馬係りは町を附添いなしで歩けるパスを貰い、大なる制限付きではあったが、孤独なる散歩者となることが出来たのである。

それで、私は朝、みんなより早く起された。そして長い革の鞭《むち》を持って、まだ暗い中を柵外へ出る門へ近づいて行ったが、そこには関所の小屋が立っていた。小屋の中は真暗でひっそりしていたが、耳を澄ますと微かに鼾《いびき》の音が聞えて来た。そこで私はその窓をノックしたのである、初めは拳で、それから鞭の柄で。そして耳を澄ましていると、軒が忽ち呪詛に変って、靴音が聞え、門が開かれた。そして、そこで毎朝、同じ問答が繰返された、――「誰だ？」――「私です」――「何用か？」「門を通して下さい」――「駄目だ」しかし門は開かれたままだったので、私はすばやくそこを通り抜けたのである。すると忽ち、背後で、あらゆる呪詛と共に、門が荒々しく閉まるのが聞えた。

私はひとり朝の、まだ真暗な町を歩いていった。家々はみんな窓々に板戸を立て、ひっそりとして、生きている気配がなかった。私は闇の中に眠っている人々の間を行くように、こっそりと歩いていった。すると、暗黒が少しゆらいでいるように見えた。それは一つの境目にあった。眼をこらして見ると、闇が見えない微風に吹かれて少しずつ立ち去るように明るくなってゆくのがわかったのである。そして歩いてゆくにつれて、遠くから一軒の家がぼんやりと姿を現わして来た。

その家は二つに仕切られていて、一方は郵便局、他方はパンの売店であって、日中はいろんな人々がいろんな足取りで、この二つの店に出たり入ったりしていた。中には片方に郵便物、片方にパンを抱えて帰って行く人間もいたが、私が近づいていった時刻には、それは内部からしっかりと閉ざされた貝殻のように見えた。そして、この建物の隣りはいきなり巨大な門になっていて、そこには観音開きの扉がいかめしく閉ざされていたが、これには閂《かんぬき》も錠前もなくて押せばいつも直ぐ開かれた。それは見たところ甚だ荒けずりなものだったが、実は非常に巧みに作られた扉であって、人はそれを自分の好きなだけ、大きくも小さくも、開くことが出来、且《かつ》、それには何らの物音も伴わない、世にも静かな門だった。そして、これを朝一番に開くのは私だった。

門の内部はかなり広い外庭《ドヴォル》で、いつもぬかるんでおり、そこには無数の馬の足跡が附いていて、奥の方にある馬小屋はまだ眠っていたが、暗い空気の中には馬糞の匂いが漂っていた。また、そこには革の匂い、馬具の匂い、そして燕麦の匂いがした。日がぼんやり明るくなり、私は馬丁たちと一緒に、燕麦を積んだ一輪車を押して馬小屋に入り、馬たちに朝食を与えたが、その時、馬小屋は忽ち賑やかな食堂に変るように思われた。そして、空腹な人々が、もう飯粒の一つもなくなった食器の中を箸でかき廻すように、彼らは空っぽの秣槽《まぐさおけ》をならしていた。それから私は馬の顔を一つ一つ見て廻って、煉瓦工場行きの馬たちを見分けたわけだが、これはなかなか容易な業《わざ》ではなかった。似た馬は沢山おり、彼らは自分の呼名など覚えておらず、そして私の存在には完全に無関心だったからである。

それでも私は、チャルカとかグネトコとかゴルバートイとかイズグーリヤとかツィガンカなどという馬たちを引き出して、彼らを珠数《じゅず》つなぎにして、私自身はつながれない一頭の馬に跨《またが》って町を通り、煉瓦工場へ向っていったが、その頃は家々はもう眼覚めていた。窓々は外からは太陽に照らされると共に、内からは生命に照らされていた。開かれた窓から日光が入って、テーブルの上に磨かれた湯沸し器が光っていたのである。そして私は、まだ人通りのないうちにと、町に蹄《ひづめ》の音を立てて、素早くだくで通り過ぎたのだった。

　このように馬をつないで連れてゆくのは、巧い方法ではなかった。本当は馬を自由に解放したまま彼らを追ってゆくのが、早くもあれば愉快なスポーツでもある筈《はず》だった。そして、これはロシヤ人の少年たちが、いかにも易々《やすやす》と爽快にやることだった。で、私はその真似をしたのである。初め、それは巧くゆくようだった。馬たちはかたまって、追われるままにどんどん走っていった。しかし、煉瓦工場の前まで来た時、先頭の馬はその中へ入らないで素通りしてしまい、後はみなこれに従ったのである。そして私の乗っている馬は、どうしても彼らに追いついてくれなかった。馬たちはやがて方々分れ分れになって、道ばたや空地の草地でのんびりと草を食っており、彼らを一個所に集めることは、もう私の力及ばぬことだった。で、私は引き返して、ラドシュキンに助けを求めたのである。

　彼は食事をしながら子供らに何やら話していたが、直ぐハンティングを冠《かぶ》って出て来た。そして途中で一本の棒切れを拾い、先ず、一番遠くにいる馬から煉瓦工場の方へ追って来た。彼は棒切れを振りながら、口に何か唱えていた。こうして彼がゆっくりと歩いていると、馬たちはやがて一と所に集り、煉瓦工場の方へ歩いて来たのである。その瞬間の彼は、私にはオルフェと見えた。こうして終《つい》に煉瓦工場に入れられてしまった馬たちを、私が杭につないでいると、彼は私を見ながら微笑して頭を振り、黙って棒切れを遠くの方へ抛《ほう》ってしまった。彼は何も言わずに古いイソップの教訓を私に思い出さしたのである。

一日の労働が済んだ後に、馬たちをその塒《ねぐら》へ追い返すのは容易なことだった。粘土攪拌器の轅木から解放された馬たちは、放っておいても、ひとりでその秣槽の所へ帰って行ったからである。私はただ自分の乗っている馬の手綱を引き緊めて、後からついてゆけばよかった。

このように私が馬に乗って通る道路の中央には、緑色の柵にかこまれた細長い公園のような一角があり、中には菩提樹《ぼだいじゅ》の並木がきちんと生えていたが、私はその中程まで来ると、馬を止めて下り、馬をその柵につないだのである。そして傍らの一軒の家へ入って行った。

それは小さな家だったが、道路から少し引込んだところに立っており、前の空地がその家に附属した広場のようだった。家は普通の住宅と同じ造りだったが、床が非常に高くて、前面には数段の階段で昇るようになっているベランダがあり、それに扉が開かれていて扉の上には小さな看板が掲げられ、それには緑の地に白く抜いて、細い斜体活字的に「本《クニーギ》」と書いてあった。私はこの「本」の中へ入って行ったのである。恐らくは、ある人々が酒場にでも入ってゆくように。

この本屋の壁はマルクス、エンゲルス、レーニン、スターリンの全集で出来ていた。それは言わば、この湾を形成している岩のように見えた。そして、その湾の中にいろんな本が入って来て、そして出てゆくように思われた。私には先ず「地球の起源」というパンフレットが眼についた。私はそれを読もうと思ったが、その時、その隣りにもう一つのパンフレットがあって、それには「一八一二年のモスクワ」と書いてあった。私は忽ちこの本に惹きつけられた。

私はそれから毎日、馬から降りては、この「一八一二年のモスクワ」を少しずつ読んでみた。モスクワの火事については、トルストイのように、人の見捨てた家からいつの間にか火事が起るように自然に発生したという説と、ナポレオン軍自身の失火だという説と二つあるそうだが、この本は以上二つを否定して、それはモスクワを見捨てずそこに居残った、当然貧困な民衆の英雄的な反抗であるとし、積極的な意味を附していたのである。

本屋の主婦は中年の独身女で、奥の一間にひとりで住んでいたが、彼女は私に対し最も上等な親切を示した。彼女は私に対し完全な無関心をよそおったのである。この無関心は冷淡なものではなかった。何故なら、私がある日、この「一八一二年のモスクワ」を開いて、ナポレオンがクレムリンの書庫でブガチョフ関係の文庫をしらべている所を読んでいると、数人の小学生が入って来た、彼らは私を見て何やらひそひそ話していた。

「ヤポン」とか「捕虜」とか言っていたようだ。すると店の主婦が彼らをたしなめて、こう言った。

「そうです、あの人は日本人ですよ。それがどうしたのです?」

小学生たちは忽ち黙ってしまった。そして私が振り向くと、彼女はもう編物をしながら、窓辺に開かれた大きな厚い書物を読んでいた。彼女は毎日、その本を少しずつ読み、一枚一枚と頁をめくっていたのだった。

ある日、私が本屋から出て来ると、丁度、市場へ行った帰りのラドシュキンに出会った。

「えー、ヴィクトル」と彼は云った、「お前、何を読んで来たのかね?」

そう言って、彼は返辞も聞かずに、急いで自分の家へ帰って行った。


私たちは煉瓦工場で、よく働いた。労働の辛さが感じられずに、いつの間にか時間が過ぎてゆくような日々があった。私たちは朝は長かった自分の影がだんだんと短くなり、それがまた、だんだんと長くなるのを、ただそれだけを、無意識のうちに感じながら働いた。そして夕がた、午後おそい明るい太陽に照らされて、自分たちの作った煉瓦が広場一杯に、まるで賢明な昆虫が作ったようにきちんと並んでいるのを見た。そんな時、私たちはまるで自然の一部になって、その営みを行っているように思われたのである。

そんな時空腹は大したことではないように思われた。

また、そうでない呪われた日々もあった。そんな時、すべては躓《つまず》き、時間はいらいらと過ぎて、私たちは監督から罵られ、私たちは馬や土や道具を罵った。そしてラドシュキンのところへ頻繁に時間をききに行ったのである。

そんな時、私はラドシュキンが小学生のようにきちんと食卓に向って坐り、頬杖《ほおづえ》をついて、一冊の本を読んでいるのを見た。

「何の本ですか、それ？」と私は時間をきくのを忘れて言った。

彼は立ち上って、私にその本をよこして、「読んでみたまえ」と言った、それから例の時計を仰ぎ見て時間を教えてくれるのだったが、労働時間はそろそろ終りに近づいていた。

私は、ラドシュキンから本を借りた日、運よくも指を怪我したので、四五日労働を休むことになった。おかげで、私はその本をゆっくり読むことが出来たのである。それは「殆んど三年の間」という本だった。それは独軍の包囲下にあるレーニングラードの日記だった。私は殆んど四五日の間、この殆んど三年の間に入っていたのである。私は、レーニングラードの食料倉庫に爆弾が落ちて、糧秣の焼けてしまった匂いが空気にうっすらと漂っているのを嗅いだ。私は鼠の音がだんだん遠のいて、遂には全く聞えなくなるのを聞いた。私は道傍の家に入ってみて、そこに一人の老人が死んでおり、その傍に小さな男の子が虱《しらみ》だらけの毛布にくるまって、まだ生きているのを見た。私はイリヤ・エレンブルグが西欧に向ってラジオの放送をしているのを見た。私はまた、老婆たちが夜、教会の外でお祈りしているのを聞いた、——「赤軍兵士をあわれみたまえ」私は空襲で死んだ若い娘の葬式を見たが、彼女の父は泣き叫んでいる一方、母の方はただぼんやりしているのだった。それから私は、印度《インド》の諺《ことわざ》を読んだのである、——「ただ忍耐のみが桑の葉を絹に変える」そして解放は徐々として氷が解けて春が来るようにやって来る。うつろだった窓々に硝子《ガラス》がはめられて、それが輝き出すのを、私は見た。それから、春の暖かな日に展覧会が開かれる。そこで悪魔の残していったものが並べられている。独逸《ドイツ》軍の兵器だとか弾丸の残骸が。こうして四五日過ぎ、その間に指がよくなった。私はまた煉瓦工場へ出かけていった。

その日、煉瓦工場へ行ってみると、ラドシュキンの姿が見えなかった。私は彼の小屋へ行ってみて、そこにペラゲーヤがひとりで働いているのを見た。私は彼女に本を返しながらきいた。

「ラドシュキンは何処に？」

「モスクワに」と彼女は答えた。

どういう用件か知らないが、ラドシュキンはモスクワへ出張したのだった。

こうしてラドシュキンなしの日が何日も続いたが、ある朝、私たちが煉瓦工場に近づいてゆくと、彼がいつものように、道具類を並べているのが見えた。彼は私たちが到着しても、別に長いこと不在だった人間のようではなくて、あたかも昨日別れたのと同じような態度だった。

「何処へ行っていたんです?」と私はきいた。

「コルホーズへ、牛乳を飲みに」と彼は答えた。

一日過ぎて、その夕ぐれに、私は彼に言った。

「モスクワはいいところですか?」

すると彼は何やら呟《つぶや》きながら、暗い倉庫の中へ入って行った。

その晩、突然、豪雨が降った。おそらく、いかにラドシュキンが活躍しても、生煉瓦はみな溶けて流されたことだろうと思う。そして私たちは、もう煉瓦工場へ行かなくなったのである。何故なら、私たちは、更に上の方からの命令で、その収容所を見棄てたからである。私はそれっきりラドシュキンに会わなかったが、こうして彼が最後につぶやいた言葉が私の中に残ったのである。それは、こう言っていた。

「モスクワはいいところだ。が、モスクワばかりよくても何になる?」

ナスンボ

ナスンボは平原に生れた。ある時、彼は馬に乗って馬を追いかけた。逃げる馬は、たてがみも尻尾《しっぽ》もぼうぼうとのびて、怪物のように疾走した。ところで、時期がわるかった。ノモンハン事件の直後だった。眼に見えない国境線がやかましかった。ナスンボは知らなかった。知らずに彼は国境線を越えていた。まるでゴールにでも入ったようだった。鉄砲が鳴りひびいた。勝負がついた。逃げた馬は逃げてしまった。ナスンボの乗った馬は停止し、うなだれた。ナスンボは下馬した。むこうから見知らぬ兵隊がやって来て、ナスンボの腕をとり、奥へと案内し、つれていった。こうして、つかまえられたナスンボの生活が始まった。

ナスンボはそこで、まず馬鈴薯《ばれいしょ》掘りをやらされた。プーフ！ ナスンボに野良仕事とは！ やわらかな土を掘るのが、彼にはむしょうに気味がわるく、こわくさえあった。そこでモリブデン坑へつれてゆかれた。これだって土を掘ることには変わりなく、ナスンボには苦手だった。そこでナスンボは今度はコローニヤと呼ばれる牧場へまわされ、そこで彼の天職を見出した。そこには高原に放牧された馬や羊の大群がいた。ナスンボは彼らの番をし、世話をみた。ナスンボの親方はコーカサス生れの、とんがり頭のつるつるに禿《は》げた、巨大にして頑丈な老人で、身の丈ほどの高い杖をつき、ゆっくり歩いて来て、ナスンボをほめた、——「万事具合よろし」と。

三年か四年か過ぎた。ナスンボは自由な囚人みたいなもので、外部からはとらわれの身とはわからなかった。彼は片ことのブロークンなロシヤ語を話した。マヤー・リュビーとかなんとか。そして今度はロシヤ人の小娘を追いかけたりした。その頃、ロシヤ人の兵隊たちが満州帝国の征伐に行って、日本人の兵隊を沢山つかまえて帰って来た。方々に捕虜収容所が建てられた。すると誰かがナスンボのことを思い出した、——「あれは蒙古人《モンゴール》で、越境者で、ソビエトの市民ではない、捕虜みたいなものである」と。多分、この官僚的意見が勝ったのだろう。ナスンボはいわゆる暫定的に、日本人軍事捕虜収容所へ入れられることになった。

日本人ばかりの捕虜収容所に、たったひとり、入れられたナスンボは、白い家鴨《あひる》どものガヤガヤする中で、黒い一羽の野雁《のがん》のように孤独だった。

ナスンボは〈神からもらった〉蒙古語のほかは、ロシヤ語が少しわかるだけで、日本語も中国語も知らなかった。ナスンボはもう何年間も蒙古語を話したことがなかった。

ときどき蒙古語でひとりごとを言ったり、寝言《ねごと》を言ったりしたが、だれにもわからなかった。真夜中に遠い屋外便所へ行くとき、ナスンボはなにやら蒙古語の歌みたいなものを唸っていた。

当然ながら、ナスンボは大そう無口になった。ただ、ときどき日本人に物言うときは、ロシヤ語を用いた。

——お前は非文化的《トイ・ニエ・クリトウールノ》だ。

不精ひげをはやして薄汚れた日本人を見ると、ナスンボはこう言った。それというのも、ソビエト化したナスンボは、いつもきれいにひげを剃り、頭髪もきちんと刈り込んで、小綺麗な服装をしていたからである。

けれども、そもそもの初めから万事がこうであったわけではなかった。初めて彼が日本人捕虜収容所に来た当座は、日本人の主計中尉はナスンボにぼろばかり着せた。ナスンボ自身もまばらな不精ひげをはやしていた。まだ寒いころだった。ナスンボは方々の小孔《こあな》から黒や白の山羊の毛がはみ出した、つぎはぎだらけの外套を着て、両袖をマフのようにして手を前に組み、収容所の構内をぶらついていた。彼は見捨てられ、頼りなく、諦めた形だったが、外部からはひときわ目立つ姿だった。そこでソビエトの主計将校の眼にとまったのである。

——お前は何者か?

――モンゴル。

時をうつさず、くだんのソビエト主計将校は廻れ右をして、日本人の主計将校のところへ行き、大きな拳をつきつけて、こう言った。

――お前はソビエトへ来てまでも、弱少民族を圧迫するつもりか、ヨッパイマーチ。

鶴の一声だった。日本の主計中尉殿は今度はナスンボに一番上等な被服ばかり支給した。梱包《こんぽう》がとかれて、そこから出されたばかりの、旧関東軍の一装用の服や靴がナスンボに集中され、とっときの白い羊皮外套までお庫《くら》から持ち出された。

――これならよかろう。

旧関東軍主計中尉は口をゆがめてこう言った。

一変したナスンボはまさに群鶏中の一鶴だった。まったく、服装は人を作る。それにソビエトからの薫陶《くんとう》もよろしきを得たのだろう。ナスンボは眼に見えて、みだしなみがよくなった。何処からかカミソリを手に入れて、いつもきれいにひげを剃り、月に二回も髪を刈った。また天幕生活者独特の器用さで、自分の寝台や棚の上をきちんと片付け、便利快適なる住居にしつらえ、作業から帰って来ると、そこにあぐらをかいて、さもうまそうに悠々とタバコをのんだ。そして曾《かつ》ては彼自身に向ってソビエトから言われたことを日本人に向って言った、――お前は非文化的だ。彼はこのロシヤ語だけは正確にうまく発音することができた。

このようにナスンボは、捕虜収容所の中で、大そう文化的な生活を享受していたのだが、しかしナスンボのいわば野生的な遊牧民の生命までが〈文化的〉になったかどうか、そいつはわからなかった。

ロシヤ人には力がある。日本人にも力がある。蒙古人にも力がある。そして、これらの力はお互いに少しずつその性質がちがっている。ロシヤ人の力はゆっくりとして重い、――いわば重量選手の力だ。ロシヤ人は力のいる仕事をさして苦にしないで、ほとんど無意識のうちに片付けてしまう。日本人の力は軽やかな力で、すーっと、すきまから入ってゆくようなところがある。日本人は重いものにぶつかると、あんまり力を使わないで、片付けようと工夫する。日本人は要領を重んじ、どこを押したら動きやすいかというようなことを考える。ロシヤ人はそういうことをあまり気にかけない。だから日本人はロシヤ人の力を〈馬鹿力〉などと呼んだりする。これは誤解だ。ただロシヤ人は、もっと重いものにぶつかった時、初めて頭をつかい、おもむろに工夫を開始するだけのことである。ところで蒙古人の力はどうだろう？ それは烈《はげ》しくて、火のように燃えている力ではなかろうか？ ナスンボには、なんとなく、そのような力があった。

もともと牛や馬のあいだで大きくなったナスンボは相当の力持ちだったが、この力は猛烈で、柔かいところがなく、非常に固くて筋ばっており、他からはあつかいにくいものだった。それで、日本人と一しょに作業をしても、なかなか調子があわなかった。

──乱暴なやつだ。

日本人は彼を非難した。ナスンボはまたナスンボで、巨大な材木を二人で担いで運搬したりする時、相棒の日本人がよたよたよろめいたりすると、彼は罵詈《ばり》を発した。

──シック、シック。

この掛け声でもあれば罵詈でもある言葉はナスンボ独特のもので、いろんな場合に、彼の口から出て来るのだ。ナスンボは言った。

──シック、シック、俺はよい人間だ。

マヤ・ハラショー・チエラベーク

よい人間とは、もちろん、善良な人間ということだったが、この場合、ナスンボはそれに自分の肉体をも含めて、威張ったのだ。彼は日本人に対し、一種素朴な対抗意識をもっていた。

捕虜たちには旧軍隊の内務班的ないろんな任務が課せられていた。飯上《めしあ》げだとか、不寝番《ふしんばん》だとか、掃除当番だとか。ナスンボは日本人たちと同じ宿舎に寝泊りしてはいたが、こういう任務はすべて彼から免除された。日本人はこれを大なる好意のつもりでいた。ところがナスンボはそれを怠慢であり、尊敬の欠如であると見た。彼は興奮し、憤慨し、班長の前に行って、自分の胸を叩き、──そして、その時もこう言った、──「俺はよい人間だ」と。

そこで、ナスンボはこれらの任務を全部果し、そしてやはり孤独だった。作業では非難され、みずからは例のシック、シックを連発した。

このように、他の連中と調子があわなかったためか、それとも、ソビエト側の特別のはからいによるためか、力持ちのナスンボはかえって軽い作業にまわされた。厩《うまや》の番人だとか、糧秣倉庫の番人だとか。およそ番人などという職業は退役者か病弱者のやることにきまっている。そこでナスンボはより多く椅子に腰かけている身分とはなった。そのくせ、こういう職業にありがちなやくとくにありついて、いつもノルマ以外の余分の食物を摂取し、まるまるとふとっていた。ナスンボはこういう特別待遇に対しては別に異議を申し立てなかった。そして曾ての圧迫民族である日本人は大いにかかるナスンボを羨望し、或る者は彼の御機嫌をとりむすんで、馬鈴薯のおこぼれにありつこうとしたのである。

で、ナスンボは厩の番人をしていたが、馬の世話はみなかった。馬事に精通しているナスンボではあったが、彼の知っているのは、平原に放牧された馬ばかりで、そのためか、彼は、厩の中でもそもそしている馬どもには、なんらの情熱も示さなかった。それかあらぬか、ナスンボは厩で馬具の番ばかりしていた。馬具置場の壁には、巨大な衣裳掛けにも似た木製の釘が沢山植えつけられ、その一つ一つに、専用者である馬の名札がはりつけられてあった。ナスンボはアルファベットを知らなかったが、書かれた馬の名前をあたかも一個の象形文字のように把握し、どれがどの馬の馬具であるか、正確に見当をつけることができた。ロシャ人の労働者がこれをほめた。

――日本人《ヤポン》のくせにロシヤ文字が読める。

――そうだ、だが、この俺は、モンゴルだ。

――どっちだって同じことさ。

――いや、同じものか。

ナスンボは反撥した。しかしこの水かけ論はそれ以上続かなかった。ロシャ人の方がそのまま行ってしまったのだ。

真夜中になると、馬具置場はいっときにぎわった。炭坑の中で働く馬たちは真夜中に交替したからである。馬具をもった馬夫たちが罵詈とともに出たり入ったりした。これが済むと、馬具置場はまたひっそりとなった。そこには三人の男が、壁にしつらえられたベンチに腰かけ、電燈に漠然と照らされていた。一人はナスンボだった。他の二人はロシャ人の馬夫だった。三人ともねむたそうにぼんやりしていて、だまりこくっていた。突然、電燈が消えた。停電だ。暗黒の中でジリジリとパイプを吸う音が聞え、煙草の火が小さな赤信号のように点滅した。馬夫の一人がつぶやいた。

――発電機関車《エネルゴ・ポエズド》の切りかえ試運転だ。

すると、もう一人がそれに応じてつぶやいた。

――また事故かな、人が死んだかもしれん。

再び沈黙と暗黒がつづき、その中でナスンボのあくびする音が聞えた。それから戸外に、遠く微かに、歌声がおこり、それはだんだんと近づいて来た。だんだんと近づいて、厩のすぐ前まで来たかと思うと、通り過ぎて、またダんだんと遠ざかっていった。

　我らは若き戦士
　　プロレタリアの

それは折返し歌っていた。それはすでに民主化された日本人捕虜たちが炭坑から帰営する歌声だった。しかし馬具置場の三人には、それが何と歌っているのか、全然わからなかった。馬夫の一人がまたジリジリとパイプを吸い、そしてつぶやた。

——日本の餓《う》えた狼どもだ。

するとと、もう一人がそれに応じてつぶやいた。

——いや、あれはソビエトの友だ……。

とたんに、電燈がついた。歌声は消えた。ナスンボは立ち上った。

——シック、シック、マヤ、モンゴル。

ナスンボは巨大な毛皮外套《ダハー》を着て、のそのそと馬具置場から出ていった。彼は馬糧倉庫や馬鈴薯貯蔵庫の番人も兼ねていた。彼は夜に何回も戸外へ出て、それらの倉庫の周囲をぐるぐる歩きまわった。厳冬の夜はひそまりかえり、倉庫には巨大な鍵がかかって厳然としていた。だが、どうやら何処かに、ナスンボ用の小さな孔があいているのに違いなかった。というのは、この見張りからナスンボが馬具置場に帰って来た時、彼の携えている袋が凍った馬鈴薯でふくれていたからである。彼はそれをそこに居合わした馬夫たちと仲よくわけあって食べた。

こういうのが、ナスンボの捕虜生活だった。彼は屈託がないように見えた。けれども、要するにそれは、牢獄に入れられていない囚人の生活だった。そしてナスンボ本来の生活はひろびろとした平原の上にあるはずだった……。

＊

秋だった。キャベツのとりいれがすんだ。畑は黒く空虚だった。収穫されたキャベツの山は馬車につまれ、ロシヤ人の馬夫がそれを糧秣倉庫に運んで来た。馬夫は馬を杭につなぎながら、口の中でぶつぶつひとりごとを言っていた。

――また冬が来て、じりじりさせるわい。

糧秣倉庫の中ではナスンボが、運ばれて来たキャベツをとてつもなく大きなたらいの中に入れて、それを大きなショベルで切りきざんでいた。きざまれたキャベツは塩漬けにされ、醱酵桶《はっこうおけ》の中で、やがてすっぱい漬物キャベツに変わるのである。ナスンボは黙々と働いていた。どうやら彼はこういう労働にすっかり慣れたようだった。半地下室の糧秣倉庫には窓が一つもなく、中はずいぶん暗かったが、ただ入口の扉が開かれていて、そこから一筋の光が入り、これが唯一の明りだった。突然、その入り口の明るいところに、人影が射した。

——ナスンボ、来い！

それは命令だった。命令者はソビエトの兵隊だった。ナスンボは道具を投げ出して、その兵隊に従った。兵隊は彼を従えて、すたすたと急ぎ足に収容所へ帰って来た。

——出張《コマンジロフカ》！

ナスンボを待っていた日直将校は手をあげて、笑いながらこう言った。

コマンジロフカとはなんのことか、ナスンボはわからなかったが、とにかく彼は忽《たちま》ちにして秋の服装から冬の服装に早変わりした。そして十日分の食糧を受け取った。これによって彼は十日ばかり何処かへ行くということを理解した。ナスンボは額に汗をかいて、収容所の門前にあるベンチに腰かけ、待っていた。トラックが来た。それにはまた彼の命令者である別のソビエト兵が既に乗っていた。

——乗れ。

ナスンボは乗った。トラックは動き出して、はげしく急転し、突進し、収容所は遠ざかった。

——何処へ？

——こちらからあちらへ。

ソビエト兵は笑いながらこう言って、トラックの進む方向を指さし、糧秣を入れた麻袋の上にどっかり腰をおろした。こうやって彼はトラックが跳ねあがる度に、馬の反動でも抜くように、ときどき腰をうかし、口笛をふいた。

——ここから四百キロ。

兵隊はこう説明したが、ナスンボにはわからなかったし、彼にはどっちだってよいことだった。ナスンボは積んであるテントの上にあぐらをかき、まるで初めて汽車に乗った子供のように、眼を見開いて眼前に現われるものを眺めた。

トラックはまず広大な高原を越えて走った。途中、ナスンボは数人の女を見た。彼女らは大きな袋を背負《しょ》い、はだしで、厚い胸を張り、自然木の杖をついて、遠い山から木の実《ヤゴダ》を採集して、下りて来たのだった。彼女らは二部合唱で歌を歌っていたが、トラックの上の男を見ると、歌をやめて手を振った。ナスンボは手を振らなかった。彼はただ口の中でもぐもぐつぶやいた、——「こんにちは……さようなら」兵隊の方はさかんに手を振り、口笛を吹き、なにやら大声でわめいた。トラックは突進し、たちまち遠ざかった。

高原を越えると、今度は大きな湖だった。トラックはその岸辺にそって疾走した。ナスンボは久しぶりで湖というものを見た。湖は水ばかりだった。湖上には帆影一つなく、非常に明るく澄んでいて、雲一つない青空をうつしていた。それからナスンボは、トラックが追い越した二人の人物を見た、この二人は夫婦者らしかった。男は馬鈴薯を積みあげた車をひいており、女があとから押していた。彼らとトラックとは今度は挨拶をかわさずに、たちまちにして遠ざかった。

ナスンボは太陽がもう午後に入ったのを見た。彼は振動のはげしい後部にあぐらをかいていたが、一向平気で尻をおちつけ、あんまり身動きもしないで、景色が次々と変わるのを見送った。トラックは大きな町の中を走っていた。そこには五階も四階もある家が立ちならんでいた。町のまん中でトラックは二分間ほど停止した。そのとき、道ばたに白い美しい家があって、窓々をすっかり開け放って、その中で子供たちが楽器を鳴らしているのが見えた。またその音楽も聞えた。トラックはまるでそれを聞くために停止したのかと思われた。が、直ぐそれは突進を開始し、音楽は聞えなくなった。それからナスンボは、町角の複雑な彫刻を一面に施した古ぼけた一軒の家に、人々が出たり入ったりしているのを見た。出て来る人はみんなパンを小脇にかかえていた。それからナスンボは給水所を見た。それは小さな小屋だったが、太いのと細いのと、二本の給水管が出ていて、そこから豊富な地下水が溢《あふ》れ流れていた。タンクを積んだ馬車と桶をもった小娘がそれらの水を受け取っていた。トラックは疾走した。

町を出ると、松林だった。道路はよく舗装されていた。登りになった。山を越えた。道路は今度は舗装されていなかった。また峠を越えた。野原へ出た。そこで、初めてトラックはぴたりと停止し、運転台から運転手がおりて来た。ナスンボはそこで初めて、この速度の支配者を見たが、それは青い上下続きの作業服を着た小柄な人物だった。彼は「休息！」と命令口調で言った。

それから、はめている指無手袋を脱ぎながらこう言った。

――この素晴しい手袋は、女房が徹夜して作ってくれたんだ。

兵隊も下車して野原から花を摘んで来た。彼らは二人、道ばたに並んで寝そべり煙草を吸った。運転手は片手に捲煙草《まきたばこ》、片手に花をもって、それを交互に口へもっていったり、鼻へもっていったりしたが、急に立上って、花を捨て、煙草の吸いのこりをナスンボに投げてよこした。突進また突進が開始された。

野原には、そこだけ草の生えていない二本の車輪の跡があり、トラックはその上を疾走した。それから突如、方向を変え、道のない草原をつっ走った。それから、小さな川の中へ入り、水しぶきをあげて横切ると、たちまち立派な街道の上に出た。トラックは疾走した。その街道の上には一定の間隔をおいて白い標識が並んで立っていて、それには一つ一つ、数字が記されてあった。兵隊が数字を読みあげた。その数字はトラックが進むにつれて少なくなった。三百、二百九十九、二百九十八、二百九十七、……という具合にトラックは零に向って進んでいった。突如としてまた方向を変え、街道からそれて、道のない野原へ入っていった。やがて広々とした畑のそばを突進した。畑では馬鈴薯のとり入れが行われ、コンバインが動き、また草原では労働班が乾草堆をつんでいた。人々は野営して働いているらしく天幕が張ってあった。その前の湯気のたちのぼるスープを啜《すす》っている幾人かの男女もいた。通りすがりに、車上の兵隊が叫んだ。

——結構な食欲で！

——一緒にあがりませんか？

若い女が起ち上り、こう叫んで、手を振った。トラックは疾走した。そして再び街道に出て進んでゆくうち、河の岸に出た。河の岸は幅ひろく、ゆっくり流れていた。渡船が待っていた。トラックはそれに乗って、河を渡った。それから河沿いに遡《さかのぼ》った。給水塔のある小さな駅の前で小休止した。夕ぐれ近い明るい太陽が斜めに輝いた。トラックは今度はいきなり野原の中へ入っていった。が、そこにはもう畑はなかった。それはナスンボの生れた平原に似ていた。朝からさまざまなものを見て来たナスンボの眼は、ここでただ平らな草地を見た。トラックは羊の大群の中へ入っていった。羊たちは啼《な》きながら散らばった。遠くの方から番人が馬を飛ばして、トラックを追いかけて来た。トラックは疾走し、あたりは再び静かになって、羊の大群はやがて、遠く白い小さな斑点としか見えなかった。そしてそれが夕ぐれの暗の中に消えてしまった。夜が近づいていた。

トラックは平野を疾走し、また疾走した。ナスンボは眠たくなった。

夜とともに小さな町の中へ入って行ったトラックは速度をゆるめた。ナスンボはぼんやりと家々の明りを見た。それから眠りをはらいのけるように頭を振って眼を見張った。それはまことに小さな静かな町で、街路は一本しかないようだった。窓口からの光が道の上に縞《しま》を描き出して、その上をまばらに数名の人々が歩いていた。ナスンボは夢で故郷へ帰ったような気がした。ただ、長いあいだ故郷をはなれていて、今、帰ってみると、むかしは平原に遊牧していた一族の人々が、今は定住し、平和な町を作り、むかしよりも遥かにゆたかな生活をしているように思われた。ナスンボは眼をみはった。窓々の中には人々が食卓について食事しているところや、また湯沸し器やミシンなどもちらりと見え、ナスンボの知っている普通のロシヤ人の町と少しも変わらなかったが、ただ奇妙なことに、この町では男も女もみな蒙古人の服装をしているように見えた。気のせいか、どこからともなく、革くさい匂いがかすかにただよって来たが、これこそまさにナスンボにとって大へん親しみ深い匂いだった。彼は眼をみはった。街路に射している電燈の光の中を、短いチョッキを着て、長いゆるやかな蒙古風のスカートをつけた少女が歩いていた。

非常に速度をゆるめた運転手は通行人の一人に声をかけた。ナスンボは思わず耳をすました。突然、蒙古語が聞えて来そうだった。彼は一瞬、自分はここでおろされるのではないかと思って、兵隊の方を見た。兵隊は外套をかぶって寝ころんでいた。そして、一方、通行人から聞えて来るのは、ナスンボにはよく解らない、流ちょうな早口なロシヤ語であった。と、同時にトラックは速度を増して、再び突進を開始した。小さな町の燈火は見る見るうちに夜のかなたに没してしまった。トラックは真暗な冷い夜気の中を長いこと疾走し、やがてぴたりと停止した。あたりは広々とした暗黒だった。トラックはヘッドライトをつけて、草を照らし、すぐまた消した。ナスンボはトラックが走り出すのを待っていたが、それは停止したきりで、やがて運転台の中からいびきが聞えて来た。すると、車の上で今まで眠っていた兵隊がつぶやいた。

——ここで夜泊だ。

運転手は運転台の中に横たわって、ぐっすり眠りこんでいた。ナスンボと兵隊はトラックに積んで来た薪をたいて、野営のかがり火をつくり、馬鈴薯を焼いて食い、外套にくるまって、火のほとりに寝ころがった。二人は交代で起きていて、火の番をしなくてはならなかった。蒙古人ナスンボはさっきから空を見ていた。空には沢山の星が出ていて、いわゆる星月夜《ほしづきよ》だった。流星も光った。ナスンボが一つの星を指さして言った。

——あの星があすこまでゆくあいだ、わしが起きている、お前はねろ。

——よろしい、だが、お前がさきにねろ。

ナスンボは犬のようにまるくなり、外套で身体をつつんだ。眠りかけた彼の耳に、兵隊が薪を火にくべて、低い声で歌っているのが聞えた。

ギターを取って絃を張れ

兵隊の歌を歌たおう

ナスンボは眠った。それから揺すり起こされた。星は移動していた。彼は明け方まで火の番をした。明るくなると、トラックはもう突進を開始した。それは初め、道のない平野を進み、それから一本の街路に出会い、その上を疾走していったが、やがて停止した。道路がそこで二つにわかれていたのだ。運転手は煙草に火をつけ、わかれ路に立って、二本の道を見くらべた。あたりは荒涼として静かだった。ナスンボのさとい耳は、突然、蹄の音を聞いた。道路の一つは、小高い岡をこえていたが、その岡のかげから、馬上の人間があらわれ、だくでこちらに近づいて来た。それは非常に若い男で、ロシヤ風の労働服を着ていたが、その顔は黒くて、顴骨《かんこつ》が高く、蒙古人としか思われなかった。運転手が彼に道をきいた。彼は手に持った鞭《むち》で道をさした。運転手は運転台に乗った。再び疾走が開始されようとする短い間《ま》。兵隊が馬上の男に、ナスンボを指さして言った。

――これはお前の兄弟だ、蒙古人だ。

男は白い歯をむき出して、ナスンボを見た。

――うそをつけ、日本人さ。

兵隊はナスンボに言った。

――お前、蒙古語でこの男に話してみろ。

しかしナスンボは何故かはずかしそうにためらい黙っていた。唇がこまかくふるえた。男は馬に一鞭あてると、今度はギャロップで振り向きもせず、疾駆して立ち去った。同時にトラックは反対の方向へ突進した。両者は見るまに遠ざかった。

……大分進んでから、兵隊はうしろを振向いた。ナスンボは車上になかった。彼はトラックから跳びおりて、馬上の男を追いかけていたのだ。すでに小高い岡を越えて、ナスンボの姿は見えなくなった。兵隊は運転台の屋根を叩いて非常信号を発した。

――モンゴールが逃げた。引返せ！

トラックは忽ち道路から出て、野原の上をまわり、引返してフルスピードでナスンボを追いかけ、追いついた。ナスンボは立ちどまって、遠くに歩みをゆるめ、だが振向きもせず去ってゆく馬上の人影を眺めていた。彼は簡単につかまってしまった。

――ヨッパイマーチ、乗れ。

兵隊は罵りながらも、微笑して、こう命令した。

予定通り十日間の出張をおえて帰って来た彼は、ソビエト側の取調べをうけ、間もなくこの収容所から姿を消してしまった。その調書にはこう書いてあった。

「兵士サブーロフの報告によれば、蒙古人ナスンボは乾草運搬のため出張の途次、アガ・ブリヤート蒙古民族管区通過中逃亡せんとしたり。ナスンボは目下、日本人捕虜収容所に収容されあるも、兵隊にあらず、警察官にあらず、ハルヒンゴルの戦闘直後、不幸にして捉えられたる越境者の一人なり、もとより単純なる牧民にして……云々」

ナスンボはしかし、直ぐには解放されなかった。彼はまず、日本軍にやとわれた蒙古兵捕虜の収容されていた収容所に身柄をうつされ、そこで教育をうけ、そこから仲間たちと共に復員したのである。彼はその平原に復帰した。おそらくは人民共和国の一牧民として元気に働いていることであろう。シック、シック、ナスンボ、彼はよい人間だった。

勲章

1 大隊長、ソ連軍の忠告に耳をかさざること

佐藤少佐は不幸にして捕虜となったのだが、大へん威張っていた。といっても、捕虜だったからではなくして、大隊長だったからだが、しかし更に不幸なことには、彼は自分が捕虜であることをはっきりと意識しなかったようである。というのも、この方が都合がよかったからであろうが、彼は先ず以てその大隊長意識にすっかり支配されていた。彼は沢山の自家用軍隊行李《こうり》を、これまた捕虜である兵隊たちに背負わしてシベリヤに入り、そこで或る収容所に収容されたのだが、当時この大隊はそっくり旧軍隊の組織を保持していた。もちろん佐藤少佐はこれを当然のことと心得て、あらゆる大隊長の特権を行使し、自分の部屋と自分の食事と自分の兵隊を私有し、万事につけ、威厳あって慈

愛深き父として振舞うことをやめなかったが、しかし内心は何よりもこの軍隊組織の崩壊を恐れていた。そこで先ず彼は将校階級の堅塁《けんるい》を固めるために細心の注意を払って、将校たちをば全部集めて一つの宿舎に住まわせ、その中央の一室に彼が陣取って、いささか意を強うしたのである。この将校たちには、学徒出身の見習士官（ちなみに、彼らはシベリヤにおいて大隊長により光栄にも少尉に昇進させられたが）に至るまで、当番というものが付けられていた。この当番という名称の下男は、大隊長には一人専属、その他の将校たちには、あらゆる階級序列に従い、二人に一人、三人に一人、或いは四人に一人という具合だった。食事時ともなると、将校宿舎は膳を捧げ持って行ったり来たりする当番たちで賑わったが、この時ならぬホテル風景に、ソ軍の収容所長は眼をみはって、極めて丁重に佐藤少佐に進言したものである。

「大隊長殿、将校たちを兵隊たちと一緒に住まわせたらいかがです？　その方が彼らにいつも接触し、彼らの士気を知るのによいと思いますが」

しかし佐藤少佐はこの尤《もっと》もな意見を頑強に拒否して、一つ事を繰返した。

「いや、いけない。それは将校の威厳を傷つけるものだ」

これを聞いて、収容所長はあっさり引込んだが、同時にかすかに皮肉な微笑を浮べて言った。

「それなら、それでいいです。まあ見てみましょう」

佐藤少佐は平然とこれを聞き流していたが、この（見てみよう）という言葉には（気をつけろ）という意味があることを知る由もなかった。

で、このように、そこには軍隊内務令が施行され、陸軍礼式法が遵守されていたが、ただ衛兵所というものは存在しなかった。いうまでもなく、門は赤軍兵士のイワンやニコライに占められていたからである。佐藤少佐は何としても、これを諦め切れなかった。そこで彼はとうとう意を決して、と言うのは何としてもやはり気がひけたからだが、彼の部屋の前に番兵を置くことにした。しかしこれとても人員の都合もあり、ソ軍への気兼ねもあって、日中はどうしても不可能だったから、夜だけ本部不寝番という名目で立てることにしたのだった。日中は労働で疲労した兵隊が、一時間交代で終夜彼の扉の外に直立していた。部屋の中からは大隊長の鼾《いびき》がかすかに聞えて来た。そしてときおり、この鼾が止《や》んだかと思うと、上靴の音がかつかつと響いて、大隊長が小便をしに現れるのだった。兵隊は直立不動で挙手の敬礼をした。佐藤少佐は満足げにじろりと横目でそれを眺め、且《かつ》はそれが陸軍礼式法にかなっているかどうかをしらべたのである。彼は一晩に五、六回は必ず起きるという噂だった。年齢のせいで、膀胱括約筋《ぼうこうかつやくきん》がたるんでいたせいかもしれないが、いや、それとも単に敬礼を受けるために……、そうだ、誰がそうでなかったと断言できようか？　彼は、がんじがらめの軍隊組織の中で兵隊の挙げる手を、自分の人格に対する尊敬のしるしであると誤解していたからである。

彼は何とか流の達筆をふるって「協力一致、堅忍不抜」と墨痕《ぼっこん》鮮やかに書いて、これを各兵室に麗々しく掲げさせ、これを彼の統率方針であると称していた。けれども本当の統率方針は、彼がよく副官に向って口癖のように呟《つぶや》いた言葉の中に要約されていたようである、――（決して軍の建制を乱してはいけない。）思うに、これは天皇制における天皇の如く、大隊組織あっての大隊長であってみれば、彼としては、極めて当然の、いわば本能的な、最も賢明な方針であったと言わなくてはならなかった。

2　民心収攬《しゅうらん》の要諦

入ソしてから間もないころだった、夜に雪が降ったが、この空気が凍って出来たかと思われる軽やかな雪は、降ると同時に風に吹かれて忽《たちま》ち消えてしまった。朝、風はやんだが、気温は零下二十五度をくだっていた。兵隊たちはお粗末な防寒外套にくるまり、防寒帽のたれをおろして、寒々と足ぶみしながら、収容所内の広場に集合していた。彼らはみな、不慣れな作業に出発しようとしていたのである。その時突然「気をつけ！」の号令がかかって、大隊長が一段と高い所に出現したのだった。彼は暖かな下着類を沢山着込んでいて、外套は着用せず、帽子も普通の戦闘帽で、耳を大気にさらしていた。つまり精神一到何ごとかならざらんとばかり、シベリヤの寒気を物ともしなかったのである。で、彼は兵隊たちの不動の姿勢を解いて、親切にもみなを休ませ、さて一場の訓示をこころみた。元来彼は長々と演説することを快楽としたが、しかしその時は寒かったのと、また幸いにして出発時刻が迫っていたので、五分位しか続かなかった。その要旨は次のようなものだった、——「我々は天皇陛下の御命令により、厳寒のシベリヤへ鍛錬のため、作業に来たものである。しかして、あと三ヵ月すれば、帰国を命ぜられるはずである。よく身体に気をつけて、陛下の御心を体し、協力一致、堅忍不抜、日本人の面目を発揮せよ」こう言って彼は兵隊たちの頭中《かしらなか》の敬礼に軽く挙手して答礼した。兵隊たちは、だんだんと明るくなる、だが依然として寒い朝の大気の中を作業に出発していった。彼らはみな頭《こうべ》を垂れて、前の者の重たい足を見ながら歩いた。一方大隊長はその大隊長室へ帰っていったが、そこには彼の忠実なる当番がペーチカを暖く燃やしていた。彼はまた、そこで特別食なるものを食いちらしていたが、一方、若い新兵たちは、夜こっそりと炊事裏の残飯をあさっていたものである。

彼が三ヵ月すれば帰国が命ぜられると言ったのは、別に根拠のあることではなかった。ただ何となく、そう言う気がしただけだった、恐らく神・天皇が彼・シャーマンに乗りうつって賜わった有難い神託だったのだろう。そして先ず彼がこれを信じたのである。何故なら、それ、信仰はその欲するところを信じ、見ぬものを真《まこと》とするからだ。兵隊たちはもちろん、帰国の日の一日も早からんことを望んだから、この三ヵ月帰国説は忽ち民心を収攬し、彼は大体において所期の目的を達したわけだった。

この歴史的演説をしてから三カ月のうちに、収容所の中には若干の変化が見られた。その一つは下士官階級というものが消滅したことである。彼らは肩章こそ後生大事につけていたが、実際は兵隊に没落してしまった。曹長殿といえど、下士官である以上、この例に洩れなかった。彼らは内心不平不満で、殊《こと》にも学徒の将校を憎悪していた、――(何でい、シベリヤ少尉のくせに、当番など使いやがって。)そして口に出しては、冗談くさくこう言った。

「俺も学校くらい出ておけばよかったわい」

彼らは日和見主義者であって、その後、ソ連側から差し出された革命指導の運動にも直ぐには応ずることが出来なかった。この運動の主体である民主主義団体「友の会」なるものがいよいよ権力を握ることが明らかになり出した時、彼らは初めてそれに入って来て、長《ちょう》と名のつくものになろうとしたのだったが、この「友の会」革命はいわば過渡的なブルジョワ革命であって、プロレタリア革命成就後、間もなく彼らは粛清された。

それはさて、もう一つの変化は、三カ月帰国説が消滅したことであった。収容所の設備は着々と整備されて恒久的な様相を帯び、あらゆる特殊技能者はそれぞれの職場につかされて作業編成は確立された。このように生活の安定して来ることが兵隊たちを不安にした。というのは帰国の望みが薄らいだからだが、佐藤少佐は彼らの民心を収攬するのに、もう早期帰国説は通用しないことを悟った。そこで彼は給与改良問題を提《ひっさ》げて登場したのである。兵隊たちは餓えていた。空腹が彼らに、喧嘩、詐欺、窃盗を働かせていた。若《も》しも彼らの食糧を五十グラムでも増すことのできる人がいたら、その人は彼らの絶大なる信任を獲得したであろう。そこで佐藤少佐は今度は副官を従えて各兵舎を遊説して廻った。

「現在の給与は自動車に五キロ分のガソリンしか与えないで十キロ走れということである。自分は必ずやソ連側に折衝して、この不合理を是正させよう」

彼はこのガソリン不足説を収容所長にしつこく説いたが、その度にあっさりと拒絶された、——（国家で定められたものを、私個人で変えるわけにはゆきません。）こう言われたが、少佐はあたかも会談がうまく進展しそうだという印象を兵隊たちに与えようと試み、こう言った。

「ロスは野蛮人だ。しかし至誠《しせい》をもってこれに臨めば必ずやわからせることが出来る。上部機関の許可さえあれば、給与は近く改良されるはずだ」

3　七つある筈《はず》の行李が六つしかないこと

或る日のこと、もうそろそろ春で、日中は地面が溶けかかり、それが夕暮にはまた凍りついてしまう頃だったが、突然一人の見知らぬソ軍将校が現われた。彼は年のころ二十五、六。白皙碧眼《はくせきへきがん》、長身にパッドの沢山入った長い外套を着ていた。彼は通訳を従え、大隊長室をノックして、きびきびした動作で、返事を待たず入って来た。少佐はその時、机に向って古ぼけた「キング」を読んでいたが、少しも愕《おどろ》かず、徐《おもむ》ろに立上って、この堂々たる外国将校と外交的握手をするべく慇懃《いんぎん》に手を差し伸ばした。しかしソ軍将校の方はそれに気がつかなかったかどうか、ただあっさりと挙手の礼をしたのだった。佐藤少佐は、まさかこの見知らぬ美しい若い将校から帰国命令が伝えられるとは思わなかったが、しかし何となく状勢の好転が来たように感じ、ありたけの愛嬌笑を浮べて、相手の顔を見たのだが、その青い眼は無愛想な冷いものだった。二人は向い合って腰をおろした。

彼の通訳はあばた面の朝鮮人だったが、すっかりソ軍の軍服に身を包んでいた。彼はテーブルの側面、二人の中間に座を占めて、やや暫《しばら》く黙っていたが、やがて立派な日本語で話し出した。あたかも言うことは初めから決っているかのように。

「佐藤少佐ですね。あなたは幾つ行李を持って来ましたか？」

「六つ」と少佐は答えた。

「全部見せて頂きます」

佐藤少佐は忽ち防禦《ぼうぎょ》の構えになった。

「ここへ入る時、見たではないか！」

するとは見知らぬ将校は身体を乗り出して、人差指を挙げ、少佐の眼前に威嚇的に振った。一方、朝鮮人の口から例の極《きま》り文句が聞えて来たのである。

「佐藤少佐、忘れてはいけません。あなたは当地に旅行して来られたのではありません、あなたは連れて来られたのです」

佐藤少佐は当番を呼んで行李を六つ持って来させた。

若い将校は全く事務的になり、佐藤少佐などもう眼中になく、机をどけて少佐を立たせ、その後にどかりと腰かけて、それから当番に命じて行李を一つ一つ開けさせた。開かれた行李から、通訳は中味の物品を一つ一つ丁寧に取り出して、それをはっきりと示すため、将校の眼前につき出したり、ひろげたりした。将校はそれを手に取らず、ただ見るだけで、物品の名を正確に発音して、帳面に控え取った。この儀式は初めのうちは厳粛に執行されたが、やがて苦笑なしには済まなかった。というのは少佐夫人の所有とおぼしき、うす汚れたシュミーズやらズロースやら、はては衛生サックと称するものまで出て来たからである。佐藤少佐は終始一貫非常に緊張していた。彼はただただ没収を恐れたのだった。しかし以上の品々は別に問題にならなかったので、少佐は安心しかけたが、最後にポルノグラーフィヤと阿片《あへん》とが没収されてしまった。この阿片は少佐が吸引したものではなく、彼はそれを満州で、中国人から捲《ま》き上げ、誰かに売りつけようと思って、取っておいたものだった。やがて行李は元通りしまわれ、当番によって運び去られ、少佐は一《ひ》と先《ま》ずほっとしたわけだが、その時、ソ軍将校の青い眼差しがじっと彼の顔に注がれ、一方、朝鮮人の口から聞きなれるにつれ微かに妙なアクセントのある日本語が聞えて来たのである。

「佐藤少佐、もう一つ行李があるはずです、あれを出しなさい」

「いや、これで全部だ、ここへ入る時、見たではないか！」

すると再び、碧眼の将校は人差指を挙げて手を彼の眼前に振り、今度は面と向ってロシヤ語で言った。

「貴様《トィ》、嘘つけ《ウリヨーシュ》！」

これは遺憾ながら少佐の理解する少数のロシヤ語の一つだった。

しかし少佐は頑張った。そして絶対に六つ以上の行李は持って来なかったと断言した。そこで将校が眼くばせすると、朝鮮人が言った、すべては予定通り運んでいるかのように。

「よろしい、わかった、では今度は勲章を見せなさい」

この言葉を聞いて、佐藤少佐は安心と同時に、我にもあらず、得意の感じがしたのであった。彼は机の抽斗《ひきだし》の奥に蔵《しま》われた図嚢《ずのう》の中から、白いふくさに包まれたものをおもむろに取出し、それを一旦机の上に安置させてから、あたかもむかし勅語の包みをほどいた時のように、ありがたそうに開いたが、その中からは、勲章さしに付けられて、胸に佩用《はいよう》するばかりになった、ずっしりと重い燦然《さんぜん》たる勲章が現われた。

ロシヤ人の将校はあきらかに好奇心を示してそれを手に取って見たが、直ぐ少佐に渡してばらばらに外させた。それから、それを一つ一つ順々に取り上げて少佐の説明を求めた。

「これは何という勲章か？」

「旭日瑞宝章《きよくじつずいほうしよう》」

「これは？」

「旭日瑞宝章」

「これは？」

「旭日瑞宝章」

「これは？」

「旭日……」

「ああ、どうして同じものを幾つも貰《もら》ったか？」

少佐は説明した。それらは同じものではなく、だんだんと位が高くなっているのだ、と。

「どうして位が高くなったか？」

「それは、御奉公が長くなったからだ」

つまり彼は年功によってそれらを貰ったわけだ。その時、通訳が尋ねた。

「あなたは軍隊に何年いるか？」

「三十年」

佐藤少佐は五十歳くらいだった。彼は兵隊上りの将校だったのである。民衆出のワンマンというわけだ。ソ軍将校はすべてを細大洩さず非常なスピードで書き止めた。

次に支那《しな》事変従軍章というものが現われた。するとソ軍将校は忽ち攻撃した。

「お前はシナでシナの人民を何人殺したか？」

「いや、軍馬輸送に一カ月出張しただけだ」

攻撃は忽ち軽蔑の笑いに変った。

少佐は、そのほか、満州事変記念章だとか、赤十字会員章だとかいろんながらくたを勲章さしにつけていた。ソ軍将校はそれをみんなその帳面に記載した。それから少佐の顔を皮肉な微笑を浮べて見ながら、低い声で何やら呟いた。それは非常に低く、聞えぬくらいだったが、言われるそばからはっきりとした日本語となって朝鮮人の口から出て来たのである。

「こんなものはみな、何の価値もないものだ。誰だって長くおれば貰えるものか、或いは金を出せば買えるものだ」

しかし少佐は少しも屈辱を感じなかった。彼はいかなる屈辱をもそれを感ずる前に、ちゃんと別のものに転換してしまう特別の才能にめぐまれていたのである。で、彼は一層激しい軽蔑の表情を浮べ通訳の方へ向き直った。

「そんなことを言っても、しようがないだろう。俺のせいではないのだ。すべては陛下の御命令による」

しかし通訳は全然とり合わなかった。ソ軍将校が通訳にきいた。

「何と言ったのかね？」

「これは天皇《インペラートル》の贈り物だって」

するとソ軍将校は立ち上って、腹をつき出すと同時に猫背になり、そして言った。

「あーそー、あーそー」

通訳は笑った。少佐には何のことか判らなかったが、これは日本天皇の真似だったのである。当時ソビエトの新聞に天皇の記事が出ていた。それには神の衣を脱ぎ、民主化された天皇がモーニング姿で町へ出て、民衆に向い、（あーそー、あーそー）と言うと書いてあった。そしてそれにはロシヤ語の（ヴォト・カーク）という訳が附《ふ》してあった。

少佐は心中思った、――（こいつらは自分に都合のわるいことは聞かないのだ、ずるい奴らだ。）そして恭々《うやうや》しく勲章を勲章さしにつけて、ふくさに包み始めた。彼は天上の鶴よりも手中の山雀《やまがら》を尊重するのみか、手中の山雀を天上の鶴と見立てていたのである。

ソ軍将校と通訳が帰ると入れちがいに当番が入って来た。これは少佐の女中であり、よく肥えた飼犬であり、打明話の聞き手であり、部下中の部下だった。この丸々と太った、手先の器用な若い兵長は少佐の顔を横の方から、ずるそうな眼で見ながら、他人のいる前では口にしない、親しげな言葉づかいをした。

「大隊長殿、全くひどい奴らですねえ」

これを聞いて佐藤少佐は無理な笑いを浮べて言った。

「欲しいやつには呉《く》れてやるさ」

しかし彼は、あの阿片が相当の値段になることを思うと、心中何としても残念でたまらなかった。

4　ボロコフ中尉の颯爽《さっそう》たる登場

それから数日経つと、天長節で休みだった。いや、休みだったのは、その日が日曜日だったからで、天長節とは何ら関係がなかったのだが、しかし少佐は天長節なるが故に休みだと思ったのだった。で、久しぶりに訓示を兼ねて、兵隊たちに一場の天長節講話をやろうと思いついた。というよりそれは彼に仕込まれた一種の習性であり、彼のせいではなかったと言うべきだろうが、ともかく彼は副官に命じて全員を広場に集合させた。その日は突然訪れた非常によい天気の日で、日は暖かだったが、風は寒かった。兵隊たちは一応隊伍を組んで集って来たが、どれもだらだらした動作で、軍隊の俤《おもかげ》はなく、どう見ても烏合《うごう》の衆《しゅう》だった。彼らは広場に集ると地べたに坐り、寒そうに日向ぼっこをして、方々でぼそぼそ話していたが、その話題たるや、哀れなるかな、いろんな食物の作り方だった。彼らは微に入り細を穿《うが》って話していた。やれ秋田の切タンポのしたじはどうの、やれサバのすしはどうの、と彼らはウンチクを傾けた。そして結局のところは、ボタ餅とオハギはどう違うかという論争になったのである。

一方、少佐は楽屋で、というのは大隊長室で身仕度をしていた。彼は先ず当番に長靴をぴかぴかに磨かせた。彼は大礼服を持っていたかどうかわからないが、とにかくシベリヤには持参していなかった。しかし大礼服用の肩章だけは後生大事に持っていた。それは金モールを太い縄のように編んだ巨大なものだった。彼はこれを肩の上に戴き、胸には例の勲章の一群を佩用し、そして腰には伝家《でんか》の宝刀《ほうとう》をぶら下げたいところだったが、この三種の神器の一つはソ軍に取り上げられてしまったのだった。もっとも少佐は、それを彼のシベリヤ滞在中、ソ連政府に預けたものと考えていたけれど。

少佐は着装しながら、講話に使うべきいろんな言葉を捻出していた、例えば「遽止《きょし》急進を戒《いま》しむ」だとか「風声鶴唳《ふうせいかくれい》」だとか、それから「堪《た》え難きをしのび」だとか。

さて着装を完了した彼は白い手袋をはめ、丸腰で、長靴にぶつかる大刀のない空虚を感じながらも、悠々と歩を運んで、広場に現われた。そこには半分地下に埋もれた倉庫があり、その屋根の上には地面から直接に登ることが出来た。そしてそれは広場がかすかに傾斜した、その一番下のところに立っていたから、広場に人々が集合してその方に向くと、それはあたかも舞台のように見えた。少佐はこの舞台の上へ、白い手を背後に組んで、登って行った。副官が全員起立の号令をかけた。兵隊たちはしばし食べ物の話を中止して立ち上った。

これらのことが行われている一方、視野の広い観察者ならば、柵外に一つのことが行われているのを見たことであろう。即ち一頭の馬が遠くの町から土埃をたてて疾駆して来たのだ。そして丁度、少佐が舞台の正面に立ち、頭中《かしらなか》の号令が済み、少佐が全員に「休め」の許可を与え、さて、これから天長節講話が始まろうとしていた時、馬は門前に来て止まっていた。そして馬から人間が下りて来たのである。見ると、それはあの見知らぬ若いソ軍の将校だった。いやもう見知らぬ将校ではなく、それはボロコフという名の、政治部員の中尉だったのである。

ボロコフは非常に迅速な行動をした。彼は馬から飛び下りると同時に、門から駆け込み、そしてもう倉庫の屋根に登っていた。彼はそこで兵隊たちに解散を命ずると共に、少佐の腕をつかんで引きずりおろしてしまった。兵隊たちは、権力がいずこにあるかをはっきりと見せつけられたのである。兵隊たちはだらだらと宿舎へ帰っていった。彼らの感情は複雑だった。少佐に同情を感じたものもあれば、「あの馬鹿少佐が」と呟くものもいた。が、概して論評を避け、又しても食べ物の製造法に話題は立ち返ったのである。

一方、少佐は衛兵所の小屋へ連れてゆかれ、そこでボロコフからロシヤ語で何やら長々と言われたが、もともと彼には何のことかわからなかった。それから彼は兵隊のいなくなったがらんとした広場を横切って大隊長室へ帰っていったが、その時、卒然として、まことに「堪え難きをしのばなくてはならぬ」と思ったのである。

部屋には当番がうなだれて彼の帰りを待っていた。またしても、ずるそうな眼が同情深く横あいから彼にそそがれた。彼はここぞとばかり毅然たる態度を示した。彼は、自分の受けた非礼などは取るに足りない、どうせあのボロカスとやらがやらかすことだ、しかしまことに天皇陛下に対し相済まないことをしたと思い、ここに問題のあらゆる解決と共に、慰安を求め、そして求めたものをちゃんと見出したのだった。彼はそこで、当番の眼差しを背後に感じながら東方を遥拝《ようはい》し、うなだれて片腕をあげて袖に当て、泣いているかのように見えた。これを見て、当番はそっと部屋から出て行った。当番が出て行くとすぐに少佐は泣くのを、というより恐らく泣くふりをやめて、机に向かって腰かけた。机の上には読みさしの古雑誌が開かれており、彼はそれに眼をぼんやり注いだが、読みはしなかった。彼は卒然、霊感を受けた如く考えていた——そうだ、自分は兵隊を集合させる許可を収容所長から受けてやったではないか、然るにそれをあのボロカスが防碍《ぼうがい》する、一体あの若僧は全然知らずにやったのであろうか、何とロスの軍隊というものは相互の連絡がわるいものだろう！　それとも、政治部員というものにはああいう権限が与えられているのだろうか。いや、いや、待てよ、まず自分に兵隊を集合させる許可を与える。それから衛兵所の兵士に指示を与えておいて電話で連絡する。そして自分が出て来るころを見計ってボロカスがやって来る。そうだ、自分が演説しようとしているところを、みんなの前で引きずりおろす、うむ、……すべては計画的に、……こいつは油断がならないぞ。……彼がこんなことを考えているところへ、副官が入って来て言った。

「大隊長、どうも、ロシヤは野蛮国ですな」

少佐はもう聞いていなかった。彼は口の中で言っていた。

「うん、いや、副官、絶対に軍の建制をみだしてはいけないぞ」

だが、彼の頼りにしていたこの建制なるものは、内部から崩れつつあった。

5　非常呼集

天長節の翌日は雨が降った。それは夜が明けると共に静かに降り出して、一日中降り続け、夕方になって初めて止《や》んだ。その時、それまで空全体を覆うていた雲が全部、西の方に集って、種々様々な、怪奇にして雄大な形を作り出し、太陽はむこうにかくれて、急に明るくなった光芒《こうぼう》を放ちながら、じっとそこに静止しているように見えたが、実は不思議な速度を持っていて、見直すともう沈んでいた。黄昏《たそがれ》が捕虜収容所を包み、やがて捕虜たちは早くから眠りについた。

佐藤少佐が大へん無念に思ったことだが、旧軍隊のラッパはもう鳴らすことができなかった。といっても、別にソ軍側によって禁じられたわけではなく、満州を出発する時、行李に入れるのを忘れたためだった。で、収容所構内の中心とおぼしきあたりに、ラッパの代用として、巨大なレールの断片がぶら下っており、起床時間が来ると、大隊長の当番が力まかせにそれを巨大な金槌《かなづち》で殴りつけたのである。

ところが、その朝、というのは天長節の翌々朝だが、いつまで経ってもこのレールの半鐘《はんしよう》は鳴らなかった。これはしかし、予《あらかじ》め定められた当然のことであって、つまり、その日がメーデーであったからだが、捕虜たちはそれがいかなる祭日であるかを知らなかった。彼らはただそれがソビエトのおめでたい日であると思い、儲けものの休日を喜んだだけだった。

で、その朝、捕虜たちはゆっくり寝ていたが、それは長続きしなかった、――空腹が内部から彼らを起床さしたのである。旧軍隊の遺習である飯上げなるものが行われ、殆《ほとん》ど一瞬のうちに朝食を済ますと、彼らは半地下室の宿舎から戸外へ出て、そこでマホルカ煙草をふかしていた。

その日は朝から晴れ渡って、よい天気だった。まさにメーデーにふさわしい、初めての春の日のようだった。捕虜たちはまだ衣更《ころもが》えしていなかった、それで彼らは厚い冬の上衣やズボンを脱ぎ、シャツとズボン下だけになったが、これでは少し寒いので、その上に毛皮の大きな外套を着こんだので、身体が急に痩せたように感ぜられ、これがまるで冬の過ぎ去った後の、病み上りの恢復期《かいふくき》にも似た快い感じを彼らに与えていた。彼らは大抵は黙々として煙草の煙が静かな空中に立ち昇るのを眺め、めいめい何をぼんやり考えているのか判らなかった。その時、突如として、レールの半鐘が乱打されたのである、――非常呼集だ。それは例の当番ではなくて、赤軍兵士《タラスノアルメーツ》ミーシャ・メドヴェーデフの乱打するものだった。

捕虜たちはぞろぞろと広場に集って来たが、この日は、天長節の時とは反対に、広場へ来るや否や順々にきちんと整列させられて、地べたに坐ることなど許されなかった、これは将校兵隊の区別なく、有無を云わせず強行されたので、みんながまぜこぜになり、しかも直立不動の姿勢を取らされたのである。佐藤少佐は大隊長なるゆえを以て列外に出ようとあせったが、許されなかった。それで彼は赤軍兵士に懇願して、将校だけ別の列をつくることを許して貰い、彼はその先頭に立って、やっと満足したのだった。人員の点検が済み、異状なきことが認められ、一同は「休め」の号令を待ちつつ、一瞬しーんと静まって、私語するものもなかった。その時、衛兵所の扉がぱっと開いて、ボロコフ中尉が現れた。彼は胸に金色の勲章を一つ附けて、例の朝鮮人の通訳と一緒だった。彼は暫く前から衛兵所に来ており、窓から全員の動静を見ていて、正に出場の時を見計って現れたのに違いなかった。

ボロコフ中尉は、先日の天長節の時に佐藤少佐の登壇した、例の屋根の上へのぼっていった。通訳は彼と歩調を合わせて従った。彼らは儀式張って歩を運び、全員この二人を見守っていたが、彼らは正面に立って、みんなの方へ向くや否や、急にくつろいだ態度になり、ボロコフは微笑を浮べて大手をひろげ、捕虜大衆に向い、大まかな合図をしたが、それは不動の姿勢をくずして体形を解き、彼の身近く集って来いという意味の身振りだった。しかし捕虜たちは、判らないのか、或いは遠慮からか、直ぐ動き出そうとはしなかった。すると数名の赤軍兵士が、腕をひろげ、まるで家畜でも追うような身振りで彼らの背後から「ダワイ、ダワイ」とやった。全員はぞろぞろ動き出してボロコフの直ぐ眼前に集合した。この結果、再び体形は乱れて、将校と兵隊の区別がなくなったが、大体に於て将校たちは一番前に三々五々とかたまり、それを兵士大衆が取り囲んだような形になった。その時、ボロコフはメーデーのアジ演説を始めたのだ。

朝鮮人の通訳は崔万石という名だった（というのは、彼の手首にそういう入れ墨がしてあるのがちらちら見えたからだが）、彼はまことに名通訳の名に値いした。彼はボロコフが一定の文句を言うと、間髪を入れず、同じ語調、同じ語勢で、同じ身振りを入れて、完全に通訳したからである。人々は、もうそこに二人の人間がいるとは思わなかった。そしてこのボロコフ・崔という一人物は大要《たいよう》次の如き演説をした。

「兵士諸君、並びに将校諸君、諸君は戦争に負けて、まことに幸福であると言わなくてはならない。何故なら、それによって本日、我々と共に、このメーデーを祝うことができるからである。諸君の中にはミツイ、ミツビシの一族は一人もいないと思う」こう言ってボロコフは全員を見渡したが、このミツイ、ミツビシ云々《うんぬん》には誰も異存はなかった。すると、それを確認したように、彼は更に続けた、「戦争はこれら一部の一握りの資本家どもが自分らのポケットをふくらますために、諸君を死にかりたてるものである」こう言ってボロコフ・崔は拳骨《げんこつ》を握って見せたが、忽ちその拳骨を攻撃の拳骨に変えて、相手を打倒するように烈《はげ》しく振ってから「打倒すべきはこれら一握りの山師どもである。ソビエトの市民は諸君を敵として戦ったのではない」ここで彼は語調を変えて「諸君は政治にかかわるなかれ、と教えられた。そうだろう？　そうではないか？」と彼はたたみかけて質問したが、誰も答えるものはなかった。すると彼は自分で答えた、「そうだ、諸君は政治にかかわるなかれと教えられ、盲目にされていたのである。政治こそ万事の根底である。物価を安くするのは政治である。失業をなくするのは政治である。我々によい芸術を与えるのは政治である。諸君はこのソビエトにおいて正にこのことを学ばなくてはならない。諸君は非常にいい機会にめぐまれている。本日はメーデーで、この日は資本主義国にあっては、闘争の日であるが、ソビエトにおいては労働者のお祭りであり、また示威《じい》の日であるが、この示威は国外の資本家どもに対するものである、また、それは万国の労働者に対する兄弟的呼びかけである。諸君の中には曾《かつ》て日本において、このメーデーに参加したものがいるであろう」こう言って彼はまた質問的に全員を見渡したが、みんなひっそりしていた、それのみか果して彼の言ったことが判ったものやら、壁に向って話しているものやら、判断がつき兼ねたくらいである。恐らくメーデーに参加したものはいなかったであろう。何故なら捕虜の大部分は東北出身の農民だったから。

ボロコフは更にヒトラーと組んでロシヤを分割しようとした日本帝国主義者の陰謀についで語り合間合間に腕時計を見て、二十分で話をぴたりとやめ、結びとして「失《ダ》せろ《ロ》！　天皇《インペラートル》！」と叫んで、物を一挙に掃蕩《そうとう》する如く、手を振ったのである。

この獅子吼《ししく》が済むと、彼は急に事務的な態度になり、小学校の先生の調子で言った。

「みんな、何か質問はないかね？」

全員ひそまり返って、質問は出そうに見えなかったが、永びいたその沈黙の中で終《つい》に誰か手を挙げる者がいた。見るとそれは年取った一年志願の少尉であり、さる銀行の田舎町の支店長をしていたのが召集されて来たという、白くふくれた、小肥りの、古ぼけた法学士だった。彼はこういう質問をした。

「御説御尤《ごもっと》もです。ついては、我々は日本の中堅分子であるから、従って我々を一刻も早く帰国させるのが、貴君のいう資本家打倒のために、最も必要と思うが如何に？」

ボロコフはこの質問の発せられている間、片手を頤《あご》に当て、その手の肱《ひじ》にもう片方の手をかけて、論争の身構えで、相手の日本将校を睨《にら》んでいたが、おもむろにこう答えた。

「それは外交上の問題である。だが、日本にはまだ真面目に相手とすべき政府が出来ていない。諸君を今直ぐ帰せば、諸君は必ずや再び資本家どもの手中の武器と化するであろう。まあ待て、日本にはやがて必ずや人民政府が成立するであろう」

彼はこう言い終えると、更に質問を促すことなく、どんどん帰って行った、敢《あえ》て言うなら、貧弱な家財道具に赤紙を貼ってさっさと引揚げる執達吏《しったつり》のように。

兵隊と将校はまたぞろぞろと宿舎へ帰った。兵隊たちは日なたぼっこを続行し、煙草をふかし、雑談して、またしても彼らの感情は窺知《きち》し難かった。彼らは複雑な表情を浮べてはいたが、メーデーの演説につき論評を避けたのである。将校の方はどうかと言うに、彼らは口々に呟いた、——「飛んでもない野郎だ！」とか「ひどいことを言いやがる！」とか、これに類したことを。しかし誰もボロコフの演説に対し反駁《はんばく》の論陣を張る者はいなかった。彼らには凡《およ》そこういう訓練は出来ていなかったのである。

やがて将校たちは期せずして大隊長室に集った。しかし彼らは、ボロコフの演説については、敢て何も言い出さなかった。彼らはただ、曾ての中国における勝戦《かちいくさ》や、満州における豪華な生活について思い出をわかち合ったのである。また、ある年若きインテリ少尉の如きは、帰国後にその建てるという新居の設計図など書いて、同僚にその説明をしたりしていた。

その時ボロコフはメーデーの群衆に混じって公園を散歩していた。

既にして彼は、捕虜大衆の無感覚な顔の中に静中物化を見たのである。

6　壁新聞と投書函

収容所構内の一隅には小さな小屋が一つ建っていて、それにはロシヤ語で指物工場《ストリヤールナヤ》という看板が出ていた。中で働いているのは日本人兵士だったが、彼らは曾て、軍隊語で「地方」というところにいた時、大工や指物師《さしものし》を職としていた人々だった。「地方」とは、兵営を囲む塀より外部の世界のことである。この指物工場は、いわば収容所内に出現した「地方」であって、そこに働いているのは既にれっきとした職人だった。ソビエトにおいては、何ものよりも腕に職のある人間が尊重される。これらの大工や指物師たちは日本式の道具やロシヤ式の道具を巧みに使って、椅子、テーブル、戸棚、函《はこ》等々何でも器用に作り出して、相当の報酬を受け、曾て官吏や会社員であった連中よりも、ずっといい暮しをしていた。

大隊長はときおり、構内を巡視して、この指物工場へ入って来ることがあった。そんな時、以前ならば、忽ち「気をつけ！」と号令がかかって、兵士たちは直立不動になるのだったが、今やこれらの職人たちからはそんな風習は消えてしまっていた。彼らはちらりと大隊長を見るだけで、黙々と仕事を続けていたが、しかも重大なことに、大隊長自身これを異としなかったのだ。彼はこの不都合なる欠礼を、恰《あたか》も彼の命令によってそうなった如く、解釈していたのだ。もしも誰かが間違って「気をつけ！」とでも叫んだならば、彼はそれを止《や》めさして満足したことであろう。彼はこのように天皇式に民主化されたわけだが、これは相当重大な心境の変化というべきだった。

さて、或る日のこと、この指物工場の扉を開けて誰かが入って来た。と忽ち、「気をつけ！」の号令がかかって、大工たちは道具を置き、直立不動と化した。見ると、入って来たのは、やっぱり大隊長ではなくて、ボロコフだった。この通り、権威は既に位置を換えたのである。

ボロコフは入って来ると、得意の身振りで大手をひろげ、日本語で「休め、休め」と言った。それから微笑を浮べ、胸の片方のポケットから上等の捲煙草を取出して、みんなに一本ずつ配《くば》り、もう片方のポケットから一枚の紙片を取出して拡げ、大工長に示し、そして言った。

「これを明日の朝まで作れ」

その紙片に書かれてあるのは掲示板の図面だったが、それにしては甚だ複雑怪奇なもので、装飾過剰と見えた。肝心の掲示板は小さなものだったが、上部には鎌《セルプ》と槌《モーロト》やら、地球のような円板やら、なびいている数本の旗やら、波打つリボンやらがくっついていて、おまけに両側には円柱やら開かれた扉までついて、これを有り合わせの材料で作るには、多大の手間のかかることだった。しかし大工の長は恐懼《きょうく》してこれを引き受け、他の一切の仕事を中止して、それにかかったのである。ボロコフは帰っていった。

翌日、約束の時間にボロコフが現われた時、掲示板は徹夜の作業でやっと出来たところだった。ボロコフは赤や緑や青の塗料を持って来て、自らそれを色とりどりに塗り、それから大工たちに担がせて、広場の一番目立つところに運び、そこに穴を掘ってそれを立てさせた。それから大隊長室へ入って行ったが、そこにはもう先刻から崔万石氏が来て、彼を待っていた。

「大隊長」とボロコフが言った、「壁新聞を作りなさい」

「カベシンブン？ それは何かね？」と大隊長はぽかんとして無邪気にきいた。

そこで崔万石氏が壁新聞の説明をし、大隊長はそれが大体どんなものであるか判ったのだが、しかし何故そんなものをわざわざ作るのかは、よく解らなかった。ただ彼は大したことはないと思い、幾分の興味すら感じたのだった。

実はボロコフは兵隊たち自身に壁新聞を作らせたかったのだが、しかし旧軍隊の組織をともかく保っているこの捕虜大隊においては、何としても一応はその組織を通じて、というのは大隊長の命令によってやるほかなかったのである。が、彼は一方、兵舎を巡回して、壁新聞とは何であるかを簡単に説明して、鉛筆と紙を分配することを忘れなかった。

さて、ボロコフの委嘱《いしょく》を受けた大隊長は、壁新聞発行の件に関し副官に命令を与えたが、肝心のその題名については、何とかして自分で案出したかった。それで彼は一晩、眠らずに考えたのである。

翌日、ボロコフが来て言った。

「大隊長、壁新聞の題は何とするか？」

「さくら」と大隊長は言下に答え、そして直ぐ説明を試みた、「日本では花は桜木、人は武士と言い……」

「たわごとだ《チェプハ》！」と、ボロコフが怒鳴った、「炭坑夫としろ！」

「え、タンコーフ？」と大隊長は鸚鵡《おうむ》返《がえ》しに言った、彼はそれを初めはロシヤ語だと思ったのだが、それが他ならぬ炭坑夫であることを知って、啞然としたのである。皇軍兵士を炭坑夫とは！　何たる恥辱ぞ！

しかし命令とあらば致し方なかった。けれども炭坑夫ではどうも承認し兼《か》ねた。大隊長は何とかその同義語を考え出そうとした。が、これは彼の頭脳にあまった。彼は副官に言った。

「何とか、炭坑夫と同じ意味の言葉を考えてくれ」

そこで今度は副官が一晩考えた。

「どうじゃ？」と翌朝、大隊長が副官に言った、彼らは古い世帯のようなもので、みなまで言わず、意味が通じたのである。

「セータンシはどうでしょう？」と副官は一晩傾首《けいしゅ》捻出した苦心の作を披瀝《ひれき》した。

「なに、セータンシ？」

そこで副官は筆硯《ひっけん》を取り「生炭士」と書き、大隊長は理解し、且《かつ》、満足したのである。

こうして官製壁新聞「生炭士」の発行を見たが、それには副官の筆になり大隊長の署名の入った論説やら、望郷の念止みがたき、和歌、俳句、川柳、新体詩の類が満載されていた。炭坑から帰って来た、真黒な顔の捕虜たちは、この前に立ち、そして言った、――「おい、俺たちは炭を生むサムライか？」と。

この記念すべき創刊号には、やがてその余白に、次のような一句が鉛筆で落書されていた。

神棚も住みかわりたり鎌と槌《つち》

さて、第一号は剝ぎ取られ、そのヴァリエーションである第二号が貼り出された。大隊長は、これは結構面白いことだわいと考えた。けれども、ボロコフ中尉は、この掲示板の両側についている扉の板に、古代スラヴ文字を真似た装飾的な文字で何やら書いていた。それは誰にも判読できなかったが、次のような意味の言葉であり、そこにこの壁新聞の遠大なる使命があったのである。

一つは

「思想が大衆を摑むや物質的力となる」

もう一つは

「新聞は啓蒙宣伝の道具であるばかりでなく、それは組織のための鋭き武器である」

大隊長は「生炭士」第一号をまるめて紙屑籠《かみくずかご》に入れてしまった。するとボロコフが来て言った。

「あの壁新聞はどうしたか？」

大隊長は既に塵埃捨場に行っていたその紙片を当番に持って来さした。ボロコフは丁寧にその皺《しわ》を伸ばして、それから大隊長の眼前に威嚇的に手を振り、それを持ち去った、

——恰も顕微鏡でそれを検査するためのように。

その頃、ボロコフはもう一つのことを行った。彼は投書函を大工に作らせて壁新聞の下に吊したのである。と同時に、彼はまた鉛筆と紙を各兵舎に配ってまわった。日中は、誰もこの投書函に投書する者の姿は見かけられなかった。だが、時々、誰かがそれを振って耳傾けているのが見かけられた。その中はかさかさと音がして、投書の入っていることが判った。大隊長は憂慮の念止み難く、終《つい》に深夜、当番と相はからって、この投書函を大隊長室に持って来さした。彼はその投入口から中味を取出そうとしたが、それはあまりにも小さく、一方、紙は厚かったので、到底不可能だった。で、彼は取出口をしらべて見たのである。それは錠前の代りに針金でしばってあり、蠟《ろう》で封印されて、何やら複雑な判《はん》のようなものが蠟の上に押してあった。大隊長はこの判を見ているうちに、それが二十カペイカ白銅貨の裏であることを発見した。そこで非常に手先の器用だった当番は大胆にもその蠟を暖めてはがし、中味を取り出した。それから元通りにして、蠟をつけ、持っていた二十カペイカ白銅貨で封印したのである。これが済んでから初めて大隊長は投書類を読んでみた。それはどれもみな空腹を訴えたものばかりで、これには彼も同感だった、というのは、ボロコフの監視が厳重で、特別食を食うことが出来なくなっていたからである。投書には、不届きな内容のものはなかったが、ただ一つこういうのがあった。

「我々は作業から帰って来て、それからまた本部不寝番に立たされる、ああ馬鹿らしい馬鹿らしい」

大隊長はこれを破ってペーチカで燃やし、残余の投書を一つ一つ丁寧に元通り投書函に入れて、それを元のところに掛けておいた。

7　天に積んだ宝

炭坑夫たちは炭坑で働いていた。大工たちは指物工場で働いていた。その他の者もそれぞれの職場で働いていた。壁新聞「生炭士」は二号三号と号を重ね、大隊長佐藤少佐は無事消光《しょうこう》し、すべては無事平穏で、ただ帰国の日を待つのみと思われるような日々が過ぎた。しかし、カタストローフは地下をくぐって忽然《こつぜん》と出現するものなのである。

或る日のこと、久しく現われなかったボロコフが持ち前の活発な歩みを大跨《おおまた》に運んで収容所にやって来た。彼は手に途中で拾ったような一本の長い棒を持っていた。そして収容所に入って来てもいつもと違い、大隊長室へは行かないで、真直ぐ将校宿舎の裏口へ行ったのである。

その裏口の扉は初めの日から締切りになっていて開かれたことがなく、また開かれる必要もなかった。ボロコフはこれを開き、未だ曾て人の入ったことのない荒涼たる裏玄関口に入って行った。彼はそこで床を見つめていたが、やがて持って来た棒で床板の一枚をこつこつと叩いてみた。それから戸外へ出て、ちょうど通りかかった一人の赤軍兵士を呼びとめ、その玄関へ連れて行って床板を一枚剝ぎ取らしたのである。そこには掘り返されたような土が盛ってあって、その土をどけると、下から小さな柳行李《やなぎごうり》が出て来たのである。ボロコフはこの行李を小脇に抱えて大隊長室へ入って行った。彼がこの発掘作業を日本人にやらせなかったのは、大隊長に対するデリケートな思い遣《や》りからか、それとも無意識の偶然からか、それは判らなかった。

佐藤大隊長はその時、机に向って何やら書いていたが、ボロコフはその机の上にいきなり件《くだん》の行李をどしりと置き、彼と差し向いで腰をおろした。少佐は特に驚いた様子もなく、憤然として何か抗議でもするように発言しようとしたが、ボロコフは人差指を口に当てて、黙っておれという合図をした。彼は第三の登場人物、というよりも彼の第二の口であり耳である、崔万石の出現を待っていたのである。

待つほどもなく崔が現われて、行李は開かれた。すべては殆んど無言のうちに行われ、大隊長には何も口を開くことがなかった。と言うのは、すべては行李の中味が語ってくれたからである。先ず、そこから出て来たのは満州帝国の札束だった。崔万石が一枚一枚それをめくり、金額を一つ一つ読みあげた。ボロコフはそれを非常に乱暴に非常に迅速に書きとめた。次に出て来たのは郵便貯金通帳だった。次に出て来たのは、戦時公債だった。次に出て来たのは保険の通帳だった。次に出て来たのは再び郵便貯金通帳だったが、それは少佐夫人の名義だった。それからまた公債やら何やら出て来たのである。ボロコフはすべてを記入して小計を作り、総和を出した。それはほぼ一万円を越えており、当時としては大金だったが、惜しむべし、それは革命後の帝政ルーブリ紙幣と何ら変らなかった。

ボロコフは少佐を咎《とが》めるようなことは何も言わなかった。彼はただ正確なる会計方の役をつとめ、少佐が曾てどれくらいの財産家であったかを知っただけで満足したらしかった。ただ帰りぎわに彼はこう言った。

「これは、私が持って行って捨ててやろうか、それともここに置いておこうか？」

「ここに置いてってくれ」と少佐は嘆願した。

二人が立ち去ると、少佐は散らかったそれらの紙類をきちんと整頓して行李の中に入れ、それから部屋の一隅の、それまで何も載せていなかった棚の上に安置したのである。すると、その棚は初めて本尊を祀《まつ》られた神棚のようになった。こうして宝は永遠に天に積まれたのである。こうしてまた、第七の行李の謎は解けたのであるが、どうしてそれが発見されたかという方法論は依然として謎だった。それを埋めたことを知っているのは少佐本人と、それからその腹心の乾児《こぶん》である当番だけだった筈だが……。

8　肩章剝奪式

この第七の行李発見の日を最後としてボロコフはもう現われなかった。彼は何処かへ栄転（とは捕虜たちの言ったことだが）したのである。彼の後任として来たのは、まだ非常に若い男で、デデンコという名前だった。この人物は愛想がよくて、誰に対しても挙手の敬礼をし、いつも外交的微笑を浮べて、取りつきやすく見えた。佐藤少佐はボロコフがいなくなったので、ほっと安心はしたものの、既に経験によって用心深くなった彼は、このデデンコに対して、初めから悪意を抱き、意地悪くこう言った。

「へんな敬礼をする奴だね」

ところで、その頃の少佐の服装によく注意したものなら、彼が決して防雨外套を手離さないことに気づいたであろう。時あたかも夏の盛りで、驟雨《しゅうう》はいつ襲い来たるか判らなかったとはいえ、概して晴天の多いこの地方では、これは些《いささ》か奇妙なことだった。が、一面、ザバイカルの夏は暑いとは言っても、日蔭に入ると、何処となく冷んやりしたものがあり、少佐の外套携帯をことさら、いぶかるものはいなかった。

彼はこの服装で毎日のように作業場を見て回った、というのは大隊長たるの資格に於て、彼は警戒兵なしで、兵士たちの労働ぶりを監督して歩くことを許されていたからである。彼は働いている捕虜たちに向い、おきまりの訓示をしたが、しかしもう天皇を引合いに出さなかった。その代り彼は同胞ということを言い出したのである、――「大いに努力して働いてくれ、諸君が働けば働くほど、同胞の負担する賠償金は軽くなるのだから」と、そして温情を以て附加えた、――「だが、決して無理をしないで、身体には充分気をつけてくれ」と、そして、この場合、天皇の赤子《せきし》だからとはもう言わなかった、彼はこう言った、――「諸君は日本再建のために挺身《ていしん》すべき必要な大切な身体だから」と。ここにボロコフの演説が彼に及ぼしたる歪められたる影響を見て取ることができよう、尤も彼自身はそんなことに気づかなかったのみか、すべてこれ愛国の至情より出る彼の深遠なる思想であると思っていたが。

このように彼は遊説して廻ったが、精密なる観察者ならば、彼の歩き方その他に微妙ながら異常なことを認めたであろう。彼は、収容所を出てゆく時は、当り前の歩き方でどんどん出て行ったが、帰って来る時は、その歩き方が少しのろのろとして、ぎこちないように見えたのである。おまけに、彼は帰って来る時、出てゆく時よりも微かながら痩せているように見えたに違いないのである。しかしこれはもとより顕微鏡的なことで、誰も気附くものはいなかった。

作業場に働くロシャ人労働者の間では少佐《マイヨール》佐藤の名は有名なものだった。彼が来ると、そのポケットや上衣の下から手袋・シャツその他の物品が現われたからである。彼は遊説の合間合間に、これらの物品を素早くパンその他の食料品と交換するという手品を行っていたのである。彼はこれらの食料品を胯間《こかん》にぶら下げ、雨外套を着込んで、必然に歩き方が少し鈍くなって帰営し、営兵所をくぐりぬけて、万事ぬかりないように思っていたが、しかし彼の遊説して廻った後に、かのデデンコが出没していることは、知らぬが仏だった。

彼とその当番はこれらの闇食料で深夜の饗宴を張ったが、彼はそれらを独りで食べることだって出来たであろう。しかし彼は共犯者を作っておいて、幾分でも安心したかったのである。それに、なるたけこの当番の御機嫌を取っておく必要を、彼は漠然ながら感じていたのである。

しかし終に大隊長最後の日は来た。

その日は日曜日で休みだった。雨あがりで天気はよく、大気は非常に静かで、耳を澄ますと、さんさんと降りそそぐ日光の音が聞えるかと思われた。冬の長いこの地方では、時として突如、夏のあらゆる華麗さが開花する日があるものだ。

その時、長靴の大きな音を立てて、静寂を破り、収容所長が入って来た。それは赤ら顔で、太って、せっかちな大尉だった。彼は捕虜大隊の本部事務室に入って来たが、そこにいる大隊長には眼もくれず、いきなり部屋一杯に怒鳴った。

「デデンコは何処にいるか？」

「今日は来ておりませんが」

「直ぐ見つけて来い、生きていようが、死んでいようが構わんから、連れて来い」

伝令が四方に派遣されたが、デデンコは影も形も見つからなかった。というのは、彼は人からは見つけられず、持前の微笑を浮べ、自らその若々しい姿を現わしたからである。収容所長はいきなり彼に何やら命令した、するとデデンコは衛兵所へ走り、またもや非常呼集の半鐘が鳴り響いた。これで三たび、捕虜たちは広場に集められたわけである。

しかし今度は集合体形が些か変っていた。何故なら捕虜たちはずっと隅の方にかためられ、前方にひろびろとした空地が作られ、その空地の中央には、佐藤少佐が無帽のまま立たされたからである。捕虜たちは何か異常なことを感じて、ひしめいた。その時、収容所長が太いロシヤ語で何やら読み上げた。が、暫く何のことか判らなかった。崔万石が思わせぶりのように、少し間を置いたからであるが、やがて日本語が聞えて来た。

「佐藤少佐は大隊長にあるまじく労働サボを奨励している、これはソビエトに於ては許すべからざる罪である。また彼は物々交換を行っている、たとえその物品が私物なりとはいえ、卑劣な行為である」

収容所長はいきなりこう読みあげて、さらにいろいろと少佐の非行を列挙したが、ただ行李隠匿事件については一言もふれなかった。恐らくボロコフが報告を忘れたからであろう。そして収容所長は書き物をポケットに入れてから結論としてこう言った。

「以上の故を以て、少佐を降等し、肩章を剝奪して懲罰大隊に送る」

満場寂《せき》とした。その中で日直将校がつかつかと少佐に歩み寄り、その肩章を剝奪したのである。少佐はうつむいていて、唇をかすかにふるわせて、確かに毅然とはしていなかったが、しかし恐慌を来たしているとは見えなかった。彼はこれからまだまだひどい目に会わなくてはならないと諦めている人間のように見えた。

少佐はそれから大隊長室に連れてゆかれ、そこで行李を一つだけ持って行くことを許された。彼はその行李の中に必要なものを入れ始めたが、それを一つ一つ赤軍兵士が点検した。少佐は最後に例の勲章を抽出しから取り出して、行李に入れようとした。赤軍兵がそれを遮《さえぎ》って、立ち合いのデデンコにきいた。

「これを持たしていいですか？」

「そんなもの、勝手にさせろ」

行李が出来た。当番が最後のサーヴィスを申し出て、それを運んでゆこうとした。するとデデンコが彼を遮って、少佐に言った。

「自分で担いでゆけ」

既に少佐を乗せてゆくべき馬車が門前に来て、彼を待っていた。

9　懲罰大隊

佐藤少佐は長いこと馬車に揺られ、長いこと停止し、長いこと汽車に乗って、翌日の午後おそくある収容所に到着した。それは懲罰大隊であると予告されていたので、佐藤少佐は途中ずっと、一種恐怖の混じった好奇心を抱いて来たのだが、来てみるとそれは別に変ったところがなかった。いや、むしろ大いに変っていたと言うべきであろう、というのは、それは遥かに明朗な収容所で、宿舎から万般の設備が便利に出来ており、からりとして明るく、人々は真白な石灰の塗られた食堂で食事していた。それは民主化された捕虜部隊で、みんな肩章を自発的に取って、将校と兵隊の区別がなく、ただ作業長はその職責を示す腕章を腕に捲きつけているだけだった。本当言うと、佐藤少佐のもと支配していた大隊に於ては、彼は意識しなかったが、彼の存在がかかる民主化を阻止していたのだった。それは老いぼれた祖父が死なないうちは、やはりその影響下にある古い家に似ていた。彼はどっちみち消滅すべき存在だったのである。

ところで、この明朗な収容所が反《かえ》って彼には懲罰大隊の意味を持ったのだった。というのは、彼はここで一切の過去を失い、一介の炭坑夫となって地下へ入れられたからである。これは自分の過去から逃れようとして外人部隊に入ったような人ならいざ知らず、彼のようにいつまでも過去に恋々《れんれん》としてそれにしがみついている人物にとってはまことに辛いことだった。以前の大隊にいた時は、彼には少くとも偉大なりし過去の思い出であり、彼はこれによって自尊心の如きものをでっち上げ、たとえボロコフからひどい目に会わされようと、この似而非《えせ》自尊心を以て相手に対することができた。ところが、ここでは一切の幻影は消えてしまったのである。そして彼は曾てその「巡視」した炭坑の中へ、今度は真黒な作業服を着て、カンテラを持ち、八時間はたっぷり沈んでいなくてはならなかった。

しかし年齢が年齢だから彼は重労働を免除され、最も軽い労働を与えられたが、これはドヴェラヴォイという職名だった。ロシヤ語にドモヴォイと言う言葉がある。これは古いロシヤの農民たちの信じていた家つきの精霊のようなもので、日本語では家鬼と記される。で、もしもこのドモヴォイに準じて、ドヴェラヴォイを訳すとすれば、即ち扉鬼ということになる。佐藤少佐は炭坑に入って、この扉の鬼と化したのだった。

ドヴェラヴォイを捕虜たちはドアボーイと呼んだが、これは戸を開閉する人間のことだった。佐藤少佐は暗黒の坑道の中程についている戸にくっついて、人が通るたびに、その戸を開けたり閉めたりしたのである。それは一人通れば一人分だけ、百人通れば百人分だけ開けては閉ざす、言わば伸縮自在のバネであって、自己の意志を全然必要としない、温順極《きわま》りなき鬼だった。その代り、もしも彼がこの開閉を怠ったりすると、忽ち怒鳴られた、——「おい、開けろ！」そして、人が通過したら直ぐ閉めなくてはならなかった。何故というに、炭坑の坑道はそのまま坑外の空間から大気を吸ったり吐いたりする気管であって、もし彼が戸を開けっぱなしにしておくと、良い空気と悪い空気が混じり合い、人々の生命をおびやかしたからである。このようにこのドヴェラヴォイにも大なる使命と責任があったわけだが、佐藤少佐は少しもそれを自覚しなかった。彼はただ屈辱を感じたのである。何故ならそこを通過する人物は、大将でも元帥《げんすい》でもなく、みんな昔の一等兵や二等兵で、みんな彼のこき使った下男どもであったからだ。彼は時折、呪詛をつぶやいて戸を開閉した。すると

「何をほざいているんだ？」と元二等兵が言った。

「いや、なんでもありません」と元少佐は答えた。

つまり、このドヴェラヴォイは肉体的には最も軽い労働だったが、精神的には彼にとって最も重い労働だった。

ちなみに、彼はもう少佐ではなかった筈だが、依然として佐藤少佐と呼ばれていた。恐らくは前の部隊で勇名を馳せたためか、マイヨール佐藤の名がそのまま赤軍兵士に申し送られたからであろう。そしてそれが日本語にそのまま訳されて、この新しい収容所に於ても、彼は佐藤少佐と呼ばれたのである、綽名《あだな》の如く、少し滑稽味を帯びて。ところでドヴェラヴォイのような職業であっても、それはすでに地下作業であったか

ら、他の一般の地上作業につく連中よりも、幾分余計のパンを支給され、これが佐藤少佐を喜ばしたのだったが、やがてそれは苦渋に変った。というのは、この収容所の人々は大部分が炭坑で働き、みんな彼と同じ量のパンを受け取っており、地上で働く者も、パーセントによって多量のパンを貰ったからである。おまけに、炭坑の重労働に就く者は働き高によって金を支払われ、この金で彼らは黒パンどころか、白パンや砂糖やバタさえ買って、大いに食っていたからである。ただ定量のパンを貰っているのは、ドヴェラヴォイの彼くらいのものだった。曾ては食事の量の多いことや、特別のものを食っていることに、自己の優越性を感じていた彼だけに、これは彼にとって、単に空腹という苦痛だけではなかったのである。

で、彼は何とかして炭坑から出ようと思ったが、なかなかその機会はありそうもなかった。彼は事故による軽微な公傷を当てにしたのだが、このドヴェラヴォイは炭坑労働とはいえ、極めて安全な仕事だった。そこで終に彼は、自己の運命を変え、何らかの転機を摑もうとして、自らトロッコの車輪の下に足を入れたのである。もとより彼は足に厚い布を捲き、大きな防寒靴をはいて、この冒険を決行したので、骨はいたまず、ただ肉が腫れ上っただけで済んだ。しかし案ずるより生むがやすしで、彼はしばらく作業を休むことになり、足が直った時は、もう炭坑へはやられなかった。その代り彼は滅菌所勤務を命ぜられたのである。

足は直ったが、彼はこれ以来、少しびっこをひくことにした。

10　深刻な再会

滅菌所というのは虱《しらみ》を焼き殺す巨大なオーヴンのような小屋で、小屋全体が地下にもぐり込んでいた。この窯《かま》の火夫は毎日一定の時間に火を焚いて、窯の中の温度を百度以上に高め、その中で捕虜たちの衣服を消毒するのが、その任務であり、ひとりでその小屋に泊り込むことになっていたが、これは佐藤少佐には全く望ましい境涯だった。彼はそこに遁世《とんせい》して、夜の孤独の中で瞑想と思い出に耽《ふけ》り、思う存分、世をすねることができると思ったのである。火夫は思ったほど簡単な仕事ではなかった。少しばかりの粗悪な石炭を最高度に燃焼させて、虱を殲滅《せんめつ》するのは容易な業ではなかった。けれども佐藤少佐は何としても、折角手に入れたこの理想的職場を失いたくなかったので、大努力を払って諸般の要領を会得し、どうやら温度計を百度かっきりのところに保つことができた。こうして彼は虱殺しの鬼と化したのだが、それと同時に、この仕事は大衆へのサーヴィスであって、従来の大隊長的態度を取ったのでは、やがて罷免《ひめん》される恐れがあったので、彼はわざとへり下った態度を取り、何かにつけて直ぐ、――「かしこまりました」と言った。しかし、初めはわざとやったことが段々と身について来て、彼は終に、かの忘れられた遠い昔に彼がそうであった如き、一個の二等兵的存在に還元するかと見えた。これが言わば彼の悲しき民主化だったが、しかし夜になり、独りになると、彼は例の大切な勲章の入ったリュックサックを枕元に置いて寝台に横たわり、いつの日か勲章を持って国へ帰れるのであろうかと思い、哀れな溜息を洩らしたのである。

彼は何カ月かこうやって暮した。この間、収容所の中では民主運動が活発に展開されていた。人は、彼が煤《すす》けた顔をして食堂に飯を食いに来るのを見かけたし、また、滅菌すべき或いは滅菌されたる被服類をしこたま背負ってよたよたと歩いている彼を見かけたが、しかし、彼は、火の用心を口実にして、いかなる民主運動の集会にも講義にも出席しなかったのである。彼の隠遁《いんとん》計画は成功したかに見えた。しかし人は絶対に孤独では生き得ないと見えて、この彼の庵《いおり》には時折人影が出入していた。類は友を呼び、同病相憐んで、それは元警察署長だとか、或いは彼と同じような元中佐だとか、元関東庁何とか部長だとか、元満州帝国高級官吏などが彼を訪ねて来たのだった。

これらの人達もやがて少佐の所へだんだん来なくなった。それは民主運動が昂揚《こうよう》して、その集会や講義に出なくてはならなかったからである。孤独の中で少佐は不安になった。彼は民主運動を恐怖したが、それにも増して、吊《つる》し上げを恐怖したのである。それで、この吊し上げを未然に防止するため、彼もまた講義や集会に出席し始めた。彼はその教室や会場で、いつも一番暗い片隅に座を占めて、出席の名が呼ばれた時だけ、大きな声で返事をしたが、あとはひっそりして、居眠りすまいと努力するのが精一杯だった。唯物弁証法の講義など、彼にはてんで解らなかった。ただ次のような文句だけ、彼には解ったような気がした。「観念論者というのは、思っただけで、事を為し得ると考えている。これは間違いだ。人間は海の上を歩くと思っても、歩けるものではない」

少佐は成程《なるほど》と思い、その居眠りしかけた頭でゆっくりと点頭《うなず》いていた。これが彼の民主運動への参加第一歩だった。そして、そのうち彼はこういう集会の席上で、思いがけなき一人物に再会したのだった。

それは新しくこの収容所に派遣されて来た反ファシスト委員の歓迎を兼ねてのアジ大会だった。捕虜たちは定刻前、会場である食堂の前に整列して腕を組み、身体を左右に振って革命歌を高唱していた。そして積極《アクチーブ》分子指導のもとに、次々と列を区切られて会場へ入って行ったが、少佐はその時、一列違いの偶然で、運悪くも会場の一番前列に出てしまったのである。が、もう致し方なかった。彼は左右の同志と腕を組み、みんなと一緒に、再び身体を左右に振って、革命歌を歌い出したが、実は彼は口を動かして歌うように見せかけているだけで、ただ次の折返しの文句だけを歌っていたのである。

ああ革命は近づけり
ああ革命は近づけり

歌声は会場をどよもし、いつ果てるとも知れなかったが、終にアクチーブが「止《や》め！」の号令を発して、歌声はぴたりと止み、会場はしずまり返った。その中で、靴音をかつかつと響かせて、反ファシスト委員の若者たちが会場に入って来た。彼らは少佐の直ぐ眼前に置かれた、白布をかけられたテーブルのむこうに着席して、全員に面と向ったが、その時少佐は、彼らのうちの一人、山田委員が、正しく彼の前当番山田兵長であることを認めたのだった。

山田はこの地方の中心地にある民主学校で教育を受け、それからここへ派遣されて来たのである。その学校には各収容所から若者たちが沢山集ったのだが、訓練が終わると、彼らはもとの収容所へは帰らないで、別の所へ派遣されたのである。こうして山田はこの収容所に現われたわけだが、これは賢明な策だった、というのは、古い縁故のある所では、なかなか、新しい運動を展開するのは、むつかしいらしいからである。

佐藤少佐はこのように直ぐ山田を認めたのだが、山田の方では彼に気づいたかどうか、とにかく彼には全然無頓着で、全員に向い、まことに堂々たる態度で、猛烈なアジ演説を行った、そして佐藤少佐は全員に和して、——「然り！」とか「やるぞ！」とか、半《はん》畳《じょう》を入れ、盛んな拍手を送ったのだった。

その晩、佐藤少佐はたまたま彼を訪ねて来た元警察署長に、この秘密を打明けずにはおれなかった、そして感慨無量でこう言った。

「あいつもえらくなったものだ」

しかし、この旧主従は終に相会《あいかい》して共に談ずることがなかった。互いにそれを避けたのか、期せずしてそうなったのか、わからなかったが、とにかく元当番は唯物弁証法の講義に忙しかったし、元大隊長は虱殺しに忙しかった。

ところで、山田はこの収容所へ来てから一ヵ月くらいで、忽然と姿を消してしまった。噂によると彼は、例の悪名高き細菌部隊に勤務したことがある関係上、その証人として召喚されたということだった。これを耳にして佐藤少佐は北叟笑《ほくそえ》み、そして言った。

「やつは細菌部隊の衛兵勤務についていただけなんだが」

一説によると、山田の細菌部隊勤務を知っていたのは、この収容所では、佐藤少佐一人きりだと言うことだった。してみると或いは彼は……、いや、彼が「復讐は我が手中にあり」と考えたかどうか、それは判らずじまいである。

11　佐藤少佐の自己批判

今や佐藤少佐は非常に多忙で、民主運動のあらゆる講義や集会に出席していた。出席率から言うと、彼は最も熱心な勉強家だったが、実は彼はただそこに場所を占めているだけで、何ら積極的に参加していなかったのである。講義を聞いてその場では解ったように思っても実は何ものも頭に残っていなかった。彼はアジ演説をやろうと思ったが、彼の語彙《ごい》の中には「遽止急進《きよし》」と「風声鶴唳《ふうせいかくれい》」しか見つからないのだった。しかし今や民主運動は高揚し、これでは済まされそうもなかった。何らかの手を打たなくては、吊し上げられる恐れがあり、この吊し上げこそ彼の最も恐怖したものだった。

ある時、彼はアジ大会で一人の積極分子が東北訛《なま》りで、次のように絶叫するのを聞いた。

「同志タカクラテルは女子の身で猛烈な獄中闘争を行い……云々」

これを聞いて佐藤少佐はタカクラ氏が男であることを思い出したのである。もちろん彼はタカクラ氏と一面識もなかったが、同郷であり、以前何かの折に、氏が男であることを確めて、知っていたのである。

翌日、民主主義の講義の後で、講師が言った。

「何か質問なり、なんなりないか？　今の講義のことでなくともよい。若し自分に解らなければ委員長にきいて、答えるから」

その時、佐藤少佐は手を挙げて、自分の言っている声を聞いた。

「タカクラテルは男であります」

すると暫くみんな黙っていたが、やがて誰かがはっきり言った。

「タカクラテルは女であります」

佐藤少佐はたじたじとなった。彼は忽ち自信を失った。というのは、タカクラ氏を見たことがなかったからである。その時、会衆《かいしゅう》の中から「いや、タカクラテルは男だ」と呟く声があって、少佐を勇気づけた。で彼は再び前より声を高めて言った。

「タカクラテルは男であります」

こうして会衆は二派に分れ、タカクラテル男女識別論の水をかけ合ったわけだが、終に講師が一同を押ししずめて言った。

「よろしい。誰か三四名代表で、本部の壁を見て来い」

そこで数名の者が委員会本部の部屋へ行ってみた。そこの壁には共産党第何回かの党大会の図がペンキで描かれており、徳田書記長初め中央委員の面々がずらりと並んでいた。その中に水色のワンピースを着た楚々《そそ》たる女性が一人いて、その前の机上にはピラミッド形の名札が立っており、それには高倉テルと書いてあった。百聞一見に如《し》かず、タカクラテル女性論が勝ち、佐藤少佐は敗北したのである。

佐藤少佐はこれによって幾分頭角を現わしたわけだが、同時に要らざる異説を立てる反動分子と目される恐れがあった。少くとも彼はそれを恐れ、吊し上げを恐怖したのである。そこで彼は最後の手段として自己批判を行う決心を固め、心秘かにその準備をしたのだった。

それは日本プロレタリアートにとってまことに重大な意義を持つ何らかの記念日であり、たまたま日曜日で休日だったので、民主化されたる捕虜たちは故国の同志と相呼応して、収容所構内に一大デモ行進を開始したのだった。彼らはプラカードを掲げ、革命歌を高唱して、構内を練り歩き、陸続として人民広場に流れ込んで来た。このデモはまことに威力ある盛大なものではあったが、残念なことには、誰もこれを見て恐れをなすものはいなかった。ただ針金の柵の外からロシヤ人の女子供が、口をぽかんと開けて、不可思議なるヤポンの行列よとばかり眺めていた。また、このデモ行進の通過する途々《みちみち》には、妨害者に対する警戒者が厳重な扮装で帽子の顎紐《あごひも》を下ろし、配置されていたが、幸いなことに、誰一人として妨害に来るものはいなかった。

さて、全員無事で人民広場に入り整然と地べたに坐ると、各グループ代表のアジ演説が始まった。アジ台は高い櫓《やぐら》で、その上には梯子《はしご》でよじ登らなくてはならなかった。アジ演説が全部済むと、突然、司会者である民主委員が起立して言った。

「では、只今より、元少佐・佐藤が自己批判を行う」

この前ぶれに応じて佐藤少佐は群衆の中から立ち現われ、人々の間を縫って前面に出たが、この時、彼はみんなから見られていることを意識し、ことさらびっこをひいた。それから梯子をよじ登り、アジ台の上に立った。そして一週間以前から何回も何回も口の中で繰返し稽古した文句を暗誦したのである。

「自分は曾てシベリヤ天皇であり、兵隊の上にあぐらをかき、勤労大衆より甘い汁を吸ったものである。今、自分は階級意識に眼覚め、大いに民主主義を勉強し、同志諸君とめでたく故国に敵前上陸する覚悟である。ついては、自分はヒロヒトから貰った勲章を今まで後生大事に持って来たが、それを本日ここで、足蹴《あしげ》にして、今までの恨みを晴したいと思う」

こう言うや彼はポケットから例の勲章を取出して落す如く足許に置き踏みつけ始めたのである。彼の踏みつける音が全員の沈黙の中で鳴り響いた。彼はいつまでも踏みつけるのを止《や》めなかったので、終に民主委員が言った。

「同志佐藤、もういいから止《よ》せ」

こうして佐藤少佐は喝采裡に降壇し、全員無事散会したのである。

佐藤少佐はこれで当分大丈夫だと考えた。彼はうまい廃物利用を考えついたわけだった。

ところがそれから数日後の或る朝、佐藤少佐は当時、民主委員の差し金でもう滅菌所に宿泊しておらず、みんなと同じ宿舎に寝ていて、ただ朝早く起き抜けに滅菌所へ行くことになっていたのだが、その朝、彼が宿舎を出ようとする途端に民主委員が入って来て、まだ寝ぼけている全員にこう言った。

「昨夜、所内に盗難事件があった。時計が盗まれたのだ。これから諸君の装具を調べさして貰うから、暫く動かないように」

こう言って数名で片端からしらべて来たが、佐藤少佐のところまで来た時、リュックサックの底から何やら引きずり出したのである。それは時計ではなくて、例の勲章だった。それは紙に包まれ、更に袱紗《ふくさ》で包まれ、更に風呂敷に包まれていた。

民主委員はこれを発見して、もう時計のことなど忘れたように見えた。彼は勲章をポケットに捻じ込んで、少佐にこう言った。

「よくも貴様は我々勤労大衆を欺瞞《ぎまん》したな。よし、徹底的に吊し上げてやるぞ」

佐藤少佐は一言もなく、うなだれ、観念して、終にその最も恐れる吊し上げを待つ外なかった。

12 別れ

幸運は彼を見捨てなかった、というのは突如として帰国命令が下り、佐藤少佐吊し上げの件はお流れになったのである。しかも帰国命令を受けたのは全員の三分の一であり、その中に佐藤少佐も入っていたのだった。この三分の一の連中は真新しい被服を着て、残留組の古びて汚れた作業服の中にあって浮き立って見えた。そして前者は後者の熱烈なる壮行の辞に送られて帰国の途についたのである。彼らは収容所を出て駅へ行った。

駅にはもう貨車が停っていて、彼らを待っていた。彼らは一人一人姓名を呼ばれ、それに返事をし、係り官の検査を受けてから貨車の中へ入るのだった。名前は妙なロシヤ風のアクセントで呼ばれ、人々は次々と貨車の中へ入り、やがて全員入ってしまったが、ただ佐藤少佐だけは車外に立ちつくしていた。係り官が言った。

「お前の姓は何というか？」

「サトウ、サトウ」と少佐は繰返した。

係り官は名簿を繰ってみた。サトウという名は幾つかあった。

「名は？」と係り官が訊いた。

佐藤少佐は久しぶりで自分の名前を口にした、まるで小学生以来忘れていた名前のように、曾てちゃんづけで呼ばれたその名を言う彼の声は少し顫《ふる》えを帯びていた。

「そんなサトウは名簿に載っていない。なにかの間違いだろう」

佐藤少佐は孤影悄然《しょうぜん》として収容所に帰って来た。これは単に事務上の手違いに過ぎなかったが、しかし彼の眼には、折角近づいた幸運が、今度は永久に遠のいてしまったように思われたのである。

が、幸運は一挙に舞いもどって来た。それは今度は全員を襲った。全員帰国命令を受け取ったのである。収容所全体が色めき立ちどよめいた。捕虜たちは帰国準備に忙殺され、貨車に掲げるべきプラカードを何枚も何枚も作った。彼らはそれを持って、壮大な行列を作り、わざわざ遠廻りして町中を通って、停車場に到着したのである。今度は、いちいち姓名を呼ぶことなく、ただ人員の数を数えるだけで、どんどん乗車した。佐藤少佐ももちろんそれに洩れなかった。今や彼は暗い貨車の中に小さくなって蹲《うずくま》り、発車を今か今かと待っていたのである。その時、彼は車外で誰かが自分の名を呼んでいるのを聞いた。今度は、前回と反対に、ただ彼の名前だけを呼んでいるのだった。周囲の連中には、それが聞えないらしかったので、彼も聞えぬふりをしていた。が、汽車はなかなか発車せず、一方、車外の声の持主は、終に彼の貨車を覗きこんでこう言った。

「お前が佐藤少佐か？　直ぐ装具をみんな持って下車しろ」

彼はリュックサックを持って下車した。そして気が附いたが、他の車輛《しゃりょう》からも既に数人の捕虜が下ろされていたのである。この小グループは一台のトラックに乗せられ、そこから汽車の方を見たが、もう夕暮で互いに識別できなかった。やがて帰国列車は黄昏《たそがれ》の中を徐ろに動き出した。トラック上の人々はそれを見送った、汽車は速度を増すとともに、トラックはその反対の方向へ動き出して、両者は忽ち遠ざかった。トラックは町を通り抜け、やがて高原を越えて、何処とも知れず、闇の中へ消えて行った。

13　エピローグ

それから一年と何カ月か経って、ナホトカの収容所には沢山の捕虜たちが集っていた。宿舎は超満員で、人々は廊下にまで寝ており、朝、眼を覚ましてみると、自分の足が人のお腹の上に載っていたり、自分の頭の上に人の足が載っていたりした。彼らはこうして迎えの船が来るのを待っていたのである。民主主義者たちは日本政府が船をおくらしているのを非難して、帰国したら必ずかかる反動政府を打倒してやると絶叫し、全員がそれに賛同していた。この群衆の中に、頭に繃帯《ほうたい》を巻いた、年取った男が一人いて、この男は小便が近いと見えて、しょっちゅう便所へ行ったが、この便所は非常に遠いところにあって、彼はそこから帰って来る途中で、もう小便が膀胱《ぼうこう》一杯に溜っているらしかった。この男は少しびっこをひき、その着ている、巨大な、不格好な綿入れの黒い上衣には、白糸でサトウと縫い取りがしてあった。

佐藤少佐は、あれから森林伐採の収容所へ送られたのだが、そこから、満州時代に罹《かか》った病気が再発して病院に送られ、やがて病気は快《よ》くなったのだが、退院しなかった。彼は滅菌所火夫時代の体験を生かして、病院のペーチカ焚きとして居残ったのである。彼は重病人たちの病室のペーチカを焚き、深夜に火の番をしながら、彼らの呻《うめ》き声や寝言を聞いた。それから、病人たちと一緒にナホトカへ送られて来たのだった。

終に出迎えの第一船が来た。しかし、もとよりこれには全員が乗船できなかった。そこで選抜された人々の名前が呼ばれたが、それは全部将校ばかりだった。ソビエト政府は形式的には最後まで将校と兵隊を区別したのである。この名簿が発表されると、今まで隠し持っていた肩章を取り出して恭しく肩につけた大佐もおれば、一つしか残っていない汚れた肩章を胸につける中尉もいたが、佐藤少佐にはもう肩章も勲章もなかった。彼は格別これを残念に思わなかった、――帰国の喜びに比すれば、そんなものが何であろう？

帰国部隊は長い行列を作って港の方へ向って行った。まだ冬は去らず、道路は凍っていた。港までの路は長く、海はなかなか見えて来なかった。佐藤少佐は行列の一番後からついて行った。彼はともすると、自分がびっこでなくなるのを感じ、そして口の中で呟いた。

「待て、船に乗るまで油断はならないぞ」

そうだ、船に乗って、海を渡り、上陸して汽車に乗り、それから故郷の村へ、そして家族の顔また顔、だがそれから先は、漠々として未知なる未来の霧の中に消えているのだった。

一番先頭の者にはもう海が見え、船の煙突が見えて来た。しかし佐藤少佐には、ただ足下の凍った大地と前を行く者の背中しか見えなかった。

彼はびっこをひきひき、辷《すべ》りそうになりながら、おくればせについて行った。

犬殺し

私たちは貨車に乗って緯度と平行に旅行していた。貨車の中は殆《ほと》んど夜昼の区別もなく暗かった。高い所に鉄の窓があったが、錆びついていて、どうしても開かなかった。外は明るい秋の真昼かも知れなかったが、私たちはいつまでもトンネルの中を通っているように思われた。何時間も、また何日間も、こうして、しまいには、時間というものは暗黒なもので、それは単調な車輪の音を立てていると思われて来るようだったが、ともあれ、これはよいことに違いなかった、——少くとも、ただ一個所に生活して、柵に囲まれて住み、その中で時間が足踏みしながら過ぎ去ってゆくよりも、ともあれ、それは何処かへ向って走っていたのだから。

それは非常に狭苦しい暗黒であって、人が仰向けにのびのびと寝ることを許さなかった。で、私たちは床の上に、また自分らの作った寝棚の上に乾草を敷いて、その上に背中と胸を合わせ、まるで心臓の鼓動を数珠《じゅず》つなぎにでもするように寝ていたのだった。

そして隣りの者にだけ聞えるような低い声で何やら話し合っていたが、その声が全部集って漠然と貨車の中を満たしていた。そして時折それが突然、申し合わせたように、しかも思いがけなくぴたりと止《や》んだのである。そんな時、私たちは車輪の音に包まれた自分らの沈黙に気付いたのである。すると急に個々人の沈黙が生長して大きくなり、互いに重苦しくなるように思われた。或いは広い平野の中に遠く孤立している人々の沈黙ならば、本当に静かで傾聴に値いするかも知れないが、貨車の中に積み込まれ、重り合った沈黙はお互いにのしかかって圧迫し合うように感ぜられたのである、その一方、かくも接近し隣り合っている心臓が実は互いに非常に遠い存在ではないかと思われたのである。すると、その時、この沈黙の重圧の中で、何処からか一つの声がそっと歌い出して、それがだんだんと隣近所に伝播《でんぱ》し、やがて歌声は車輪の音を蔽《おお》うて貨車の中にこだました。それは歌っていた。

陸の果にゃ海がある
白帆がゆくよ……

これは文句といい節といい何処から聞いても日本調の歌としか思えなかったが、実は「どん底」の中で歌われる牢屋の歌の日本版だという話だった。それにしても何というセンチメンタルなヴァリエーションだったろう？（——みんながこの歌を歌い出すと、彼は急に孤立した、何故ならこの歌が嫌いで、どうしても歌えなかったからである。それで合唱には加わらないで、片方の耳で私たちの歌うのを聞きながら、片方の耳では、或る「ヴォルガの舟唄」を思い出したのである。それは私たちが初めてシベリヤへ入って来た時だったが、汽車は名も知らない小さな駅で長いこと停っていた、その時、駅の労働者たちが私たちに向ってそれを歌って聞かせたのである。彼らはそれをロシヤの歌と思わず、日本の歌とばかり思っていたのだった。恐らく、私たちより以前に既に幾つかの捕虜列車がここを通過して停車した時、ある人々が以前日本で聞いたヴォルガの舟唄を思い出して、それを彼らに歌って聞かせたのに違いなかった。そして、それが今度は彼らによって口真似されて返って来ると、忽《たちま》ちその滑稽さが誇張されて、まるで歌のカリカチュアのように思われたものである。この「どん底」の歌にしても、彼にはまるでそれと同じ経過を辿るかのように聞えて来たのだったが——。）しかし歌声が止んで再び静かになり、その中でまたもや単調な車輪の音が聞えて来た時、私たちはそこに初めて歌の意味を聞くように思った。汽車は陸の果に向って走っていたのだった。私たちは暫《しばら》くその音に耳傾けた。もう、先刻の重苦しい沈黙は合唱によって清められ、晴れ渡ったように思われた。みんなが共通の一つの沈黙を抱いたようだった。そして、その中で誰か一人が、恰《あたか》もみんなを代表するかのように、低く、だがはっきりと呟《つぶや》くのが聞えて来たのである。

「ナホトカへ行けば海が見える」

そうだ、私たちはナホトカへ向って走っている筈《はず》だった。

突然、汽車が停まった。急に音響が私たちから剝ぎ取られた。静寂が暗い貨車の中へ入って来た。それは何処までも無限に傾聴される広大無辺な空間の沈黙だった。或いはパスカルのようにデリケートな魂の人ならば、それによって蠟燭《ろうそく》の炎のようにおののいたかも知れなかった。が、私たちは怒鳴り出した。

「おい、早く戸を開けろ!」

扉の直ぐ傍に寝ていた男が起き上って開けようとしたが、呪うべきこの戸は、これまた錆びついたようになかなか開かなかった。(天《あま》の岩戸《いわと》だ)と呟いて、もう一人の男が加勢に起き上った、その時、汽車はもう動き出していた。初めはゆっくりと、やがて段々と速度を増してゆく、その車輪の音が忽ち静寂に取って代った。こうして又、何時間進んでゆくのか、私たちは知らなかったが、しかし耳慣れたその単調な響がやがて私たちを眠りに誘うように思われた。何故なら、そこここから鼾《いびき》の音が聞えて来たからである。人々は鼾の煙幕を張って眠りの中へ逃げ込んだようだった。直ぐ隣りに寝ている男に話しかけても、その男はもう答えないで、ただ何やらわけのわからない呻《うな》り声を、深淵の底から聞かせるのだった。こうして私たちはもうお互いに入り込むことが出来なくなり、みんな自分の中に閉じこもったようにひっそりとなって、沈黙の代りに静かな寝息が貨車の中にただよっていた。こうして長い時間が過ぎたように思われた。その時、また汽車が停まったのである。しかし軒の音が一段と高くなっただけで、誰も起き上るものはいなかった。今度は誰も戸を開こうとしないで、また出発するのをじっと待っているようだった。が、停車は長びいていた。そしてその時、遠くの方から微かにラッパの音が聞えて来たのである。それは非常に低い静かなものだったが、はっきりと聞えて来た。食事ラッパだ。まるで最後の審判の日の天使のラッパもかくやと思われた。眠っている人々が忽ちざわついて来て、またたく間に起き上ったからである。（めしだ！）と人々は叫んだ。そして足踏みの音、身体のぶつかり合う音、関節のきしむような漠然たる音、何やら喚《わめ》く声が貨車の中に満ちて、それらが一斉に戸口の方へ向っていった。今度は五六人の者が一度に扉に飛びついて、それは直ぐ開かれた。明るい秋の午後の日光が貨車の中へ入って来て、同時に私たちは戸外へ飛び出した。私たちは一瞬ちらりと見たが、そこは全然人家の見当らない草原のほとりで、遠くの方に小暗い林があり、その縁には細い白い樹木があって、それが日に明るく光っているようだった。しかし私たちは風景など眺めてはいなかったのである。或る者はバケツを持って食事を受取りに炊事車の方へ走って行ったし、その他の連中は近くの野原に散開して排泄したり、或いは集って体操したりしていた。外から見ると、汽車はどれも同じような十八トン貨車を何十台となく長々と連結したもので、満州の農民たちが大尾巴《ながいしつぽ》と呼ぶやつだった。そして、それがこの無人の原野に停車すると、その一つ一つの車輛から人間どもが出て来て、忽ちそこいらに食物の匂いと糞便の臭気を漂わしたのである。それは時ならず出現した奇妙な遊牧の部落を思わせた。こうして食事が各貨車へ分配され運ばれて来ると、野原に出ていた連中もみな貨車の中へ吸い込まれて、今度は貨車の中で各個人への食事分配が始まったのである。この食事分配は薬剤師の綿密さを必要とするものだった。大中小さまざまの桝目《ますめ》があり、先ず一番大きいので分配し、残りを今度は中位の桝で、それから次は小の桝でという風に割っていって、最後は各人に茶匙《ちやさじ》一杯くらいずつ分配されたが、その間、人々は目を光らせて厳重に監視していた、空気は殺気立って、そこにはもう先刻の静寂の気配はなかった。しかも、そのように厳重に分配されながらも、人々はそれとなく見た目に一番多そうな分を取るべく虎視《こし》眈々《たんたん》としていたのである。が、各人が全部その分前を受け取ってしまうと、貨車の中はまた急にひっそりとなった。そして、その中で咀嚼《そしやく》する音が聞えて来た、また、更に耳を澄ますと、胃袋の蠕動《ぜんどう》する音が聞えるかと思われた。

汽車は今度はなかなか走り出さなかった。それはあらゆる関節をゆるめて休息しているように思われた。車輪はひっそりと動かず、時間は流れるのを止《や》めたようで、貨車の中には広々とした明るい秋の日射が入り、暗は消散していた。排泄と食事を済ました私たちは、しかし汽車がいつ動き出すのか判らないので、貨車から降りるわけにゆかず、開かれた戸口のところにかたまって、初めて外の景色を眺めた。雲一つなく、鳥影一つない、明るい空が眼から入って来て、私たちを一杯にした。流れ去る暗黒の時間が、じっと動かない空間に変ったのである。野原は人気なく寂《せき》としていた。遠くの方には一群の樹木があって、そこには暗黒がひそんでいた。その深々とした静かな闇のまん中には、一本の古い木があって、林はそれを中心として円周を描きながら少しずつ生長しているように思われた。そこには、この線路の上を流れている人間の時間とは、また別個な非常に長い時間がゆったりと流れているように思われた。そして、それら樹木たちの一番小さな孫のような若い白樺の木が何本か、林のへりに垂直に立っていて、重なり合った木々の暗を背景にして、白くほっそりと浮び上って見えた。それは一見荒涼とした、この自然の中に、何か非常に優しい、美しい微妙なものがあることを示していた。

風はなかったが、空気は冷たかった。人間ばかり積み込まれた貨車の中に、その冷いものが滲透《しんとう》して来た。それは決して人間の熱によって温められず、いつも人間の熱を冷ましに来るものだが、私たちはまるで積み重ねられた林檎《りんご》の中に風が通されるように感じた。そして、それによって腐敗を免れるように、その新鮮な冷いものを深呼吸したのだった。

その時、私たちは気がついたが、線路からそう遠くないところに、小高い岡が一つ隆起していて、その蔭から何本かの大きな菩《ぼ》提樹《だいじゅ》がのぞいていた。それらのたたずまいを見ると、自然に芽生えて生長したものではなくて、どうやら人間によってきちんと整頓され、植えつけられたものらしかった。すると、この風景が急に私たちに近づいて来て、親しみ深いものになるように思われた。そして実際、その岡の蔭、樹木たちの中から一人の人間が現われて、私たちの方へやって来たのである。それはゆっくりと歩いて来たが、着々と近よって来た。そして段々はっきりしたが、それは古風な恰好をした百姓の婆さんだった。肩掛けと一つになった灰色の厚いレースの頭巾《プラトーク》をかぶって、両手には牛乳入れのバケツを提げ、大きな長い黒いスカートをつけていたが、近づくと共に、このスカートの蔭から小さな孫娘らしい女の子が現われた。そして、非常に面白いことに、この小さな女の子も婆さんと同じような服装をしていたのである。まるで年老いた樹木の傍に、その若木が生え出したようだったが、彼女たちは私たちに牛乳を売りに来たのだった。婆さんは不愛想な顔をして、一定の距離まで来ると牛乳入れを地べたに置いて立ち止まった。そして孫娘が私たちの直ぐ傍まで近づいて来て、註文をとったのである。彼女は何か売物屋さんごっこでもして遊んでいるように面白そうだった。彼女はその牛乳が得意らしくて、私たちに向って命令でもするように（牛乳を買え《クピー・モロコー》）と言って微笑したが、それは真に素朴な愛嬌だった。彼女はすべてを敏速に秩序立って行うことを楽しんでいるようだった。先ず誰かが註文すると、彼女はまるでその人を褒めるように（よし《ヴォト》、よし《ヴォト》）と言って容器と金を受取り、それから婆さんのところへ走って行って、一立《リツトル》の桝でその中へ牛乳を入れるのだったが、たまたま容器が小さくて、ほんの一滴でも入り切らない時は、買手にその容器から少し飲ませ、それに残りの一滴を注ぎ足したのである。また、釣銭がない時は、彼女は初めから受け付けなかったが、そんな時、彼女は売手が残念であるというよりも、買手に対して気の毒だというように肩をすくめてみせたのである。彼女の動作はすべて機敏であり、正確で優美だったが、その間、婆さんは立ったまま孫娘の姿をじっと見ていた。牛乳は忽ち売り切れた。まるで彼女たちは予《あらかじ》め時間をきちんと測定していたようだった、というのは、この時、汽笛が鳴り響いて、汽車が動き出したからである。前方から次々に関節の引張られる音が伝わって来て、貨車はもう動き出していた。婆さんと孫娘は並んで立って、私たちに向って手を振った。私たちもそれに答えて手を振ったが、汽車は忽ち速度を増して、冷い風が車内に吹き込んで来た。私たちはいつまでも手を振っているわけにはいかなかった。私たちは重い扉を閉ざした。すると、野原も白樺の林も菩提樹の木立も老婆も小さな孫娘も忽ち幻燈のように消えてしまった。私たちは再び暗の中に響く単調な車輪の音を聞いて、元の床の上に横になりながら、さっと通り過ぎた新鮮なものがまだ顔の上に漂っているように感じた。そして誰かが一隅で牛乳を飲んでいる咽喉のごくごく云う音を聞いたのである。

ハバロフスクに汽車は真夜中に到達して数分間停車したが、私たちは戸を開かなかった。そして暗い壁の彼方《むこう》から聞えて来る、人々のすたすたと歩いている足音や、だみ声の話し声や、レールをハンマーで打つ音や、また貨車の直ぐ近くや遠くの方で何ものかに向って吠えている犬の唸り声や遠吠えの声などを通じて、漠然とした町の気配を聞くように思ったが、その間に汽車はもう走り出していた。私たちは何よりもこの発車を待っていたのである。何故なら、ここは分岐点だったからだ。私たちは注意力を集中して車輪の音に耳傾けた。この、私たちの床下にあって、私たちを運んでゆく単調な物の音に、すっかり親しくなっていた私たちは、そのあらゆる変調や走り具合を感じ取って、その方向を言い当てることが出来たのである。で、私たちは耳を傾けた。そして、汽車がこの分岐点を通過してから、それは南下せずに、どうやら北上しているらしいのを感じ取ったのである。明らかにカーヴ毎の揺れ具合はこのことを語っていた。私たちは暗黒の中でそっと近づきつつあったらしい海がまた急に遠のいてゆくのを感じた。今や汽車は一直線に走っていた。つまり、それはナホトカではなく、コムソモリスクへ向って走っていたのである。そうだ、本当を言えば、これは予め私たちに語られていた、既定のことに過ぎなかったのであるが、ただ私たちはその確証を得るまではそれを信じなかったのに過ぎない。何故なら、切符を買ったのは私たちではなくて、それは一括して誰か未知の者が持っており、この者に対して私たちは常に半信半疑だったからである。私たちは誰もみな海を見たいと思った。しかし汽車がそっちの方へ走っていないとなると、これまた仕方のないことだった。で、私たちは白帆を夢みる「どん底」の歌をやめにした。そして車内で演芸会を開き、順ぐりに民謡など歌って、賑やかに長い旅路を終えたのだった。こうして新しい若い町のコムソモリスクに到着して、そこでさまざまな労働に従うことになった私たちは、この滞在は途中下車に過ぎなく、それもせいぜい三箇月で、それからナホトカへ向うのだと告げられたのだが、これに対しても私たちは半信半疑で、今度はもう何年もここに住むのではないかと思ったものである。つまり私たちは、よい事を言われると悪いように取り、悪いことを言われると良いように取る性質だった。

三箇月ほど過ぎると果して私たちは再び貨車に乗せられ南下してナホトカへ向ったが、到着する大分前から私たちは起き上って下車準備を始めた。先ず貨車の中に釣られた寝棚の板をみんなばらばらにして一箇所に積み上げ、寝藁《ねわら》の乾草を片隅にまとめ、こうして広々とした車の中を私たちは行ったり来たり、また足踏みしたりして、足下の車輪の音が弱まるのを待っていた。終《つい》にそれが停止した時、私たちは直ぐ扉を開いたが、そこにはただ静かな深い夜の闇がひろがっていた。真夜中は大分過ぎたが、朝はまだ遠かったのである。私たちは下車すると同時に、今まで一緒に生活して来た車内のものをみんな引きずり下した。寝台の板や炊事道具など、そして、それらは馬車に積まれ何処かへ行ってしまった。それから寝藁の乾草は戸外の方々に集められて火を放たれた。それらは非常に勢よくあかあかと燃え上って、忽ち消えてしまった。こうして、すっかり空虚にされ、清掃された貨車は、冷い一月の微風に吹きさらされ、もう何を積んで来たのか判らなかった。それはすっかり軽くなって、殆んど車輪の音も立てずに、しずしずと立ち去ってしまった。そして、その後の空虚な線路に私たちは整列して、枕木を踏みながら収容所の方へ引率されて行った。

夜が明けかかって物の形が見え始めるころ、私たちは収容所に到着したが、その宿舎はまるで長いこと人が住んでいなかったもののように見えた。というのは、これらの家は云わば貨物の集散する倉庫のようなもので、ただ間歇的《かんけつてき》に人々が集って来て、暫く住む家であり、時としては不在の期間の方がずっと長くて、人々が飛び立っていった後は、また元のあばら家に立ち返ったからである。私たちは壊れた寝台の板を直したり、窓の隙間をふさいだり、ペーチカを修理したりした。しかし、何ものよりも時間が必要だったのである。何故なら、一切が整備されても私たちはまだ長いこと寒さに顫《ふる》えていたからである。しかし、徐々として私たちの体温が室内に瀰漫《びまん》して来るのが感ぜられた。こうして家は少しずつ生気を取り戻して来て、窓硝子《まどガラス》は内側からうっすらと曇り、私たちはもう寒さを感じなくなった、こうして、やがて私たちは到る所で住みならして来たのと同じような宿舎をそこに再び見出したのだったが、しかし、あらゆる先住者のように私たちもこの塒《ねぐら》から直ぐ海を越えて行くことを期待したのだった。けれどもナホトカへ来ても、海は見えなかったのである。迎えの船も来ていなかったし、それはいつ来るか未定だという話だった。ただ、夜ふけに眼を覚まして、私たちは不図《ふと》、船の汽笛を耳にしたように思った。そして朝、誰かがその話を持ち出したが、それに答えるものはいなかった。港が近くにあるのなら、汽笛の音が聞えるのは当然だったからである。天気は毎日のように晴れ渡っていたが、風は非常に寒く、それは雪に蔽われた山面をしょっちゅう吹いて、そこに小さな雪の旋風を起しており、それが極《ご》く稀にぴたりと途絶えることがあった、すると、日光は急に暖かになって、私たちはやはり大分南の方に来ていることを感じたのである。

ナホトカでは私たちに一連番号が打たれた。それは乗船番号だからよく覚えておけと注意された。もとより、それを忘れたら乗船できないかのように、私たちはそれを決して忘れはしなかった、そして、やがて、お互いに名前を呼ばないで、番号で呼び合ったが、そうこうするうち、後《あと》数日すると迎えの船が来るという噂が広まった。その時、突然、私たちは舎内で或る気まぐれな番号が特別大きな声で呼ばれているのを聞いたのである、――（三百九番！　いるか、三百九番！）――（おります！）――すると続いて三百十番、三百十一番という風に順ぐりに呼ばれて、忽ち私たち三十人の人間が選抜されたのである、――(以上三十名はソ連の命令により出張する。)私たちは直ちに装具をまとめて、一週間分の糧秣を受取り、停車場へ向っていった。夕がたで風は丁度凪《な》いでおり、日中溶けかかったぬかるみがまた凍りついていた。私たちが辷《すべ》りそうになりながら歩いてゆくと、擦れ違うソ連人がきいた、――(ええ、ヤポン、徒歩で国へ帰るのか?)と。私たちは苦笑して答えなかった。そして停車場に着いて、汽車の来るのを待っている時、傍らに石造りの貧弱な小屋があったが、その前に黒い大きな犬がのそりと寝そべっていた、彼は私たちを横目で睨みながら低い唸り声を立てた。すると小屋の中から一人の老婆が出て来て鼻を啜《すす》りながら(ウォプカ! ウォプカ!)と呼んで犬をたしなめた。犬は直ぐ静かになって、尻尾《しっぽ》を少しばかり振って地面を掃いた。それから老婆は黙って私たちを見つめ、微かに頭を横に振ったが、その顔はこう語っているように思われた、――(可哀そうな人たち、お前たちはいつ故郷へ帰るのだろうね?)

私たちは何処へ連れて行かれるのか知らなかったが、とにかく汽車に運ばれていった。それは今度は貨車ではなくて、ちゃんとした客車であり、それも一台貸し切りだったから、薄汚れた堅い三等車ではあったが、私たちには全く豪華な旅行だった。暖かなスチームの通る車室の中で、幅広い板の坐席に長々と横たわり、久しぶりにお互いの間に少しばかりの空間を置いて、私たちは直ぐ各人の睡眠の中へ入っていって、あとのことは汽車の進行にゆだねたのだが、安楽感は直ぐ終りを告げた。というのは真夜中近く叩き起されたからだが、それは乗り換えのためだった。私たちはこの豪華な寝台車から下されて駅の待合室に入れられた。それはまことに小さなもので、私たちは再びお互いに密着して、コンクリートの床の上に寝そべった。そして五燭光《ごしょっこう》位のぼんやりした電燈に照らされて、先刻の眠りを続けようと努力したが、なかなかうまくゆかなかった。私たちは空腹をおさえつけながら眠ったように見せかけていたが、何処からか低いひそひそ話が聞えて来た、私たちは耳をそば立てて、そして聞いたのである、――（俺たちは、出張している間に、忘れられて、置いてゆかれるのではないか？）すると、誰かが答えていた、――（そんなら、俺はこのまま、ここに住むさ。国へ帰ったって、俺には行くところがないんだから）

明け方近く私たちはとうとう眠ったようだった。お互いの体温で暖め合っても、下の方から来るコンクリートの冷たさは何ともならなかったが、それでも眠気が終に私たちを圧倒したのである。そして、丁度、薄暗い電燈の光と、曇った早朝の日光とが、同じような光度を以て、窓硝子を距《へだ》てて相会している頃、突然扉が開いて一人の男が荒々しく入って来た。その男は薄暗がりの中でよく見えなかったが、白い羊皮のシューバを着ていた。彼はこの待合室のベンチで一眠りしようと入って来たらしかったが、そこに踏む足場もなく横たわっている人群に行き会ったわけだった。彼は酔払っているに違いなかった。というのは初め私たちのいることに気附かないように、入口の少し空《あ》いた所をふらふらと進んで来て、一番端に寝ている者を踏みつけて、何やら呪詛を呟いていたからである。それでも彼は私たちの間に無理に割り込んで来て、傍若無人に場所を取ってそこに横たわった。私たちはじっと寝そべって、ひそまり返っていたが、その中で彼は大きな声で怒鳴っていた、――（ロシヤ文化とは何か？）と。そして、その質問を繰返しているうちに、それはだんだんと低くなって、やがて静かな鼾に変ってしまった。その時、一つしかないベンチに寝そべっていた、私たちの護送兵が寝がえりを打って、一言「風変りな奴《チユダーク》」と呟いた。

それから一眠りする間もなく、私たちは起されて、再び暖い客車に乗り、午後おそく小さな町に着いて、そこで下されたが、駅名にはウォロシーロフと書いてあった。これが私たちの目的地だったのである。そして直ちに私たちは作業場へ連れて行かれた。それは巨大な建物で、中には巨大な丸い鋸《のこぎり》が巨大な唸り声を立てて廻っていた。この建物には二つの戸口があり、その一つの方からは太い原木《げんぼく》が入っていった。そして、もう一つの戸口から、さまざまな建築用材や家具の部分品となって出て来て、それがさまざまの形に積み重ねられていた。そして、この建物からは鋸屑だとか木片などがさかんに排泄されて、それをトラックに積み込む少年たちが働いていた。すべては活気に溢《あふ》れ、労働が沸騰しているように思われた。私たちはこの構内へ入っていって、早くも自分たちが何故ここへ連れて来られたかを感じ取った、何故なら工場はさかんに活動していたが、原木を積み重ねておく広場はからりとして、殆ど予備の原木がなくなって、それは伐採地からの貨車の到着を待っているように見えたからである。そうだ、私たちはこの到着する貨車から原木を下ろす任務を帯びてやって来たのである。これは甚だ辛い労働だった。それだけに私たちは敏感にも直ぐそれを感じ取ったのである。

宿舎へ連れて行かれるのを待つ間、私たちは工場構内にある小さな小屋で休憩したが、そこは鋸の目立場《めたてば》で、一人の爺さんが働いていた。彼は私たちがどやどやと入っていっても全然無関心で黙々と働き、ただ目立の音を立てるばかりだったが、一仕事済むと髯《ひげ》だらけの口にパイプをくわえて立ち上り、私たちの方へ向って来た。彼は小さな眼鏡をかけていて、ポケットから新聞をのぞかせていたが、その新聞を引き出しながら、真面目な顔をしてこう言った。「お前たちは何故ナホトカへ行かないのだ。新聞に出ているが、日本政府は船を送ってよこしたそうだ」こう言って、彼はロシヤの諺《ことわざ》を附け加えた。「お客に来ているのは結構だが、家にいるのは、もっと結構だ。そうだろう？」

私たちはその新聞を見たいと思ったが、その時、私たちの護送兵が外で日本語で「集れ！」と怒鳴っているのを聞いた。

この工場の近くの空地に蒙古人の包《パオ》にも似た小さな家がかたまって四つばかり立っていたが、その一つが私たちの宿舎にあてられた。それらの周囲にはかつて有刺鉄線が厳重に張られていた跡があり、以前ここに囚人たちが住んでいたことを語っていたが、今はすべてが廃墟に帰していた。監視哨も番兵の小屋も倒れかかっていた。私たちは四つの小屋のうち、どれでも好きなのに入れと言われたが、しかし、どうやら住めるのは一軒しかなかった。そして、又しても、この家をどうやら人の住居にする作業に、私たちは忙殺された。といっても、それは大体に於いて、このあばら家を私たちの心臓の鼓動と呼吸によって生気づけることだった。私たちは全力をつくした、つまり、ただじっとしていたのである。家は再び暖かになった。包《パオ》の中心にはオランダ式のペーチカが柱兼用に立っていたが、それが段々と私たちに馴れて活気を取戻し、この古びた家はまるでずっと前から私たちに住みならされて来たもののようになった。私たちの護送兵は、このことをよく知っていたので、私たちにぼろ宿舎をあてがうと直ぐに何処かへ行ってしまい、二、三時間後に頃あいを見計って再び現われ、そして言った、——(どうだい、この邸《ドーム》は気に入ったろう?)事実、その頃は家は面目を一新していたのである。

この家の天井には落書がしてあった。というのは、寝台は二段になっていて、二階に寝るものは容易に天井に手が届いたからである。そこには女の裸体や、二つのハートが一本の矢で貫かれている図などが鉛筆で描かれていたが、その中にまだ真新しい落書が一つあった。それにはまことに稚拙な字でこう書いてあった、——(一九五〇年十二月二十五日、ここに泊る。)そして、恐らくは出まかせの、判読し難き署名がしてあったが、これによって私たちは、一人の男が一箇月前にこの廃墟を住家としたことを知ったのである。何故ならそこに書かれた泊るという字は単数であり、語尾は男性形だったから。

その晩、真夜中過ぎに、山から原木を満載した貨車が到着した。私たちは直ぐ起されて作業にかかった。原木は巨大なもので、中には直径が一米《メートル》近くあるのもあった。それらは曾《かつ》て私たちも従事したことのある、山中の烈《はげ》しい労働を物語っていた。ロシヤ人は大抵、黙々として働くものだが、我々日本人には集って仕事する時、いろんな掛け声をかける習慣がついていた。それで今まで静かだった夜更けの空に、日本語の古風な掛け声がこだまして、間《ま》をおいて、何か巨大な重いものが地面に落下して、ころがる音が聞えていた。私たちは出来るだけ早く原木をおろしてしまわなくてはならなかった。何故なら汽車の停止《プロストイ》は厳禁されていたからである。すべての機械はフルに運転されなくてはならなかった。私たちは早く貨車を空《から》っぽにして、それを再び山中へ送り返して、そこにいる労働者を督促するべく努力したのだが、作業は朝までかかり、私たちはへとへとに疲労してしまった。その時、既に工場の鋸は動き出していた、そして、私たちの下した原木が早くも工場の中へトロッコで運び入れられるのを私たちは見たのである。

このウォロシーロフの町には日本人の捕虜大隊が一つあったそうだが、それはもうナホトカへ引き揚げてしまっていた。それで私たちは、あらゆる日本人はもうみんな海辺へ行って、そこで乗船してしまったか、或いは乗船を待っていて、奥地に残されているのは、ただ私たちばかりであり、私たちはこのままここに置き去りにされるのではないかという漠然たる不安を感じた。それに、私たちはここへ来てから、一切の警戒を免除された、恰ももう全然警戒する必要がなくなったかのように。そして私たちを連れて来た赤軍の兵士は、何処かの兵舎に泊っていて、そこでチェスをやっていて、滅多に私たちのところへ姿を現わさなかった。それで、私たちは町へ出かけてゆき、屋台店《キオスク》でウォトカを飲むことだって出来たのだが、なかなかそんな金はもちろん、時間もなかった。労働は無限だった。伐採地から原木は次から次へと送られて来て、私たちには僅《わず》かに眠る時間と食べる時間が与えられるだけで、あとは殆んど、大きな丸太と取り組んでいたのである。一週間は忽ち過ぎて、私たちは持って来た糧秣を食いつくしてしまった。すると町の倉庫から三日分与えられた。この三日も過ぎて、そのうちに、さすが広い原木置場も一杯になって、山からの輸送は休止したようだった。私たちはこれで作業が終り、いよいよ海辺へ送り返されるだろうと思った、すると今度は製材された建築用材を積み重ねる雑役を与えられ、それと共に、また三日分の食料を貰《もら》ったのである。そして、その間にまた原木はどんどん減ってゆくだろうから、やがてはまた貨車が山からやって来るに違いなかった。

このように私たちは作業にゆく以外は殆んど宿舎から外へ出なかったが、この警戒の全然なくなった廃墟のような収容所へ時折、外部から入って来る者があるのに、私たちは気づいたのである。夜、私たちが便所に起きて闇の中を歩いてゆくと突然、足もと近く、さっと逃げ去ってゆく者があった。犬どもはいつも収容所のぐるりをうろついていて、それが時折、炊事場の残飯を嗅ぎつけて入って来たのである。彼らは私たちに対しては甚だ用心深くて、決して近寄らなかったが、私たちの気附かないでいる時、彼らは直ぐ傍まで来ているのだった。そして私たちが気が附くと、彼らは直ぐ逃げていった。私たちはだんだんとはっきり、このことを意識した。何故なら私たちも彼ら同様餓えていたからである。殊《こと》にも私たちは肉というものが食いたかった。

ある晩、私たちは就寝前の僅かの時間を利用して雑談していた。一人が言った。

「俺は千島でおひょうという魚を食ったことがあるが、それは座蒲団《ざぶとん》くらいの大きさだった」

すると一人が言った。

「俺も食ったことがあるが、俺のは畳一畳くらいの大きさだった」

すると前のが答えた。

「あの魚は大きいほど美味《うま》くないんだ」

これに続いて、みんなが、俺は山猫を食ったとかノロを食ったとか狼を食ったとかネズミを食ったとか、言い出したが、最後に誰かが言い出した。

「俺は犬を食った」

暫く静かになったが、その中で一人が言っていた。

「俺は漁師だから魚の獲り方なら知っているが、犬はどうして獲るんだ？」

すると即座に答える者がいた。

「わけはない。兎《うさぎ》を獲るような簡単な針金のわなを作って、夜に残飯置場にかけておけばいい、直ぐ一匹くらい引っかかるさ」

「なら、どうして殺したらいい？」

「わけはない、首を吊すのが一番いいんだ、犬の首に縄をかけて、橋のランカンにその片方を結びつけておいて、犬を橋から下へ蹴落すんだ、犬は自分の重みだけで、いちころに死んでしまう、簡単なものさ」

ここで私たちは眠ってしまった。誰もが犬を殺して食おうと思ったわけではなかったのだ。しかし、若《も》し誰かが犬を殺して、料理して、出されたなら、それを食べることは辞さなかったのである。だから、若しも私たちの一人が法廷に立って「我は犠牲者にして共犯者にあらず」と言ったとしても、それを信じてはいけない。何故なら私たちは消極的な共犯者なのであって、犠牲者と呼ばれ得るのは犬以外の何者でもなかったのだから。さよう、犬以外の私たちは全部が少しずつ主犯者であったと言うべきだろう。

ところでその翌日の夜ふけだったが、昼間の労働に疲れてぐっすり眠り込んでいた私たちは異様な物音で眼を覚ました。そして入口のところに風除けに立っている板を見ると、そこに一匹の赤犬がぶら下っていたのである。それは橋の下の空間に吊されたのと違って、自分の重みをすっかり使用することが出来ずに、苦しんでいた。何故なら背後に板があって彼を支えていたからである。私たちは悪夢の中でのように、彼がかすかに歯をむいて、もがき、且《かつ》、唸っているのを見た。彼は予期に反して直ぐ死ねないのを怒っているように見えた。彼をしずめるためには、下してやるか、或いは別の方法で殺してやるかだったが、もう下してやるわけにゆかなかった、もしそんなことをすれば、彼はいつまでも私たちに歯をむくであろうから。それは犯行の生きた証拠をのこすようなものだった。それで斧が現われて来たのである。斧は力一杯に彼の頭蓋を殴っていた。それは空《うつ》ろな音を立てた。何故なら出血を恐れて刃のない方で殴っていたからである。一撃また一撃。犬の唸り声は何か空気を吸い込むような音に変って、やがて静かになった。そして身体はだらりとつい立にぶら下った。私たちは、ほっとしてまた眠ってしまった。

翌朝、眼を覚ました私たちは夜ふけに見たものを悪夢の如く思い出したが、それはもとより夢ではなかった。そして組長が改ってこう言うのを聞いたのである。

「俺たちは犬を殺した、これは我々がここを去ってナホトカへ帰る時に、食うことにしたいと思うが、諸君はどう思うか？」

「異議なし」と私たちは答えた。

「では、そうするが」と組長は語を継いだ、「絶対にこのことは秘密にしておかなくてはならない。ソ連では犬や猫を殺したものは監獄に入れられるのだ。犬の肉は直ぐわかる。犬の肉を犬に与えると、匂いを嗅いで、絶対に食わないものだ」

彼はこのように「俺たち」は犬を殺したと言った。斧をふるって犬の頭を殴ったのは彼らしかったが、正当にも彼はただ私たちを代表して行ったと思っていたのである。そして私たちはと言えば、誰が殺したなどと言うことはもう問題にしなかった。

私たちは犬の皮を剝いで、肉や臓物を縁の下の奥深く隠匿し、残骸を土中に埋め、同時にサバーカというロシヤ語を絶対に口外しないことにしたのである。私たちは犬の肉を食う日、とは即ちナホトカへ帰還する日を待ちながら働いた。こうして三日過ぎ、日曜日が来た。その日は天気がよくて、初めての春の日のようだった。日曜日でも貨車が来れば、私たちは作業に出たが、その日は何もなかった。私たちは窓を開いて新鮮な空気を室内に入れ、乾草の上に寝そべっていたが、その時、窓から外を見ていた男が突然叫んだ、――（おい、へんな婆さんが来た）

組長が立ち上る間もなく、一人の老婆が扉を開けて入って来た。それは大へん見すぼらしい服装をしていて、いつぞや汽車に牛乳を売りに来た婆さんとそっくりだったが、ただ牛乳入れの代りに、長い一本の杖を手に持っていた。彼女は入って来ると、恐《こわ》い顔をして私たちの顔をぐるりと見廻したので、一瞬ひっそりとなった。組長が立って行って彼女と相対した。

「お前たちは犬を殺したでしょう」と彼女は声を顫《ふる》わして言った。

組長はロシヤ語をよく理解したのだが、しかしこの問題に関する限り、彼はロシヤ語が判らないことに決めたのである。

「知りません《ニエ・ズナーユ》」と彼は答えた。

「私は知っている、お前たちは犬を殺して食べてしまったのです」

婆さんの眼からは涙が溢れて頰を伝わった。老いたる顔が急に輝いて涙が光っていた。

組長は「ニエ・ズナーユ」一点張りにすることに決めていたが、思わず言った。

「それは――あなたの犬か？」

「私の犬ですって？」と老婆は答えた、「誰の犬だって構いません。あれはむこうの方へ走っていったかと思うと、こちらへ走って来ました、そして私の手から食物を貰って食べ、そこいらを走り廻っていました。それをお前たちは殺して食べてしまったのです」

組長も私たちも黙っていた。婆さんは、みんなの顔を見廻してから、ゆっくり廻れ右をして出て行った。丁度、正午だったが、その日は日曜日だったので、どの工場の汽笛も鳴らず、空気はひっそりしていた。その代り、開かれた窓から遠く鐘の音がかすかに聞えて来たのである。私たちは窓から覗いてみて、丁度、門から出ようとしている老婆が立ち止まって、十字を切っているのを見た。

その日の夕、私たちは帰還命令を受け取ったのである。犬の肉の晩餐《ばんさん》を食いながら、私たちはまたしても誰かが呟くのを聞いた。

「俺《おら》ハア、帰《けえ》ったら橋の下だ」

Ⅱ　逃げていく歌

未確認戦死者の歌

正午
町はずれ
待っている
バス発着所
カーテンに
ゆらぐ風
ハエの羽音
鳥の影
ドブの匂い
お早くねがいます
その中に
ただ彼の

空席が
立っている
ベンチ

うたごえの歌

青い空より
もっと青い
池のおもての
青い空
そこにある
おさえつけても
出てくるもの
そこにある
音もなく
湧きあがる歌
うしろから
ひとがいう

おまえさん
なに見ているか
ふりむいて
答えない
沈黙の答えはこうだ
雪のステップ
胸どきどき
息がつまる
氷点下六九度
ふりむく顔から
逃げていく歌

夜の岡で
女たち歌う
石炭まんさい
おしていく
トロッコの歌

こちらの岡で
一つまた一つ
男たち黙々と
煉瓦つみ
きいている
むこうの岡の
女声合唱
やがて出来た
家の中で
男たち与えるだろう
歌の贈り物へ
おかえしの品
女たちに

兵隊の歌

ギターをとって
絃をはれ
兵隊の歌をうたおう
ハヨホイハヨホイハヨホイホイ

おんぼろ船に
つみこまれ
送りだされた兵隊よ
ハヨホイハヨホイハヨホイホイ

あぶらの海に
うかんでた

ぶっくぶっくのしかばねが
ハヨホイハヨホイハヨホイホイ

ジャングルのおくに
ひかるもの
あれはちいさなしゃれこうべ
ハヨホイハヨホイハヨホイホイ

兵隊は生きた
まんまで
煉瓦の下にうずまった
ハヨホイハヨホイハヨホイホイ

五臓六腑が
とびだして
冷凍にされた兵隊は
ハヨホイハヨホイハヨホイホイ

夏はきらきら
野のはてで
うじ虫だらけでドロドロとける
ハヨホイハヨホイハヨホイホイ
七年間の
歳月すぎて
帰ってきた兵隊もいる
ハヨホイハヨホイハヨホイホイ
小包になった
兵隊は
ふればカラカラ音がする
ハヨホイハヨホイハヨホイホイ
せっけん二つに

くつした二足
さるまたちりかみもらったよ
　ハヨホイハヨホイハヨホイホイ
からだ半分
ふっとんで
がらくたになった兵隊は
　ハヨホイハヨホイハヨホイホイ
駅前広場で
はもにかならす
勝ってくるぞと勇ましく
　ハヨホイハヨホイハヨホイホイ
サラリーマンは
みつけたよ
ラッシュアワーの始まりに

ハヨホイハヨホイハヨホイホイ

駅前広場の
ベンチの上に
死んだ兵隊
　死んだ兵隊
　　死んだ兵隊
　　・・・・

死んでも
はもにかはなさずに
口からはもにかはなさずに
ハヨホイハヨホイハヨホイホイ

露営の夢の歌

暗い晩だ、暗い晩だ、暗い晩だ
モスクワ、ベルリン、ワシントン
どこもかしこもまっくらだ
ねむれ、兵隊よ、ねむれ

暗い晩だ、暗い晩だ、暗い晩だ
野原におおきなかがり火ひとつ
あんまり暗くて見えやせぬ
ねむれ、兵隊よ、ねむれ

暗い晩だ、暗い晩だ、暗い晩だ
停電中の大都会

ぐるぐるまわる環状線
ねむれ、兵隊よ、ねむれ

暗い晩だ、暗い晩だ、暗い晩だ
海峡のニシンの大群方向転換
枕は一本まるたん棒
ねむれ、兵隊よ、ねむれ

☆

ほめよ、たたえよ、なけ、わめけ
ここがぼくらの墓地になるだろう
地球はまわるというけれど
まわるの誰も見たやつはない
一日二十四時間、一時間は六十分
ぼくらは時計の中に住む
ねてもさめてもいいことない

たっぷり眠るやつがいう
眠りは神の慈悲だとさ
どの夜も井戸の中へおちてゆく
死んだやつほどよく眠る
時間はここで足ぶみだ
血のじゅんかんがよくわかる
月の下の平野の色も
みんな同じ汽車にのって
そしてもうどこへも進まない
壁ひっかいて爪がすりへる
血はすぐさまふきあがる
穴が一つあればじゅうぶんだ
となりでくすくす笑うやつ
時間をきれぎれの秒にきざんじまった
血は水よりもうすくなる
草はたべるだろうぼくらの腐敗を
雨ふりの夕やみに燐の光

まっくらな穴ぼこ、ぼくの口
のぞけば死んだ町が見える

☆

まっくらな夜のむこうに
光るもの、あれはなに？
ねむれ、よい子だ、ねんねしな
あれは鬼火よ、ゆらゆらと
死神がうたっているよ
ねむれ、よい子だ、ねんねしな

逃亡兵の歌

お迎えはやがて
くるだろう、くるだろう
だがそれがくるまえに
彼は自分から
出ていった、出ていった
彼がさきに死ぬか
残ったものがさきに死ぬか
それはわからない、わからない
もしも彼が生きのびたなら
兄弟たちに告げるだろう
この地上で自由に生きること
ほかならぬこの地上で

自由に生きる
ただこれだけが
われわれの望みだったと

復員列車の終着駅の歌

とある田舎町に
三等車ばかり連結の
長い長い汽車が到着
下車する兵隊五千名
出迎える人五千人
さけびあい
さがしあい
見つけあい
つかみあい
ぶつかりあい
抱きあって
立ちのぼる

熱気むんむん
だが一人だけ
毎日毎日
出迎えても
いつまでも
下車してこない
兵隊がいて
白い日光ななめにさし
今日も駅員が水をまく
からっぽのプラットホーム

Ⅲ

シベリヤをめぐって――短篇とエッセイ

炭坑ビス　ソ連俘虜記

チチハルからマンチュリー経由で入ソした俘虜《ふりょ》軍の一個大隊を編成するわれわれは、一九四五年十一月七日、すなわち革命記念日の晩にカルイムスカヤの駅に到着し、数時間停車した。晴れた星空の下に点々と電燈を灯した町は、それが革命記念日であるにせよ、なにか宗教的な祝日か或は普段の日であるにせよ、われわれの参加しえないお祭を祝っているように見えた。すでに非常に寒く雪が積っていた。われわれは十八トン貨車に五十名ばかり文字通り積み込まれていたが、この駅に着くと、自分たちの車輛に乗っていた一人の病人が急に重態になった。われわれは彼のために寒い戸を開け放った。町の方から黒い長い外套を着た非常に丈の高い鷲鼻《わしばな》の男がやって来て車内を覗き込み、手を伸ばして病人の脈をとり「チフス」と呟《つぶや》いて行ってしまった。病人は間もなく死亡した。われわれは互いに重なり合って暖をとっていたが、彼はもう人に暖かさを与えず、また人の暖かさを感じなくなった。発車間際に彼は下車させられた。いや、動き出した車から投げおとされたのである。われわれはチタの方へ向っていた。

「どこへ?」これがわれわれの唯一の質問だった。

「チタを経由してウラジオへ」とわれわれの警戒兵はきまり文句で答えた、「そしてウラジオから東京へ」と。

この答えは本当だった。ただわれわれはこのコースを通るのに四年半の時間を要したのである。

チタの駅を通過して間もなくチェルノフスカヤという町に着いたが、ここからわれわれの一個中隊だけ別個に先発隊と称してどこかへ出発を命ぜられた。われわれはタタール人らしい顔つきのソ連将校に引率されて雪の積った高原を越えて歩いて行った。「どこへ?」とまたしてもわれわれは質問したが、答えは漠然としてわからなかった。午後おそくわれわれは小さな町に来た。この町にはすでに五、六百名の日本軍俘虜が収容されていた。われわれは彼らと合流した。彼らはわれわれを迎えて糠喜《ぬかよろこ》びした。

「交代要員が来た、俺たちは間もなく帰国する」と。

町はカダラという炭坑町で、俘虜ラーゲルの隣りは囚人ラーゲルだった。見張りの櫓《やぐら》が両者共通のように立ち、同じ有刺鉄線で取囲まれ、夜は監視兵のたてる陰鬱な合図の鐘の音がどっちのものともつかず聞えて来た。囚人と俘虜の世界を分けているものは、一枚の急拵《きゅうごしら》えの板塀だった。後でわれわれはこの板塀の孔を通じて彼らと悪口や煙草のやりとりをしたり、また男の囚人と女人がいちゃついているのを眺めたものである。

ここへ来てから死人がまた幾人か出た。ある兵隊が云った、「栄養失調は楽な死に方をするものだ。夜、隣りに寝た者が夜になっていくら起しても起きない、これが栄養失調の死だ」と。

起きることのできた者は毎日屍《しかばね》衛兵に立たされた。われわれが空手で戸口に突立っている寒々とした室内には幾つかの死体が素裸でころがっていた。

こうやって一月ほど経ったある日、われわれはビスという炭坑で働くことになった。

朝、われわれは炭坑へつれて行かれた。坑道をのぞいて見ると、そこは真暗だった。夜番の坑夫達がぼつぼつ作業を終えて上って来た。彼らのランプが三々五々闇の中にゆらいで近づいて来た。そして外へ出るとその光は無辺の朝日の中に溶けて消えてしまった。坑夫たちの顔は石炭の粉にまみれて眼ばかり白かった。空気は非常に冷たく、睫《まつげ》には氷花が咲いた。

炭坑危害予防の規則というものがある。第一章第一条からはじまって沢山あるが、規則外の規則、あるいはむしろ規則中の規則とでもいうべきものがある。それは坑夫がみなこれを知っていなくてはならないということだ。だから、はじめて坑夫になる者にはこれが伝授されなくてはならない。われわれにも一通りこの講義が行われた。それからわれわれは、ある者は支柱夫として、ある者は積込夫として、あるいは線路工夫、トロ（編注：トロッコ）係り、通風係り、馬夫などとなって坑内へ入っていった。私は露語が少しわかった関係で、通訳兼雑役夫ということになった。こうして暫《しばら》くはどうやら無事で経過したが、ある日事故が起きて、危害予防の規則の遵守が改めてわれわれに要求されたのである。

その日、作業終了の時間が来て坑内から俘虜たちが上って来た。われわれは全員が勢ぞろいして人員に異状ないことを確めた上、警戒兵指揮のもとに帰営するのだったが、いくら待っても二人の人間があがって来なかった。もっとも彼らは本線トロ係りの二人で毎日のように遅くなる二人だったが、この日はなんとしても異状だった。で二人を呼びに行こうとした時に、やっと上って来たらしく、坑の入口にカンテラの光がちらついた。腹の減ったわれわれは呶鳴《どな》り出した、「なにをぼやぼやしてるんだ」「遅くなるやつはきまってるぞ」「早いとこ帰ろうぜ」。ところが上って来たのは——一人だけだった。

「もう一人は？」「トロの下敷きになったんです」

五、六名の者がすぐ坑内へ入って行った。現場は薄暗く、ぼんやり灯ったはだか電球の光の中に、脱線したトロがのめっていて、その下に一個の人間が横たわっていた。頭からは血が噴き出し、眼といわず鼻といわず血にまみれて真黒だった。その下腹にはトロの車輪が喰い込んでいた。低く、だが、はっきりと悲しげな呻《うめ》きが聞えた。この時ほどトロが癪にさわったことがない。それは自分の下でなにが起っているかを全く理解しない鈍重な動物に似ていた。私たちはやっとのことでトロとその受難者を引離し肉体を引きずり出した。すると、それは呻くのを止《や》めた——苦痛が消え去ったためか、あるいは永遠に苦痛を感じなくなったためか、私にはわからなかった。

彼を背負って坑外へ出ると、乾草をしいた馬橇《うまぞり》が準備され、その上に彼の肉体を横たえると馬は走り出した。こうして一名欠の隊伍を組んで帰途についた時、炭坑長マリヨワンヌイ氏が現われて警戒兵を呼び止めた。「今日は不幸な事故が起きた。自分はこれに関しアクトを作成し当局に提出するが、日本人側から証人を一人残してもらいたい。彼は——」と私を眼で捜し、「ロシヤ語がわかるし現場も見ているから、彼を暫く残してもらいたい」

私は事務室で炭坑長と向い合って腰をおろした。監督が入って来て現場の状況を説明した。炭坑長は電話をかけた。そして私はあの受難者が冷たい死骸として帰営したことを知ったのである。

マリヨワンヌイ氏はがたびしの抽斗《ひきだし》から一枚の白紙を取り出し、何やら書きはじめた。彼は長いことかかって書いた。その間私は空腹をおさえながらさまざまな思い出にふけるのだった。

「これを読んで署名したまえ」マリョワンヌイ氏は書き終えた調書を読み直してから私に手渡した。それには大要つぎのように書いてあった。

下記ニ署名セルモノ本調書ヲ作成セリ

一九四六年一月※※日午後四時半、日本人軍事俘虜何某ハ「ビス」炭坑本線坑道入口ヨリ二百米ノ地点ニ於テ石炭ヲ満載セル小貨車ヲ鋼索ニ引掛ケテ之ヲ坑外ニ送リ自ラハソレヨリ後方約十米ノ距離ヲ置イテ線路ノ右側ニ沿イ上方ニ向ツテ歩行中誤ツテ足ヲ辷《すべ》ラシ顚倒《てんとう》、コノ際上半身ヲ以テ鋼索ニ触レ、為ニ鋼索ハ振動シテ小貨車ヨリ外レタリ、坑道ハ約三十五度ノ傾斜ヲナスタメ小貨車ハ忽《たちま》チ相当ノ勢イヲ以テ逆行シ線路上ニ倒レタル軍事俘虜何某ノ身体上ニ到リテ停止セリ

受難者ハ炭坑作業ニ従事スルニ先ダチ危害予防ニ関スル授業ヲ受ケ之ヲ熟知セル者ナリ、死ニ到リタル本人ノ不幸ハ偏《ひと》エニソノ個人的不注意ニ起因スルモノナリ、云々

「どうだ、その通りだろう、署名したまえ」

しかし、私は納得ゆかなかった。

「あなたはまるで目撃したように書いている。それは監督もそう見ているし、私もそう思います。しかし本人の不注意ばかりでしょうか？　あの地点はご存知のように脱線や

逆行のよくある場所です。線路と車輪のつき工合がうまくないために、或るトロは脱線するし、或るトロは停止するし、或るトロは逆行します。彼は要するにその犠牲となって……」

「なるほど、では自殺したというのかね。そうかも知れないが、どっちにしろ危険な場所ならばそれだけ緊張して任務を完うし、それから自殺したらよかろう」

「誰も自殺とはいいません。ただあの場所にはトロ逆行の場合これを喰い止めるウロビイテリ装置がありません。しかもそう危険でない場所にはあるではありませんか」

「それは規定に基づいて設置してある。あの場所に限らず、要するに機械にまかせておいたらうまくゆかないから、わざわざ人間を二人まで配置したのだ。彼らはどこでどうして脱線したり逆行したりするかを知っているはずだ。その人間が下敷きになったんだから、自殺に等しい行為といえる」

「自殺かどうか、それは彼と一緒に働いておった男に訊いたらわかることです。唯一の目撃者ですから」

　すると炭坑長は微笑を浮べていった。

「そんな必要はない。状況はよくわかっている。われわれにとっては他殺よりも自殺の方が簡単にすむのだ」

　室内は薄暗くなったが、電球はついていなかった。机上の坑内用安全燈に火を点じ、その明りで調書に署名した。マリヨワンヌイ氏はぎこちなく書かれた私の名前をゆっくり読みあげた。

「この事件はけっしてそう簡単ではありません。あの時坑内にいたのは死んだ本人と、それからもう一人の仲間と、二人だけです。他に目撃した者はありません。二人がどんな間柄にあったか君は知っていますか？　その仲間が彼を殺さなかったと誰が断言できるでしょう？　いろんな種類の人間があるものです。殺す、死体を線路上に横たえる、鋼索をトロからはずす、トロが逆行して死体の上に乗る、こうして事故で死んだと見せかけるためです。私はこの見せかけ通り調書をつくりました。見せかけが真実に近いようです。これ以上穿《せん》サクする必要はありません」

翌日、炭坑へ行ってみると、事故の起きた個所の線路が修理され、下の方の適当な地点にトロ逆行の場合の安全装置——ウロビイテリが早くも取り付けられてあった。

死人は真裸にされて一片の麻布に包まれ、凍った土の中に埋められた。（墓地は高原の上に開墾された畑に似ていた。そこには植えられた者たちの標識が立っていた、「故陸軍兵長安藤典夫」という工合に。彼らの生長はマイナスの土中への生長だった。畑はだんだんと、標識すらも元の高原に還元し、地面にはただゼロしか残らなかった。）

ある日、死んだ人の隣りに寝ておったという男が来て私にいった、「あれはなかなか器用な男だった。死ぬ前の日に立派な防寒帽をつくって炭坑へ持ってゆきパン三本と交換するといっていた。そのパンをもらって来てくれ。帽子の材料は俺が提供したのだ」と。私は興味を持った。それはどんな帽子だろうか？　どんな人間がそれを被っているだろうか？

私は、故人の遺跡を訪ねて、坑夫たちの被っている帽子に注意した。いろんな帽子を発見したが、目ざすものにはぶつからなかった。石炭にまみれて、もうわからなくなったのだろうと私は判断した。ところがある時、事務室へ入って行ったら、誰もおらず、ただ炭坑長の机の上に帽子が一つ載っていた。それは日本式の防寒帽で、材料は毛布だった。私はもっとよく見ようと手を帽子へ伸ばしたところへ一人の男が無帽で入って来た。ブヤーロという体格のよい若者で、私たちは彼を「技師」と呼んでいたが、自分では炭坑長代理と称していた。彼は時々炭坑の中を見廻りに来たが、その他は滅多に姿を見せず、われわれの眼から見ると、ただぶらぶらしているように思われた。

入って来ると彼はいきなり電話をかけたが、相手がいないと見えてそのまま受話器をかけ例の卑猥な罵詈《ばり》をつぶやいた、「ヨーバネ・ウロート」。私は話しかけた。

「それはあなたの帽子？　日本人のつくったものですね？」

「そうさ、日本人俘虜の贈り物だ」

「ちょいと見せてくれ」

　それはいかにも手まめに縫い上げられた立派な防寒帽だった。真白い兎の毛のついた耳被、灰色のネルの総裏、どこも些少《さしよう》の隙もなく仕上げられていた。どんな身上明細書よりも、それは死人について立派に、そしてより多く物語っていると思われた。ブヤーロは私から帽子を受け取って被って云った。

「どうだ、立派なヤポンスキー・サムライだろう」

「そのサムライの帽子、パン何本と交換ですか？」

「三百本さ。だが残念ながら死人はパンを食わないんでね」

　ブヤーロはソ軍の少尉で、独軍の俘虜となり、ベルリンで米軍に解放され、パリ見物をして来たといっていた。坑夫たちの溜り場で彼はアメリカの兵隊のことをみなに話して聞かせた。

「ネグロの兵隊がいた。彼らは黒いったら黒いったら、真黒けだ」そして附け加えた。「彼らの食うパンは真白だ。真白い真白い小麦のパンだ」

　彼はポケットから黒いパンと塩鰊《しおにしん》を引張り出して机に腰かけて食い、水を飲んだ。

「そのパンはなにからつくるんです？」と私は訊いたことがある。

「ジートさ。ジートなんて、ウクライナでは豚の飼料さ」彼は二言目にはウクライナを引合いに出して威張るのだった。ある時、云った、「この辺の娘っ子はなんにも知らない。林檎《りんご》は馬鈴薯《ばれいしよ》みたいに春蒔いて秋取入れるものだと思っている。だから教えてやったよ、林檎は石炭のように地下から採掘するものだってね」

「なぜウクライナへ帰らないんです？」と私は訊いた。彼はこれに答えないで、肩をすぼめて、それからお母さんのつくったボルシチから立昇る湯気の思い出を語るのだった。彼は云った。「俺はシベリヤへやって来たのではありません。シベリヤへ連れて来られたのです」と。

彼は不機嫌で、荒々しかった。

炭坑長代理と称し、彼は時々「指令」を発した。彼はそれを紙片に書いて監督や私に渡し、全員に徹底するように要求した。「作業終了後器材ヲ点検ノ上速《すみや》カニ返納スベシ」とか「自家用石炭ノ搬出ヲ禁ズ」などと書いてあったが、軟音符が脱けていたり、イエとヤを間違えたりエスとゼーを混同したり、難解なものだった。監督にならって私もこの紙片を受取るとすぐポケットに入れて忘れてしまうことにした。ブャーロ自身それを渡すと同時に忘れてしまうようだった。

一度、彼はウクライナの思い出を話してくれた。それは同時に子供の時の思い出だった。

「河の上の小舟、それには鳥の絵が描いてあった。小舟が進むと、鳥が飛ぶからだと思われた」

彼が事務所へ来るのは電話をかけるためで、それは恋人と話すためだった。彼の恋人は電話の交換手だった。椅子の背にもたれ、机に足を載せて大声で受話器の中へ言った、「待てよ、いまキスをするからね」そして口をすぼめ妙な音を立てるのだった。廊下へ出て扉を閉めても彼の声は聞えた、「なに？　病院へ？　誰が？　淋病？　それとも……」猥セツな冗談だらけの電話を聞きながら私は思うのだった、——彼が故郷へ帰って向日葵《ひまわり》畑でもつくっていたら、もっと別の仕方で恋愛をしたろうに、と。時たま女の方から電話がかかって来た。彼は大抵不在だった。電話に出た者は女にいうのだった、「どこに彼が、そんなこと誰が知るもんか」あるいは「のんきな人ですから多分どこかでアジでも飛ばしているのでしょう」と。

一度、私は彼に向かい請願した、「本日、日本人俘虜中に三名の病人あり、坑内重労働は困難なるにより、休息せしむるか、あるいは地上軽作業を与えられたし」続いて私は病状を説明した、「一人は頭痛烈しく……」といいかけたら彼はいった、「解ってるよ、もう一人は腰、三人目はチンポが痛いんだろう、休ましておけ」と。

ブヤーロは炭坑長代理なる地位を免除になったかと思うと、今度は現場監督として働くことになった。私は交替時間に彼とすれちがいに出会う事があったが、見ると例の防寒帽が石炭粉にまみれ、だんだん汚れて来た。

そのうち社会主義競争がはじまった。われわれにも要求されたが、民主運動から程遠い当時のわれわれは全く無関心だった。われわれはただ食物を増すように要求した。

「先ず働け、その働きに応じて増やしてやろう」これに対し俘虜大隊長は物質的にいうのだった、「百メートル走らせる自動車には百メートル分のガソリンが必要だ。現状は五十メートル分の燃料で百メートル走れということです」これに対する答えは精神的にいうのだった、「人間は自動車とちがう。われわれは社会主義社会の人間です、社会主義の原則にしたがって生きなくてはなりません」と。

ブヤーロは別の炭坑の監督からこの光栄ある競争を挑戦された。この挑戦状はちゃんと印刷されてできており、ただ必要な項目——たとえば期間とか目標パーセンテージとか——を書き入れ、署名するばかりになっていた。ブヤーロはこの挑戦状を炭坑長から受取ったが、それにはもうちゃんと彼の目標が二〇〇％と書かれていた。彼がこれに無造作に署名するのを私は見た。あたかも彼にとっては二〇％も二〇〇％も同じであるかのように。この挑戦状はそれから長いこと机の上に載せてあったが、やがてどこかへ見えなくなった。

ブヤーロがこの目標パーセントを見事超遂行して社会主義の勝利に輝やく労働の英雄となったかどうか、私は知らない。ただ彼は、この競争の期間が過ぎてしばらく経つと、今度は私たち俘虜と一しょに一坑夫として坑道の框組み作業をやることになった。彼はよく短気を起し、俘虜を殴打した。その度に私は彼に抗議を申込んだが、口喧嘩では到底彼にかなわなかった。そこで私はいった。

「ソ同盟においては、人間が人間を殴打することは法律によって禁ぜられています。一つ収容所長に話して処罰してもらいましょう」しかしなんらの効果もなかった。「知っちゃいねえ」と彼はいった、「いくらでも言え」と。

ブヤーロが防寒帽を脱いで、アメリカ軍の騎兵帽と称する軍帽をかぶるようになってから、ある日、例の死んだ男の隣人と称する男が来て私にいった、「お前はあのブヤーロとうまくやってるんだろう、パンをもらって一人で食ってしまったんだろう」と。

「ビスとはなんのことですか?」ある時私は訊いた。「ビスはビス、それだけさ」と一人がいった。もう一人がいった、「ビスはビエスの訛りだ。ビエスは悪魔《チョルト》の意味です」と。このもう一人はニコライという中年の仕上工で、炭坑附属の鍛冶場で働いていた。彼は時々炭坑長にむずかしい質問を発して困らした。「共産主義者であって神を信ずることは可能でしょうか?」と彼はいった。「もちろん可能だ」と炭坑長が答えた、「信教が自由であってみれば、それも可能です」これはアイマイな言葉だ。ニコライがいった、「いや不可能です。ひとたび神を信ずる以上、その人は共産主義者ではありません」と。

ある時、酔っぱらった一人の少年無頼漢が坑内に入り込み、俘虜を殴りつけて昏倒《こんとう》させ被服を奪って逃走した。雪の原っぱを逃げて行く彼の姿が遠く小さく見えた。炭坑長は馬で追いかけ林を抜け近道をして彼の行手を遮った。無頼漢はみなに引張られて事務所の前につれて来られた。炭坑長が彼を殴りつけた。彼は倒れ、雪の上に鼻血が流れた。その場に居合わせた人々は、倒れた彼を蹴ったり踏んづけたりした。彼は泣き叫んだ。誰もがこの私刑に参加した。ただ一人ニコライだけがやらなかった。彼は深い眼窠《がんか》の中から青い眼でじっとこの有様を観察していた。

彼はある時、カビの生えたパンを持って来てカビを丁寧に除去し、よいところをわれわれにくれて云った、「腹の減った時は、こんなパンでもうまいものだ」と。われわれはこれを食って、彼の親切にもかかわらず、猛烈な下痢を起したのだった。

『シベリヤ物語』作者のことば

私の『シベリヤ物語』は雑誌「近代文学」から生れた。「近代文学」は一九六四年八月、通巻第一八五号を以て終刊になったが、この終刊号に私は次のように書いた。

私が復員してきたのは一九五〇年二月だが、その翌年の春まだきころ、私は紀伊國屋書店の喫茶部でコーヒーを飲みながら人を待っていた。待ち人の詩人・藤原定《さだ》はやがて現われたが、彼はもう一人の見知らぬ男といっしょだった。このデリケートな見知らぬ男が山室静《やまむろしずか》であって、二人は私に「シベリヤのことを「近代文学」に書いてみないか」と言った。「近代文学」第四十五号（一九五一年四月）から私は『シベリヤ物語』の連載を始め一年近くつづいた。それが終ったころ、平野謙が「東京新聞」の文芸時評で大いにほめてくれた。それから間もなく筑摩書房の土居さんがこられて単行本にまとめられた。

私がシベリヤにいたのは一九四五年の十一月から一九五〇年の二月までだった。主としてチタ近傍の炭坑ではたらいた。そのほか、伐採、材木の流送、煉瓦作りなど。兵隊の位は上等兵だったが、捕虜大隊内の民主運動をやり、上等兵にして大隊長にのしあったが、これはソビエト側の命令により、三日天下におわった。これは『シベリヤ物語』に書いてないので、いずれ書いてみたいと思っている。『シベリヤ物語』が単行本で出た時、「近代文学」同人たちが出版記念会をやってくれた。その席上、私は初めて島尾敏雄君と出会った。私は彼といっしょに八丈島へ旅行しようと計画したが、これは私が腎臓炎に罹《かか》ったためお流れになった。

古いことだ。古いことだ。私はシベリヤ生活など思い出すこともない。ところが、このあいだ人間ドックで肺のレントゲンをとってもらったら、医者はそのフィルムをみて、こまかい粉が点々と肺の内部にくっついていると言った。それはシベリヤの炭坑でサキヤマをやっていた時の痕跡だった。

〈私の処女作〉『シベリヤ物語』

ごく若い時に詩や散文を書いたことがあったが、それらはとっくに失われてしまっていた。ところが最近それらをみつけだしてきた友人があって私に見せてくれた。読んでみるとまったくつまらないもので私はあらためて、それらをみずから埋葬してやった。私は勤め人の生活を長くしていて、そのかん翻訳をこころみたことはあったが自分で散文を書くなど、ほとんどやらなかった。

軍隊にとられシベリヤに捕虜として送られた七年間は読書からも遠ざけられてしまったが、夜にときどき、もし機会を与えられたら、一冊の本を書いてみたいと夢想したものだった。一九五〇年に復員した私にその機会を与えてくれたのが詩人の藤原定氏、山室静氏、そして「近代文学」の同人諸兄である。こうして「近代文学」への連載がはじまり一九五二年拙著『シベリヤ物語』が筑摩書房から出版された。これが私の処女出版で、四十三歳の時だった。平野謙氏、中野重治《しげはる》氏、佐々木基一《きいち》氏、荒正人《あらまさひと》氏、本多《ほんだ》秋五《しゅうご》氏、故丸岡明《まるおかあきら》氏がこの小さな本をほめてくれた。

ごく最近、五木寛之《いつきひろゆき》氏にお目にかかった時、氏は『シベリヤ物語』はのんきな本で捕虜生活の苦しみが出てないですねと言った。もしそうだとすれば、それは罪ある者として私がよろこんでシベリヤに服役したためかもしれないと考える。十数年ぶりに、こんどは旅客としてシベリヤをおとずれたがシベリヤ開発はすすんでいて経済的成長をとげつつあるが民衆はあいかわらずだといったような印象をうけた。

処女出版『シベリヤ物語』は過去のもので、未来はこれから書こうとしている、老人が墓に片足つっこんだ本であろう。

シベリヤから還って

どうして私が今あるごとき私になったかと、きかれるならば、私は、自分の意志に反して、とこたえるほかないだろう。自分自身のこととなるとミスティフィカションの趣味が私にはあるし、多少、ひとにもあるのではないかと臆測している。ところで、私はもちろん最後に来た者である。先祖の系図については、よく知らないし、特に知ろうとも思わないが、母方の先祖は漢方医で漢学者だったし、父方の先祖は佐渡の金山の役人だった。私は分家して本籍は東京都杉並区にあるが、分家しない前は、東京都室町《むろまち》にあって、そこは三越本店の立っているあたりである。そのわけは、ここにはむかし、金山の総元締め、金座の後藤がいたからである。芥川龍之介が随筆でかれの知っている純粋な江戸っ子のひとりとして仏文学者後藤末雄氏をあげていたが、この後藤さんの先祖が私の先祖の親分にあたるわけである。これらのことどもは、しかし、私に直接なんの関係もない。私は北海道函館に生れて育ったからである。家は中流で、食うにこまるようなことはなかった。

私は文名とみに高まったので、ひとから——「きみは作文が得意だったろう」といわれることがあるが、これはいかんながら見当はずれだ。私は作文が苦手で、時間いっぱいに二三行しか書けないことが多かった。今でもそうである。私はまた、一人三人全集というのを出した牧逸馬《まきいつま》、谷譲次《たにじようじ》、林不忘《はやしふぼう》の弟でもあるので、ひとに紹介されるとき、「牧逸馬氏の弟です」といわれたものだった。ざんねんながら、こういう肩書は東京ではもうほとんど通用しなくなったが、田舎へゆくといまでも通用することがある。ところで、この牧逸馬氏は作文がたいへん上手だったと伝えられる。かれが流行作家になったのは、むべなるかなである。

もし私が作家だとするならば、作品の中でしか自己を語らないだろう。そして、つぎつぎとその自己を否定してゆくだろう。これはたいへんむつかしいらしいので、私にはできそうにない。だからやってみたいとも思っている。

私は大学でドイツ語をまなんで、今でもドイツ語の語学教師をやっている。医者になろうと思ったり、建築家になろうと思ったりして勉強したこともあるが、作文とともに数学も苦手だったので、みんな失敗した。ひとはその在るところのものにしか成れないのだと、自分にいいきかせてあきらめている。

私は文科を卒業したが、文学というものはひまなときによむものだと思っていたし、自分でものを書くつもりは、ほとんどなかった。（詩を作ったことがあるが、すべて本来の無に帰してしまった。）それで学校を出ると、会社員になってくらしていた。私が以前の満州や中国についてほんの少しばかり知っているのは、満鉄に入ったからである。私はまた、ひげをはやし、満州帝国協和会の事務長もやって、大いにいばっていたことがあるので、はばかることなき戦犯のひとりだといえるだろう。

文学作品のなかでとくに私の好きなのは詩だったし、今でもそうである。これから私がどうなるかということはたかが知れているが、一つくらいよい詩が書けないものか、とひそかに思っている。これが私の大いなるイリュジョンである。

ものを書くつもりはなかったが、私は軍隊にいるとき、ものを書きたいと思った。本や紙やペンから隔絶されたことが、私にそういう気持をおこさせたのだろう。夜の歩哨に立たされているとき、私はいろんな作品を頭の中で作ってみた。しかしそれらは夢の中の出来事のようで、今それらを再現しようと思っても、ぜんぜんだめだ。ただそれらがみんな童話みたいなものだったことはたしかである。この童話みたいなものも、私の書きたいと思っているものの一つである。これを以てみるに、どうやら私は私の書けないものを書こうとしているようである。

私はシベリヤから帰ってくると、すぐデュアメルの『パスキエ家の記録』の翻訳をやった。そのときフランス語の先生たちが宣伝文を書いてくれたが、そのなかに〈デュアメルに造詣の深い訳者〉というのがあった。実は、私はデュアメルについてほとんど知らなかったのである。私は何事にも造詣が深くない。よみながら、訳しながら、デュアメルという人はどういう人だか、少しずつわかってきた。私が翻訳をやるのは、そういう興味からだといっても、先生たちはゆるしてくれるだろう。それが私の生れつきのやり方なんだから。

つぎに、シベリヤからかえってきて間もなく、私はある人に会ったが、その人は、シベリヤの俘虜《ふりよ》生活は『死の家の記録』みたいではなかったか、といった。こういう言葉は私には理解しがたいものだったので、私はだまっていた。それから、山室静さんと藤原定さんによびだされて「近代文学」にシベリヤのことを書かないか、といわれた。それで私は書いてみた。これによって私はものの少しは書ける人間として世間からみなされたような気がするが、どうかしらん？　ところで、それがどんなものであるかは、実物参照としかいえない。とにかく『シベリヤ物語』のなかで、私がもっともいいと自分で思っているのは、『勲章』という一篇である。これはだれもが問題にしてくれないか、或いは悪作だとされているので、私はますますもって、これがあの中の傑作だと思うようになった次第である。

私はいつでも暗中模索だし、おかげで一寸さきは光のような気がしている。これは大なる恩寵というべきだろう。私は反古《ほご》をたくさん作る人間だ。無数にある精子のなかで、他はすべてなんにもならなくても、一つだけ受胎されるものがあるかもしれない。私はこういう可能性を信ずるし、それによって生活しているのである。これこそ最も大きなイリュジョンかもしれないけれど。

チタの詩人

イリュミネーション見る気しねいよと露氏は言い

この川柳を私が思いだしたのは、一九四五年の八月に満州で捕虜になり、シベリヤへつれていかれたことの因果関係をさかのぼると、日露戦争（一九〇五年〔編注：終結の年〕）にゆきあたるからである。日露戦争で日本が勝ち、東京の夜空に祝賀会のイリュミネーションがつけられた時の、これは川柳である。露氏とはロシヤ人一般のことで、というよりむしろ、満州や対馬《つしま》沖で負けて、日本へつれてこられたロシヤ人の捕虜とったほうがいいだろう。つづいて私はまたつぎの川柳を思いだした。

吹けば飛ぶようなのが来たと露氏は言い

日露戦争がどうやらすんで、ポーツマス会議へ出かけていった小村全権は小柄な人で、ロシヤ側の代表ウィッテは大男だったそうだが、講和談判そのものにおいても、日本は小さくて受身で、なんとか講和させてもらったといいたくなるくらいである。このかんの事情は中公新書の古屋哲夫著『日露戦争』を読むとわかる。講和条約調印の日には、こんどは東京の日比谷にイリュミネーションではなくて、桂内閣への腰折れ条約反対を叫ぶ焼打ち事件の火の手があがったそうである。

講和談判には受身だったが、その後の日本はおよそ受動的ではなくて、能動的に満州へ出ていき、その組織体が南満州鉄道株式会社であり関東軍だった。そしてこの結果は世界史年表を見れば明らかである。大東亜戦争勃発。日露戦争から四十年で、こんどは日本軍がソビエト軍に負けて、日本の捕虜たちがロシヤ——主としてシベリヤへつれていかれた。

一九〇五年には日本へつれてこられたロシヤ人の捕虜たちは、さかんに「ヨッパイ・マーチ」と口に出して言ったそうである。「見る気しねいよ、ヨッパイ・マーチ」といった具合だったろう。そして一九四五年、シベリヤへつれていかれた日本人の捕虜たちの、まずおぼえこんだロシヤ語が、このヨッパイ・マーチだった。いたるところで、「ヨッパイ・マーチ」を聞かされたものである。「おい、このヤポンの、ヨッパイ・マーチ」といった具合だった。

去年（一九六六年）の七月、私はシベリヤへ旅行する前に『アンナ・カレーニナ』の脚色原稿を俳優座にわたして行ったが、この原稿では、多少の遠慮を感じたが、登場人物の士官のセリフに「ヨッパイ・マーチ」をいれた。それからシベリヤへいき、イルクーツクのホテルから私は千田さん（編注：演出家の千田是也《これや》）あてに「ヨッパイ・マーチをヨールキ・パールキに変えて下さい」と訂正依頼のハガキを書いた。

それというのも、ソ連邦最高会議幹部会の布告に、つぎのように書かれているのを読んだからである。

「小さな非行、というのは公共の場所における〔検閲を通らない〕卑猥な悪口その他、社会秩序と市民の安寧をみだすような行為は、それ自身としては刑法上の罰にあたらなくても、十日ないし十五日の禁錮に処せられるか、賃金の二〇パーセント控除をともなう一カ月ないし二カ月の矯正労働につくか、十ないし三十ルーブリの罰金を払わなくてはならない。」

これは非行をとりしまる布告の冒頭の一条だが、「ヨッパイ・マーチ」は、検閲を通らない卑猥な悪口のように思われた。劇場は公共の場所であるし、たとえ『アンナ・カレーニナ』の時代は百年前であるにせよ、とにかく自己検閲をしたほうがよいと思ったので、国際的配慮もあり、前記の訂正依頼となったのである。

じっさい、こんどシベリヤへいってみると、周囲で誰もがヨッパイ・マーチを口にしないことに、だんだんと私は気がついた。ヨッパイ・マーチの代用品がヨールキ・パールキである。

ヨッパイ・マーチのヨッパイは字でどう書くのか私は知らないが、マーチは母親のことで、「ヨッパイ・マーチ」とは——母親をやっつけろ、というような意味の悪口である。

同じような悪口は中国にもある——いや、あった、と言うべきだろう。毛沢東はピューリタンである。中国では強姦は死刑だ。朝鮮にも、あるか、あるいはあったそうだが、私は知らない。ヨッパイ・マーチには、おまえのおふくろとやれ、という意味もあるようだが、とにかく、母性をひきあいに出して言う悪口、と辞書に出ていたものに属するだろう。

私はヨッパイ・マーチの語源については知らないが、同じ捕虜大隊に大阪外国語学校蒙古語科出身の仲間がいて、この男の説によると、それは蒙古人がロシヤを「やっつけた」時にロシヤへもちこんだものだそうである。

「蒙古語ではなんていうんだ?」

「それが蒙古語にはないんだ。中国語にはある。朝鮮語にもある。」

「してみると、やっつけられたほうにだけあるというわけかね。」

「どうもそうらしい。日本語にはないだろう。博多湾に神風が吹いたからな。」

これは俗説というものだろう。だが一半の真実がなきにしもあらずである。というのは、あるソビエトの女性から、ロシヤ人はもともとみんなブロンドだったが、蒙古人がロシヤに侵略してきてから以後、黒い髪の人もたくさんいるようになったと、私はきいたことがあるからだ。「わたしはこのようにブロンドですけれど。ヨーロッパ・ロシャ人なのです。」と彼女は言い、ブロンドであることを誇りにしていた。

彼女の話が、つまりヨッパイ・マーチではなかろうか。母性はすなわち女性であって、蒙古人の兵士たちがロシャ人の女性をやっつけた結果として、黒い髪の人が多くなったというわけだろうと思う。たぶん、ヨッパイ・マーチはその時の蒙古人たちの掛け声みたいなものだったろうと、私は想像したのだ。

私が捕虜生活を送ったのは、チタの町がいちばん長かったが、今、その時のことを書いた『シベリヤ物語』の一節をとってみると、つぎのようにある。

「……私たちは何かにつけて、盛んにこのヨッパイ・マーチを連発した。するとベレゾフスキーの友だちのモチャーロフと言う主計がやって来て、こう言った。

「ヨッパイ・マーチと言うな」

「では何と言ったらよいのです？」

「ヨールキ・パールキと言え」

しかし当のモチャーロフはヨッパイ・マーチを連発した。もっとも彼が口にすると、この言葉は卑猥な罵詈《ばり》の意味を失って、接続詞か、軽い間投詞のような性格を帯びるかと思われた。彼はこのようにヨッパイ・マーチを駆使したのである。彼はヨッパイ・マーチの大家だった。それだけに、この霊妙な言葉が下手くそに使われるのが我慢出来なかったのであろう。……

私はヨールキ・パールキなどという上品な罵詈はシベリヤでは信心深いお婆さんの口からしか、聞いたことがなかった。」

この「信心深いお婆さん、うんぬん」は余計だ。ヨールキはクリスマスのモミの木、パールキは棒で、これがどういうわけか、「こんちきしょう」というような意味になる。

日本人からみるとナホトカからむこうがすべてシベリヤのように思われるが、モスクワからみると、そうはいかない。ウラル山脈をこえると、もう西シベリヤだが、この西シベリヤ低地は鉄道沿線でいうとノヴォシビルスクのあたりで終りになり、そこから東シベリヤへ入る。この東シベリヤはだいたいイルクーツクからバイカル湖で終りになり、そこからザバイカル地方が始まる。ザバイカル地方がどこで終るかはっきりしないが、かりにアムール沿岸のブラゴヴェシチェンスクのあたりとしよう。そこから以東、日本海までは一括して極東地方と呼ばれる。ことにハンカ湖やウスリー河の以東は満州や朝鮮と同じような自然の眺めで、シベリヤのステップとはちがう。同じ密林《タイガ》といっても、沿海地方のタイガと、東シベリヤやザバイカルのタイガとはちがう。

チタはザバイカル地方の町で、私がそこへ飛行機で到着すると、ソビエト作家同盟のチタ支部の委員長であるゲオルギー・グラウビンという詩人が迎えにきていた。四十歳くらいの、日にやけた、頑丈な男で、『風はなんの匂いがする？』という詩集や『四階建てのタイガ』という散文集の著者である。

私は彼にカダラという町はどのあたりにあるか、というのは、捕虜時代にそこに住んでいたからだ、ときいてみた。

「カダラはここだ。」と彼は飛行場をゆびさした。つまり、それは飛行場に変ってしまっていた。むかしは炭坑町だったが、そして石炭は今でも掘ればいくらでも出るが、坑道があんまり深くなって、もう採算がとれないので、どこか遠くへ移動したということだった。

チタはシベリヤ鉄道と旧東支鉄道の分岐点で、大きな機関車修理工場があったし、今でもある。グラウビンはこの機関車修理工場で日本の捕虜たちといっしょに働いたことがあると話した。もともと機械工だったのだ。そして日本語ではただ一つ、チンポという言葉をおぼえているといい、片目をつぶってみせた。これにたいして私は「ヨッパイ・マーチをおぼえていますが、今はもう言わないようですね。」と言ったら、彼は笑って答えなかった。

私はときどき捕虜時代を思いだし、「悪い良心」をもつことがある。住宅の建設をやったことがあるが、その時、わが意に反してではあったが、いい加減な仕事をしたので、その住宅がくずれおち、居住者が壁の下敷になったりしやしないかと思ったりする。グラウビンは捕虜の建てた家に住んでいたので、思わず私はきいたものだ。

「住み心地はどうですか。」

「すばらしいよ、おかげさまで。」と彼は答えたが、そのアパートは見かけはまあまあだったが、もう階段など少しひんまがっていた。

グラウビンの居間には大きな鹿の角や熊狩りの図をかいた油絵がかかっていた。あとでモスクワへいった時、グラウビンの話が出て、あれはそうとうの猟師で、熊を四、五頭、射とめたことがある、ということだった。

「あんたにその話、しなかったか。」

「いいえ。なんにも。」

「フム。ひかえめな男だ。」

このグラウビンが自家用のヴォルガを運転して、チタの新聞『ザバイカル労働者』のカメラマンであるウリズゥトゥエフもいっしょに私を二百キロ東南のオノン河の支流へつれていった。ウリズゥトゥエフは力持ちの大男で、黒い髪がちぢれていたが、ブリャート蒙古人の血がまじっており、日本人によく似ていた。この二人は親友で、ともにロシヤ人によくある、自然愛好家といったタイプで、いっしょにボートをあやつり、インゴダをくだり、シルカ河をくだり、アムール河をくだって、ハバロフスクまでいったことがあるといっていた。

「あの時はヴォトカを一びん、河におとしてしまったな、ヨールキ・パールキ。きょうは一つ、あのヴォトカをひきあげてやろう。」なんてグラウビンがいった。

インガダはチタの町を流れるアムールの支流で、私はここで木材の流送をやったことがある。岸に湾がつくられ、そこへ上流から流されてきた沢山の木材をためておき、それらを馬で平地にひきあげたのだが、そういうナイーブな作業場はとっくになくなっていた。その代りというべきか、かつて機械工場《メフッフェフ》とよばれていた小工場が大きくなって、コンプレッサーを作っており、これらの製品はキューバやアフリカへ輸出されると言っていた。

途中、小さな部落にさしかかって、車をとめた。そこには屋敷跡のような空地があり、記念碑が立っていた。セミョーノフがパルチザンを大量に殺した場所である。なんとか言う商人の家の風呂場が拷問部屋に代用され、そこで殺したのだ。拷問部屋のことを「二つの壁のあいだの場所」とロシヤ語でいうが、ロシヤ式の蒸風呂がその役をつとめたわけだ。

セミョーノフはザバイカルのカザックで、将軍を僭称《せんしょう》し、日本の干渉軍と結託《けったく》して、革命軍と戦ったが、「なーに、やつの記録をよんだが、どっちにでもつく男、つまり裏切者さ。」とウリズゥトゥエフが言った。革命後、日本の特務機関に養われ、関東州の夏家河子という町に住んでいて、ソビエト軍が満州へ入ってくると、飛行機で日本へ逃げようとしたが、とその寸前、ソビエト軍につかまり、モスクワへ送られ、そこで死刑にされてしまった。チタ地方における国内戦をえがいた作品には、チタ在住のヴァシリー・バリャービンの長篇『ザバイカルの人々』がある。

私はうっかり名前を書きとめるのを忘れたが、チタ地方における革命軍の指導者はなんとかいう学校の教師で、これまた風呂場で殺され、その友人たちに宛てた手紙の一節が記念碑の碑文になっていた。その手紙の終りには「わたしはきみたちを永遠に愛する。」と書いてあった。

タイガにおおわれた低い山がところどころにあるほかは、ザバイカルは平らなステップである。『四階建てのタイガ』というわけは、ザバイカルが海だったころから書き出して、地質学的に、現在のタイガが四階にあたるという意味らしかった。グラウビンはステップを全速力でつっぱしり、オノン河の支流について野営した。ステップのところどころに石をつんだ小さな塚があって、これらは大昔の蒙古兵の墓である。川のほとりにソフホーズの牧場があり、牧夫が馬群を追っていて、そこから突然、ヨッパイ・マーチが聞えてきた。

「きいたか。おまえが捕虜時代にきいたのはあれだろ」とグラウビンが言った。

このあたりには狼が出没して、昨夜は羊をくいころしたということだったが、狼は人間にはめったにおそいかからない。焚火をたいてヴォトカをのみ、歌をうたったりした。

おかげで翌日は頭がいたくて困った。グラウビンもウリズゥトゥエフも、私の数倍ものんだが、彼らはけろりとしていた。川に夜っぴて網をはったが、なんとかいう魚が一匹とれただけだった。コーロギが鳴いていた。

「ここのコーロギは、でっかくて、ヨールキ・パールキ、ウサギくらいの大きさなんだ。」とグラウビンが言った。しょっちゅう冗談をいう男である。

ウリズゥトゥエフは「熊」という渾名《あだな》で、のっそりして、しゃべるほうは受身で、料理がうまい。いっしょにピクニックにいくと、彼はいつも炊事をうけもつ。あとかたづけも彼がやる。私は彼を手伝った。するとグラウビンがこの親友に言った。

「助手がつくなんて、生れて初めてだろ。」

翌日の午後おそくチタへもどってきた。土曜日で、ホテルの食堂は満員だったが、それは「売り子組合」の組合員の大会がそこで行なわれていたからだった。男女の若い売り子たちが飲んだり食ったり、歌ったりダンスをしたりしていた。私は早く寝たが、夕暮がいつまでも長びいて、部屋の中がぼんやりと明るくて、戸外からは、たくさんの男と女の叫びあう声が聞えた。鳥のさえずりのようで、彼らはこうして土曜の夕べをすごすのである。

チタについては書くことがまだあるが、きょうはこれでよす。いずれグラウビンの作品も紹介したい。——

付記。チタ訪問から二十日後、私はモスクワからプラーハへいく汽車に乗っていたが、隣室の乗客が酒をのみ、すっかり酔払って、ヨッパイ・マーチを連発していた。スターリングラードで戦った男である。上半身裸体になって、背中の大きな傷跡をみせた。

「兵隊はいいが、やつらはヨッパイ・マーチ、子供や女も殺してしまったんだ。こんなことがあっていいか。どうだ。」

「それはよくありません。」

「そうだろ。だが一つ気にくわないことがある。それはおまえがすぐサンセイすることだ。」

そしてまたヨッパイ・マーチを連発した。

中へ入ることの出来ない映画の一場面でも見るように——解説にかえて

堀江敏幸

長谷川四郎は一九〇九年(明治四二年)、函館に生まれた。その名のとおり四男坊で、長男海太郎《かいたろう》は、谷譲次《たにじょうじ》、林不忘《はやしふぼう》、牧逸馬《まきいつま》という三つの筆名で活躍した流行作家、次男の潾二郎《りんじろう》は画家で推理小説も書き、三男の濬《しゅん》はロシア文学者だった。四郎が生まれた当時の函館はカムチャッカ漁業の基地で、ロシアの船が出入りしていたため、英語より先に露語のアルファベットを覚えたという。濬がロシア語を勉強していたことも学びのきっかけになり、のちにアルセーニエフの『デルスウ・ウザーラ』を濬との共訳のかたちで——訳稿は四郎が、校訂・推敲は濬が担当——出すことになるのだが、アメリカ暮らしの長かった海太郎からも、大きな影響を受けていた。

一九二六年、函館中学卒業後に単身上京し、二八年に立教大学予科に入学、同級生と柳田國男を訪ねている。四郎は後々まで柳田國男を先生と呼んでいた。三二年に同大史学科に進んだものの雰囲気が合わずに退学、秋に恩師となる独文学者で詩人の片山敏彦の門戸を叩き、翌年、法政大学文学部独文科に入学して、独文法を関口存男に、独文学を片山敏彦に学んでいる。仏文学の豊島与志雄《よしお》の講義も聴講した。

　この間、リルケの影響を思わせる詩や小説を書き、翻訳もこなしている。「医者になろうと思ったり、建築家になろうと思ったりして勉強したこともあるが、作文とともに数学も苦手だったので、みんな失敗した。ひとはその在るところのものにしか成れないのだと、自分にいいきかせてあきらめている」（「シベリヤから還って」）という述懐には韜晦《とうかい》も入っているだろう。三六年に法政を出たあとは定職につかず、翻訳で糊口《ここう》を凌《しの》いでいたが、このころ片山敏彦から、「パリの高田博厚《たかたひろあつ》がロシヤ語のわかる人を求めている。きみはロシヤ語がわかるか」と問われ、できると答えたため、片山は高田宛てに紹介状を書いてくれたという。

　しかしその返事が来ないうちに、三七年、大連の満鉄大連図書館欧文図書係に就職が決まった。斡旋《あっせん》したのは大川周明、四郎の父、長谷川淑夫《よしお》が、その大川の結成した行地《こうち》社《しゃ》の社友だったという縁である。満鉄には兄の濬がすでに職を得て通訳をしていた。「大連へいき、それから北京へいってから、私は高田博厚へ一通の手紙を書き、パリ行きの意志のあることを表明したが、（その文面のあらましまで私はおぼえている）、ナシのツブテだった」（『文学的回想』、晶文社、八三年）。

　長谷川四郎と満洲は、戦争前からつながっていた。四一年四月には、満鉄調査部第三調査室北方班に転勤となり、翌四二年には満鉄を辞め、満州国協和会調査部に入って、四三年には布特哈《ブトハ》県の本部長として扎蘭屯《ジャラントン》に移った。調査部とは関東軍の情報収集のための下請機関で、「私が捕虜として比較的に長くシベリヤにひきとめられたのは、そのためである」(「デルスー時代」、ちくま文庫近刊『鶴——長谷川四郎傑作選』に収録)、また協和会では事務長をつとめ、「大いにいばっていたことがあるので、はばかることなき戦犯のひとりだといえるだろう」と四郎は認識していた(「シベリヤから還って」)。

満州行きの斡旋者であった大川周明の、五族協和の思想に共鳴していなければ協和会に入ることはなかったはずで、「はばかることなき」とはそこにかかわる文言だが、四郎は協和会の蒙古班に属し、満州内のモンゴル人の土地調査にあたった。「馬の微笑」に登場するブリヤート・モンゴルの流れをくむベレゾフスキーや、「ナスンボ」の主人公の輪郭の捉え方にいささかの濁りもためらいもないのは、こうしたフィールドワークやアルセーニエフの探検記の翻訳を通じて、捕虜生活のまえに蓄えた知見が、観察の土台になっているからだと思われる。

満州への接近の道筋を、時系列的にたどることはできる。ただし先に触れたとおり、四郎にはフランス行きの選択肢もあったことを軽視してはならない。堀田善衞《よしえ》が上海経由でヨーロッパ行きを夢見ていたように、長谷川四郎は北京に行ってなおその夢を棄てていなかった。高田博厚が返事を寄越していたら、運命はどうなっていたかわからない。

一九四四年三月、協和会にいた四郎のもとに召集令状がとどく。訓練ののち一等兵となり、ハイラル第十八部隊の炊事兵残飯統計係として入隊した。同年六月、米軍がサイパン島に上陸し、第十八部隊は全員が南方戦線へ転進することになった。レイテ作戦が開始されるのはその翌月である。しかし四郎はロシア語ができるという理由で一隊からはずされ、「北方要員」として国境地帯の監視哨に送られた。第十八部隊が乗った輸送船は、フィリピン沖で撃沈されている。命拾いをしたわけだが、翌年八月、ソ連の侵攻がはじまって潰走《かいそう》、捕虜となって斉斉哈爾《チチハル》の収容所に入れられたのち、シベリヤに送られた。『シベリヤ物語』はここからはじまっている。

一連の短篇の大きな特徴は、かつて「いばっていた」一人称単数が、そのことには触れず、通訳兼捕虜として一人称複数のなかに溶け込み、あるときは「ぼくたち／私たち」に、あるときは「ぼく／私」に立ち位置を変えながら姿を消して人々の声に耳を傾け、その行動を冷静に観察していることである。こみいったロシア語を解するのは作中の「ぼく／私」だけで、ロシア語を話す人々の言葉はほぼすべて彼による翻訳なのだ。「舞踏会」のベレゾフスキーは、「これは俺に所属の通訳だ」といって、作業成績が優秀な他のふたりの捕虜とは別枠で彼を舞踏会に連れていく。「私」はその「私たち」については言及せず、「私たち」を「私」ひとりに集約して、目の前で展開される出来事を、「中へ入ることの出来ない映画の一場面でも見るように」ただ眺める。踊りを知らないベレゾフスキーが、かりに踊ることができたとしてもそれが許されていない捕虜労働者といっしょに舞踏会に出るという泣き笑いのような悲しさとおかしさも、映写室から映写技師がのぞく眼で、距離をもって表現される。
夜、歩哨に立たされているあいだ、四郎は「いろんな作品を頭の中で作ってみた」という（「シベリヤから還って」）。紙も鉛筆もないなか、中空に文字を浮かべてつづっていた記憶の情景をなぞり、言葉が書かれるさまを見守ること。重要なのは、長谷川四郎を思わせる「ぼく／私」の視線ではなく、書いている現在において書き手が全身を浸している積極的な受動性である。彼が身を潜めているのは、「小さな礼拝堂」の冒頭で描かれた、有刺鉄線の二重の柵のあいだの危険な真空地帯である。柵と柵のあいだの土地は、だれかが逃げ出したときすぐにわかるよう綺麗に掃き清められていた。それじたい柵のような丸括弧《まるかっこ》で言及されている一節を引いてみよう。

（私たちは此《こ》の中間の真空地帯へ入るのが嫌ではなかった。それは、どちらの世界にも属してはいなかった。それは透明な天使の通路だった。そこからは幾つも張られた針金の水平線越しに、内と外の世界が同時に眺められた。私たちはそこで自分たちの足跡を綺麗に消しながら後向きに歩いてゆき時折休憩した。そんな時、私たちは、もういかなるものからも捉まえられない、言わば死の世界にでも入ったかのような、一瞬奇妙な静寂な感じに襲われ、めいめい沈黙していた。そして直ぐ起き上っては、またがやがやと作業を始めるのだった。）

死体置き場を小さな礼拝堂と呼ぶ皮肉の源がここにある。長谷川四郎の一人称は、死の世界へ「後向きに歩いて」向かう。死ぬのではなく、むしろ死を抱え込んで、どちらの世界にも属していない沈黙を生きる。正負の判断を下す役目は読み手に委ねて、みずからはこの真空地帯にとどまりつづける。『シベリヤ物語』のなかで、作者が「もっともいいと自分でおもっている」という「勲章」にいたっては、他の短篇に見られた透明感と抒情《じょじょう》だけでなく一人称も消滅し、語り手はみごとに足跡を消して、旧大日本帝国陸軍少佐の見栄と卑屈さを浮彫《うきぼり》にする。佐藤少佐の勲章を検分していたロシア人将校は、「支那事変従軍章」なるものを見出し、「お前はシナでシナの人民を何人殺したか？」と問う。少佐は「いや、軍馬輸送に一ヵ月出張しただけだ」と応じる。ロシア人将校はそこで軽蔑の笑いを浮かべる。『シベリヤ物語』をひとつの全体としてとらえれば、少佐の言動をカリカチュアのように描き出す語り手もおなじ空間にいるはずで、それが見えないのは、ふたつの柵のあいだの真空地帯に、いわば開放的なシェルターに身を置いているからである。

佐藤少佐の返答の底にある深淵は、捕虜列車の移動からはじまる「犬殺し」にものぞいている。ウォロシーロフの町に連れてこられて、伐《き》り出されたシベリアの原木を貨車から下ろす厳しい仕事を課せられた三十名の捕虜のなかから、犬を殺して食べようという話が出る。

ここで私たちは眠ってしまった。誰もが犬を殺して食おうと思ったわけではなかったのだ。しかし、若《も》し誰かが犬を殺して、料理して、出されたなら、それを食べることは辞さなかったのである。だから、若しも私たちの一人が法廷に立って「我は犠牲者にして共犯者にあらず」と言ったとしても、それを信じてはいけない。何故なら私たちは消極的な共犯者なのであって、犠牲者と呼ばれ得るのは犬以外の何者でもなかったのだから。さよう、犬以外の私たちは全部が少しずつ主犯者であったと言うべきだろう。

この一節の響きは重い。みずからを戦犯と認識し、「私たちは全部が少しずつ主犯者であった」とする視点が、『シベリヤ物語』の語り手と人物たちの、近くて遠い距離を、そして澄み切った大気と半透明の靄《もや》を共存させているのだ。これらの短篇には、強制労働の炭鉱で吸い込んだ「細かい粉」のように責任が散っている。それを正確にとらえるには、大きな身振りで威圧的に「いばる」のではなく、人間全体を包み込むような語りに徹し、自身の通訳でもある黒子の位置を、「後向きに歩いて」維持するしかないだろう。長谷川四郎はもしかすると、「いつまでも／下車してこない／兵隊」のように、本当の意味でまだシベリヤから帰還していないのかもしれない。

本書は長谷川四郎の『シベリヤ物語』全篇と、それに先立つ「炭鉱ビス——ソ連俘虜記」（「中央公論」一九五〇年五月号）、五〇年代～七〇年代に発表されたエッセイと詩を編んで一書としたものである。『シベリヤ物語』の諸篇は、五一年から五二年にかけて「近代文学」に不定期連載され、掲載順にまとめて五二年に筑摩書房から刊行されたが、現在の形にいたるまでに、やや複雑な経緯をたどっている。初版収録作品は「馬の微笑」（初出時は「シベリア物語」）、「小さな礼拝堂」、「舞踏会」、「隔世遺伝と自動爆弾」、「勲章」、「アンナ・ガールキナ」、「ラドシュキン」、「犬殺し」の八篇で、『長谷川四郎作品集1』（晶文社、六六年）に収録される際、短篇集『赤い岩』（みすず書房、五四年）のなかから、「ナスンボ」「シルカ」「掃除人」の三篇を選んで『シベリア物語』に加え、「隔世遺伝と自動爆弾」を「人さまざま」と改題したうえで全体の構成が組み替えられた。『長谷川四郎全集　第一巻』（晶文社、七六年）はこの『作品集』に依拠している。また詩篇、エッセイとも、晶文社版の『全集』にすべてを負うている。記して感謝したい。

ちくま文庫

シベリヤ物語《ものがたり》
――長谷川四郎《はせがわしろう》傑作選《けっさくせん》

二〇二四年七月十日　第一刷発行

著　者　長谷川四郎（はせがわ・しろう）
編　者　堀江敏幸（ほりえ・としゆき）

発行者　喜入冬子
発行所　株式会社　筑摩書房
東京都台東区蔵前二―五―三　〒一一一―八七五五
電話番号　〇三―五六八七―二六〇一（代表）
装幀者　安野光雅
印刷所　株式会社精興社
製本所　株式会社積信堂

ISBN978-4-480-43960-4　C0193